Susanne Steck

Nichts als Tage

8 grad

Für meine Enkel

Susanne Steck

Nichts als Tage

Roman

8 grad verlag Freiburg

Das Kind steht auf der Straße. Gegenüber vom Gasthaus. Die Großmutter ganz dicht neben ihm. Sie hält die Hand des Kindes fest in der ihren. Gemeinsam schauen sie nach oben, sie müssen den Kopf weit in den Nacken nehmen, um das ganze Haus zu sehen. Es scheint über dem Dorf zu schweben. Und ist doch mittendrin. Das Mädchen bestaunt die mächtige Stützmauer und das darauf sitzende Haus. Davor ein kleiner Garten mit Jägerzaun. Tische, Stühle, Birnbaum. Alles wie immer.

Ein Gasthaus in einem Dorf am Rand des Schwarzwalds. Es könnte aber auch am Albtrauf oder droben auf der Alb oder im Donautal sein. Überall gibt es solche Gasthöfe.

Es ist der Gasthof der Familie. Stattlich und stolz steht das Fachwerkhaus auf der hohen Mauer. Die Steine halten schon eine halbe Ewigkeit, sie wurden aufgeschichtet, um den Hang abzustützen. Damit das Gebäude genügend Platz hat für einen Garten drum herum, für einen Birnbaum, erklärt die Großmutter.

Man könnte meinen, das Haus freue sich auf Besuch, es scheint so, als hätte es sich gerade noch einmal ein wenig mehr dem Himmel entgegengereckt. Vor allem der Giebel. Der goldene Bär im geflochtenen Kranz hängt gut sichtbar am verschnörkelten Stab. Glänzt in der Sonne wie frisch poliert. Und der große alte Birnbaum vorm Gasthaus steht in voller Blüte, er sieht aus, als bewachte er das Gasthaus mit seinem aufrechten Wuchs und den ausladenden Ästen. Das Kind sieht das alles, während es noch immer mit der Oma auf dem Gehweg steht, den Kopf im Nacken und die Augen zusammengekniffen, weil die Sonne blendet.

Dies Gasthaus gibt es seit über hundert Jahren. Der Großvater des Kindes ist darin aufgewachsen. Alle, die es je bewohnt haben, mussten hart arbeiten. Auf dem Hof, auf den Feldern und Wiesen und in der Gasthausküche. Früher gab es einfache Gerichte, Suppen, Vesperteller, Tellersulz und Vesperripple. Dazu trank man Mostschorle und Bier.

Jetzt aber, Ende der Siebzigerjahre des zwanzigsten Jahrhunderts, kann man Schnitzel mit Pommes essen, gemischten Braten und sogar Toast Hawaii oder Russisch Ei.

Das Kind freut sich aufs Essen. Es weiß schon, was es bestellen wird. Das Kind bestellt immer dasselbe. Es wird Spätzle mit Soß essen, dazu eine Sinalco. Zum Nachtisch gibt es Gemischtes Eis mit Sahne. Für alle.

Heute gibt es ein Familientreffen. Sie stehen vor dem Gasthof herum, begrüßen einander, lachen, schwätzen und sind froh über das Wiedersehen.

Auch das Kind und die Großmutter.

Endlich hüpft das Kind neben der Großmutter über die Straße und den steilen Hof hinauf.

Die Großmutter wird begrüßt, das Kind getätschelt.

Und dann gehen sie hinein. Warm und gemütlich empfängt sie die Gaststube, es riecht nach Küche und Tabakqualm.

Die Großmutter sitzt neben dem Kind, daneben die Eltern und die ältere Schwester. Und um sie herum alle anderen Familienmitglieder. Die Schwestern des Großvaters und deren Kinder mit wiederum ihren Kindern.

Es ist alles so, wie es schon immer gewesen ist.

Wie es ist, wenn die Familie sich trifft.

1889

Diese Geschichte muss erzählt werden. Wann fängt sie an?

Begonnen hat alles im Dezember 1889. Das Unglück geschah einen Tag vor Weihnachten, und die Welt schien für einen Moment stillzustehen, zumindest für diese eine Familie, am Rand des Schwarzwalds, im kleinen Dorf mitten im Schneesturm.

Es war kalt an dem Tag, der Sturm ließ die Schneeflocken waagerecht gegen die Fenster fliegen. Hinter den Fenstern saß die Familie, es fehlten der Vater und der Sohn. Die beiden waren vielleicht im Schnee stecken geblieben oder hatten sich irgendwo untergestellt.

Die anderen saßen eng beieinander in der warmen Stube, bangten, beteten, hofften, während es draußen dunkelte und der Schnee bereits alle Geräusche dämpfte, gar verschluckte.

So ist das mit dem Unglück: Man merkt, dass etwas nicht stimmt, aber die Ungewissheit lässt einen hoffen. Bevor man Gewissheit hat, liegt die Wahrheit noch in weiter Ferne. Man denkt, es wird schon nichts Schlimmes geschehen sein. Es muss eine einfache Erklärung geben.

Aber je länger die Familie wartete, ohne eine gute Nachricht zu erhalten, umso näher rückte das Grauen, umso mehr steigerten sie sich hinein in die Vorstellung, etwas Furchtbares müsse geschehen sein.

Und mitten in der Nacht wurde der Familie die schlimmste aller Nachrichten überbracht. Der Vater war tot.

Der Sohn kam zurück, als ein anderer Mensch.

1913

Theo

Sie spielten ihr liebstes Spiel: Verstecken. Theo und Emma rannten, und sie fanden ein gutes Versteck in der Scheune neben dem Gasthaus. Marie begann bereits zu suchen, Theo rutschte noch weiter nach hinten und schob sich dicht an Emma heran. In der Ecke der Scheune roch es nach Sommer, Heu und auch ein bisschen nach Katzenfell. Theo überlegte. Vielleicht könnte er Marie nachher noch dazu bringen, das Katzennest zu suchen. Es musste hier eines geben.

»Theo! Emma!«

Marie würde sie hier bestimmt nicht finden, dachte Theo, vielleicht sollte er das Spiel beenden und mit Marie auf die Suche nach den Kätzchen gehen. Aber Emma hatte sich fest bei ihm eingehakt, sie würde böse werden, wenn er sie jetzt verriet. Befürchtete Theo. Also blieb er still sitzen, machte keinen Mucks. Da brüllte die tiefe Stimme des Vaters über den Hof: »Marie!« Sie solle kommen, müsse mithelfen.

Schon trippelte Marie in den Gasthof und verschwand in der Küche. Nun mussten Theo und Emma allein Ausschau nach den Kätzchen halten. Ganz hinten im Heulager fanden sie das Nest. Staunend beobachteten die Kinder, wie die kleinen Fellknäuel am Bauch der Katzenmutter hingen, um deren Milch zu trinken. Vorsichtig streichelten sie über ihr weiches Fell und blieben lange dicht beieinandersitzen.

Am Abend in der Kammer erzählte Theo Marie dann von den kuscheligen Kätzchen. Am liebsten hätte er eines mit zu sich ins Bett genommen, aber Emma warnte, dass der Vater so etwas niemals erlauben würde, denn die Kätzchen brauchte man in der Scheune, sie jagten die Mäuse. Die fraßen sonst das ganze Getreide, und das wollte ja niemand, man musste die Vorräte schützen, vor Nässe und vor Mäusen. Und die Katzen halfen dabei. Emma wusste einfach alles. Und Emma hatte das alles von Gesine und Marie gelernt. Die beiden waren die gescheitesten Schwestern, die es überhaupt gab auf der Welt.

Marie war schon acht und musste im Gasthof sehr viel arbeiten, der Vater führte ein strenges Regiment. Sie durfte keinen Fehler machen, nichts verschütten und beim Kartoffelschälen nicht zu viel abschneiden. Sonst gab es was hinter die Ohren, da war der Vater nicht zimperlich.

Theo liebte seine Schwestern: Gesine, die Schöne mit den lustigen Locken, sie war im letzten Frühjahr sieben geworden, und Marie, die ein Jahr ältere, mit strahlend blauen Augen und blondem Haar, und natürlich Emma, seine Spielkameradin. Gesine musste auch schon viele Aufgaben übernehmen, half in der Küche und bediente außerordentlich flink und immer fröhlich in der Gartenwirtschaft oder in der heimeligen Gaststube die Ausflügler aus der nahen Stadt. Nicht selten bekam sie ein stattliches Trinkgeld. Theo selbst war ja zu klein für die Wirtschaft, mit seinen gerade mal vier Jahren, und die sechsjährige Emma wurde noch nicht so sehr eingespannt, ein Auge auf den kleinen Bruder sollte sie halt haben. Deshalb waren sie eigentlich immer zu zweit unterwegs. Aber sie trieben sich häufig in der Nähe der großen Schwestern herum und wurden von beiden arg verhätschelt. Die Mädchen sorgten sich sehr um ihren kleinen Bruder, liebten seine runden Bäckchen, den dunkelblonden Wuschelkopf und das sonnige Gemüt des Kerlchens. Und die etwas ältere Emma war sozusagen das Bindeglied, sie gehorchte ihren Schwestern aufs Wort. Es war Emmas

Aufgabe, den kleinen Theo zu beschützen. Theo genoss diese dreifache Fürsorge, es fehlte ihm an nichts.

Der Vater, Manfred, hatte keine guten Nerven. Er kümmerte sich selten. Die Mutter dagegen fand immer etwas Zeit für die Kinder und behielt ihre gute Laune, obwohl sie so viel arbeiten musste und das jüngste Brüderchen wirklich oft Hunger hatte. Ständig hing es an Mutters Brust. Frühmorgens begann ihr Arbeitstag im Stall beim Melken, und er endete erst spät am Abend, wenn der letzte Gast das Wirtshaus verlassen hatte, der Boden gewischt war. Trotzdem frühstückte die Familie morgens gemeinsam am großen Tisch in der Wirtsstube. Während dieser Stunde ließ sich die Mutter von nichts ablenken, stillte das Matthiasle und scherzte mit den Kindern.

Theo und Emma waren glücklich. Ganz besonders mit Gesine und Marie in der Dachkammer. Sie bekamen abends sogar zwei Gutenachtgeschichten erzählt und schliefen dann unter dem Gemurmel der älteren Schwestern getrost ein.

Manfred

Auch der Vater bemerkte, wie sehr sein Sohn an den Schwestern hing, sie waren wie kleine Mütter für ihn. Theo würde es noch mal weit bringen, das ahnte Manfred. Vielleicht sollte er bei dem Jungen manches anders machen, dachte er dann und wann. Die Mädchen mussten schon viel schaffen. Aber dafür hatte man die Kinder ja in die Welt gesetzt, damit sie einem halfen. Das Leben war hart. Die Winter brachten Eis und Schnee, man musste schauen, dass ausreichend Holz im Schuppen war, damit wenigstens in der Küche stets ein Feuer im Herd brannte.

Im Sommer gab es immer etwas zu tun, die Wiesen mussten gemäht werden, die Kühe brauchten Grünfutter, und die

Heuernte war beschwerlich. Während des Heuens mussten sie noch früher raus, häufig mitten in der Nacht. Denn die Wiesen lagen weit außerhalb des Ortes. Wohl hatten sie ihre Gäule, die den Wagen zogen, aber gemäht wurde mit der Sense. Und die Obstbäume auf den Wiesen mussten beschnitten, gestützt und schließlich beerntet werden. Da wurde jede noch so kleine Hand gebraucht. Auch Theo hatte bereits als Dreijähriger ein kleines Obstkörbchen, las Äpfel und Birnen vom Boden auf.

Eigentlich hatte Manfred den Hof gar nicht übernehmen wollen, seine Zukunft sah er damals ganz woanders. Der Lehrer und der Pfarrer fanden, er solle seine Talente weiterentwickeln, Lehrer werden.

Er brachte sich das Klavierspiel selbst bei. Mit fünf konnte er aus dem Kopf alle Kirchen- und Volkslieder spielen. Saß er auf dem Klavierschemel, spielte er los, und es kamen die schönsten Melodien aus dem Instrument heraus. Die Musik lag ihm einfach. Nur war es halt so, dass jeder daheim mithelfen musste und auch Manfred sich nicht drücken konnte vor den Pflichten, die diese elende Wirtschaft der ganzen Familie tagaus, tagein abverlangte. Also absolvierte er nur die Volksschule. An einen Besuch des Gymnasiums war nicht zu denken gewesen. Er musste seinen Eltern helfen, im Wirtshaus und in der Landwirtschaft. Und doch träumte er immer davon, irgendwann in naher Zukunft noch mal etwas ganz anderes anzufangen.

Und das hätte er auch ganz bestimmt getan, wäre da nicht aus heiterem Himmel das große Unglück geschehen.

Theo

Theo schlug die Augen auf, denn es war mal wieder so weit: Vater saß am Klavier und spielte seine Lieder. Obwohl es draußen noch dunkel war. Das ganze Haus war erfüllt von Melodie und Wärme. Ob sie auch schon wach sei, fragte Theo seine Schwester Gesine leise. Der »Vadder« spiele ja, da komme er wohl nicht mit auf die Sommerwiese.

Die Lieblingsschwester wusste: Der Vater würde nicht mitkommen. Sie stand auf und scheuchte die anderen aus den Betten. Der Tag begann.

Es war mitten in der Heuernte. Alle mussten mit aufs Feld. Selbst den Jüngsten holte die Mutter, denn sie konnte ihn ja nicht einfach in seinem Bettchen liegen lassen. Mit dem Kleinen auf dem Arm ging sie voran, die Treppe hinunter und hinaus in die dunkle Nacht.

Der Vater blieb am Klavier sitzen.

Die anderen marschierten in Richtung Ortsausgang. Mutter Rosine vorneweg, die Sense geschultert, den Wetzstein in der Schürzentasche. Theo war noch müde, trotzdem hüpfte er an Emmas Hand fröhlich zwischen Marie und Gesine der Wiese entgegen. Der Säugling wurde von den Schwestern im Leiterwagen hinterhergezogen. Gut in eine Decke eingewickelt, lag der jüngste Bruder im Wagen und schaute mit seinen großen Kulleraugen zu Theo und Emma. Theo summte vergnügt die Melodie vor sich hin, die der Vater beim Aufbruch der Familienkarawane gespielt hatte.

Rosine hatte ihrem Mann aufgetragen, demnächst die Pferde einzuspannen, damit er auf der Wiese einen Wagen Grünfutter für die Kühe aufladen konnte. Der andere Teil des gemähten Grases sollte zu duftendem Heu trocknen. Das Wetter war gut, und es würde noch eine ganze Weile so bleiben. Die Sommerwiese wurde fast den ganzen Tag von der Sonne beschienen, nur ein einziger Apfelbaum stand einsam vorn am Wegesrand. Das Heu sei sicherlich in zwei Tagen trocken, sagte die Mutter. Sie fuhr mit der Sense durchs hohe Gras und arbeitete sich flink den Hang hinauf, dicht gefolgt von ihren fleißigen Mädchen, die ihre Rechen schwangen und danach im unteren, flachen Teil der Wiese saubere Reihen zogen, damit es nachher schnell ging mit dem Aufladen. Wenn nur der Vater bald kommen würde!

Theos Aufgabe bestand an diesem Tag darin, das gefallene Gras am Rand des Feldes fein säuberlich in die Wiese hereinzurechen. Er arbeitete sich mit dem Holzrechen rüber zum äußeren Rand, dann den Hang hinauf und oben zurück, um anschließend den Hang wieder hinunterzurechen. Es war mühsam, aber er ließ nicht nach, erledigte seine Aufgabe pflichtbewusst, wie ein kleiner Soldat.

Als das ganze Gras lag und das erste Morgenlicht den Himmel leuchten ließ, setzten sich alle neben dem Leiterwagen in die gemähte Wiese. Das war das Schönste am ganzen Heuen: Vesperbrot und Hefekranz. Gegen den Durst tranken sie mit Wasser verdünnten Saft von roten Johannisbeeren, »Träuble«. Theo liebte den säuerlichen Geschmack auf der Zunge.

Ein ums andere Mal wendete Mutter Rosine ihren Blick zum Weg in Richtung Dorf. Aber vom Vater keine Spur. Zusammenpacken! Man müsse zurück, zum Melken, rief sie.

Rosine wies Theo an, sich auch in den Wagen zu setzen, seine kleinen Füße sollten sich ausruhen, damit er nachher noch mit dem Vater über die Wiese springen konnte, um das Heu zu wenden.

Für Gesine war es jetzt recht anstrengend, den Leiterwagen zu ziehen, aber sie beschwerte sich nicht. Marie half ihr, Emma schob von hinten, und Theo nickte ein, obwohl er unbequem saß, um ja den kleinen Matthias nicht im Schlaf zu stören. Als sie die ersten Häuser des Dorfes passierten, schlug die Kirchenglocke gerade sechs Mal. Der Vater kam ihnen in schnellem Tempo mit der Kutsche entgegen, saß hoch oben auf dem Bock. Theo erwachte und blickte stolz auf das Pferdegespann. Der Vater mit den wilden Locken und dem aufrechten Oberkörper fuhr schneidig. Theo sah genau, dass der Vater vorhatte, schnell an ihnen vorbeizukutschieren, er hob bereits den Arm zum Gruß und zog dabei die Schultern etwas ein, wie um sich wegzuducken. Aber mit einer schnellen, energischen Handbewegung stoppte die Mutter ihren Mann.

Rosine erklärte ihm knapp, das Gras sei bereits in Reihen gerecht, er müsse nur noch aufladen. Sie ermahnte ihn, sich zu beeilen, es warte schließlich noch ein Haufen Arbeit.

Theo war auf den Kutschbock geklettert und nahm neben seinem Vater Platz. Schon ging's weiter in Richtung Wiesenstück. Jetzt war es herrlich, so hoch oben auf der Kutsche. Neben ihm der Vater, heute einmal ausgesprochen gut gelaunt, und über ihnen der blaue Himmel, der einen schönen Sommertag versprach.

An solchen Gutelaunevatertagen liebte er es, mit dem Vater beisammen zu sein, vergessen war das schimpfende Familienoberhaupt, das ihm öfter begegnete. In diesen Sekunden fühlte er nur eines: Glück, das in warmen wohligen Wellen durch ihn hindurchfloss, seinen ganzen Kinderkörper ausfüllte und sein Herz frohe Hüpfer machen ließ. Er spürte, wie sich ein Lächeln auf seinem Gesicht ausbreitete, ein Glucksen kam den Hals herauf. Schon begann er sein glockenhelles Lachen, das den Vater für gewöhnlich mitzureißen vermochte. Und tatsächlich hörte er es auch schon neben sich, der Vater lachte schallend. Welch schöne Melodie, ein Lachduett aus voller Kehle, hell und dunkel, wild und ausgelassen. Theo hätte ewig so weiterfahren können, die Wärme des Vaters an seiner Seite, den angenehm kühlen Fahrtwind, die goldene Morgensonne im Gesicht.

Aber da waren sie auch schon angekommen. Die gemähte Wiese lag vor ihnen, sie stiegen ab und machten sich daran, den Karren zu beladen. Danach kam das Verstreuen des Heugrases dran. Sie arbeiteten sich einmal mit Plan durch die Wiese, die Gabeln schwingend, das Gras durch die Luft werfend, damit es besser dörren konnte.

Endlich waren sie fertig. Der Vater war zufrieden. Jetzt müsse nur noch die Sonne gehörig hineinscheinen, damit das Futter schnell trockne. Morgen kämen sie noch einmal her, um die Mahd zu wenden, und am übernächsten Tag könne man das Heu einholen.

Mit dem beladenen Wagen fuhren sie zurück zum Hof, die Sonne schien jetzt bereits kräftig, als sie die Pferde ausspannten, den Wagen abluden und den Kühen das Futter hinwarfen. Endlich konnten sie sich zu den anderen in die Küche setzen und eine Vesperpause machen. Von den Wurstbroten satt und zufrieden wurde Theo recht müde. Gesine gab ihm ein Kissen, und er legte dankbar seinen kleinen Kopf darauf.

Für den Theo sei für heute Feierabend. Mehr könne er mit seinen vier Jahren nicht schaffen, bestimmte die Mutter. Es solle heiß werden am Mittag, da bleibe Theo am besten in der Stube. Er müsse viel trinken, damit er keinen Hitzschlag bekomme. Theo war froh, dass die Mutter ihm frei gab.

Rosine

Sie machte sich immer Sorgen um die Kinder. Gleich das erste Kind, der liebe Fritz, war aus dem Säuglingsalter gar nicht herausgekommen. Das Bübchen war mit zwei Monaten am hohen Fieber gestorben. Das hatte sie mitgenommen. Aber Rosine wollte unbedingt wieder ein Kind, und ein knappes Jahr später wurde ein Mädchen geboren. Alles war gut, Marie trank fleißig, nahm an Gewicht zu und entwickelte sich prächtig. Sie war von Anfang an ein Goldschatz, und auch heute noch waren sich Mutter und Tochter sehr nah. Obwohl Marie schon fleißig mithelfen musste, war sie stets gut gelaunt und immer an Rosines Seite. Ein Jahr später kam Gesine, die auch eine gute Gesundheit hatte, selten krank war. Zwei kleine Mädchen, so ein großes Glück.

Und dann war sie auch schon wieder schwanger geworden. Das dritte Mädchen wurde nach ihr benannt. Die kleine Emma Rosine kam arg klein zur Welt und trank nicht gut an der Brust. Aber Rosine opferte sich förmlich auf, hätschelte und päppelte das Würmchen.

Im Herbst, mit den ersten kalten Nächten, nahm sie Emma zu sich ins Bett. Auch Marie und Gesine durften sich unter ihre Decke kuscheln. Aber die Kinder bekamen trotz allem eine starke Erkältung mit Husten und Schnupfen. Während Marie und Gesine nach einer Woche wieder gesund waren, kämpfte die kleine Emma wochenlang mit schlimmem Husten und bekam zum Schluss sehr hohes Fieber. Der Doktor attestierte eine Lungenentzündung und gab den Eltern nicht viel Hoffnung.

Doch Rosine sagte dem Schicksal den Kampf an, legte warme Schmalzwickel auf Emmas schmale Brust und stellte Schüsseln mit Thymianaufguss neben das Bettchen. Jeden Abend flößte sie dem schwachen Mädchen einige Löffelchen Tee aus getrockneten Blüten der Königskerze ein. Sie wachte so manche Nacht bei Emma, versuchte, mit Wadenwickeln das Fieber zu senken, und betete zum lieben Gott, er möge ihr nicht auch noch dieses Kind nehmen. An einem stürmischen Novembertag kam die Wende. Der Säugling, immer noch schwach und ausgezehrt vom tagelangen Fieber, begann begierig an Rosines Brust zu saugen. Nach langen Wochen des Hoffens und Bangens erholte sich Emma langsam.

Als Rosine in jenem Jahr am Heiligen Abend neben dem Christbaum Platz genommen hatte, die völlig genesene Emma im Arm und die Händchen von Marie und Gesine an ihrem Rockzipfel, da wusste sie, dass sich der Kampf gelohnt hatte für diese drei »süße kleine Mädle«. Dennoch brauchte sie selbst noch einige Zeit, um sich zu erholen und zu ihrer alten Stärke zurückzufinden.

Bald war sie wieder guter Hoffnung. Vom Beginn der unkomplizierten Schwangerschaft an wusste Rosine, dass dieses Mal alles gut verlaufen würde. Sie konnte sich selbst nicht so recht erklären, woher ihre Zuversicht kam, nach allen Schicksalsschlägen. In einer bitterkalten Februarnacht kam der kleine Theo auf die Welt, und seither liebte sie auch dieses Kind abgöttisch.

* * *

Der sonnendurchflutete Sommer 1913 ging in einen warmen September über. Die Äpfel hingen rot-golden an den Bäumen, man musste die Äste stützen, damit sie nicht unter dem Gewicht der Früchte herunterbrachen. Die Zwetschgen waren bereits geerntet, zu Marmelade verkocht, in Einweckgläsern haltbar gemacht, und die angeschlagenen Früchte vergoren in großen Fässern zu Maische. Dieses Jahr würde man recht viel Schnaps brennen können, sogar die Kirschenernte war reichlich ausgefallen. Der Vorratskeller des Gasthauses war gut gefüllt, und die Birnen und Äpfel waren ja noch gar nicht reif.

Ein goldener Oktober brach an, und alle halfen bei der Obsternte. Auch Theo und Emma sammelten fleißig Birnen und Äpfel in ihre Körbe und freuten sich auf das Mosten. Es war eine schwere Schufterei, die vollen Säcke in die große Saftpresse zu schütten. Anschließend drehten die Männer an der Kurbel, damit dann endlich der Saft aus dem Ausguss herauslief. In diesem Herbst konnten sie alle ihre Fässer füllen, es war eine große Freude.

Als die Ernte vorüber und alle Früchte versorgt, alle Marmeladen und Fruchtsäfte gekocht und selbst das Quittengelee und das Quittenbrot sicher im Vorratskeller lagerten, kehrte eine friedvolle Ruhe auf dem Hof ein. Endlich war alles geschafft. Jetzt musste man sich bloß noch ums Holz kümmern, um die Tiere und natürlich um die Gastwirtschaft. Aber es gab auch einmal Ruhepausen, die die erschöpften Eltern dringend brauchten.

An einem der letzten Oktobertage durften Emma und Theo ihren Vater begleiten, um das im vergangenen Frühjahr geschlagene Holz einzuholen für den Holzvorrat hinter der Scheune. Weit hinein in den Wald und steil hinauf ging es. Die beiden saßen neben ihrem Vater auf dem Kutschbock und bewunderten seinen routinierten Umgang mit den Gäulen. Theo war glücklich. Wie stolz er auf seinen Vater war. Auch wenn der eine dunkle Seite hatte, die öfter einmal hervorbrach. Dann bekam Theo Angst, denn er wusste, dass diese Wut sich immer an der Mutter oder den geliebten Schwestern entlud. Der Vater schrie die Mutter an, sagte schlimme Sachen, und bei den älteren Schwestern rutschte ihm hin und wieder die Hand aus. Anfangs war Theo immer davongerannt, hatte sich versteckt, die Ohren zugehalten und auf seinen tobenden Herzschlag gehört. Jetzt war er älter und musste das aushalten! Außerdem schlug der Vater weniger hart zu, wenn er mit dabeiblieb. Kerzengerade stand Theo neben den Schwestern und schaute dem Vater ins Gesicht, was diesen offenbar verwirrte, denn kaum hatte er die Hand gehoben, ließ er sie wieder sinken, drehte sich um und verschwand ins Haus. Gleich beim ersten Mal war die Mutter aus dem Stall gelaufen, wollte ihre Mädchen schützen, aber noch bevor sie den Vater erreicht hatte, drehte dieser ab und schlich mit hängenden Schultern davon. Die Mutter warf Theo einen anerkennenden Blick zu, sie war sehr stolz auf ihn in diesem Moment, das hatte er bemerkt und bis jetzt nicht vergessen.

Seit diesem Tag hielt er es so, kam sofort dahergerannt, wenn die Wut den Vater erfasste. Theo stand bei den Geschwistern.

Aber bei all der Wut, die das Familienoberhaupt von Zeit zu Zeit erfasste, wusste Theo doch, dass sein Vater die

Familie liebte. Für Theo war klar: Sollte ihm, den Geschwistern oder der Mutter etwas zustoßen oder etwas oder jemand sie bedrohen, der Vater würde sich der jeweiligen Gefahr blind entgegenwerfen. Gleich einem starken Ackergaul würde er alles tun, die Familie zu schützen. Da war sich Theo sicher.

Am Waldstück der Familie angekommen, begannen sie gleich mit dem Beladen des Wagens. Der Vater nahm die schweren Stämme. Theo und Emma trugen die kleineren Äste und warfen sie hinauf auf die Ladefläche.

Es geschah beim Zusammenlesen der letzten dürren Zweige. Flink wuselten die Kinder hinter dem Vater her und sammelten fleißig alles auf. Theo alberte mit Emma herum. Sie bewarfen sich mit Laub und kämpften aus Spaß mit Stöcken gegeneinander. Dabei verletzte sich Emma. Sie blutete.

Der Vater nahm's gelassen. Er verfrachtete sie auf den Kutschbock und sie traten den Heimweg an.

Rosine tupfte mit hochprozentigem Schnaps über den Handballen, um ihn zu säubern. Jeden Tag kümmerte sie sich um Emmas Wunde, schnell schloss sich der Riss, trocknete ein, und die Kamillenbäder wurden überflüssig.

Als Emma zehn Tage nach der Verletzung wie aus heiterem Himmel Fieber bekam, schaute sich die Mutter den Handballen noch mal an. Er war etwas geschwollen, fühlte sich heiß an, und Emma sagte, sie spüre seit der vergangenen Nacht ein dumpfes Klopfen im Handgelenk. Man rief den Herrn Doktor, der öffnete die Wunde erneut, sprach von einer beginnenden Blutvergiftung. Lysol kam zum Einsatz, und Rosine solle ihre Kamillenbäder wieder anwenden, verordnete der Mediziner. Recht gut kamen sie durch die Nacht und den nächsten Tag, das Fieber blieb, aber Emma konnte schlafen, denn der Eiter war herausgespült und der Druck hatte nachgelassen.

Theo erwachte am Morgen von leisem Gejammer und schlug müde die Augen auf. Um Emmas Bett herum hatten sich schon die großen Schwestern und die Mutter versammelt. Besorgt blickten sie auf Emma, deren hübsches Gesichtchen förmlich zu glühen schien. Die Mutter murmelte, man müsse den Doktor noch einmal herholen, es sei nicht gut, wenn das Fieber so früh am Tag derart in die Höhe schnelle.

Alarmiert sprang Theo aus seinem Bett und setzte sich behutsam neben Emma aufs Kissen. Fürsorglich legte er seine kleine, kühle Hand auf die heiße Stirn der Schwester. Als er Gesines Blick suchte, sah er blankes Entsetzen in ihren sonst so fröhlichen Augen. Da wurde auch er von einer großen Angst erfasst, spürte plötzlich noch viel deutlicher die Hitze, die der zierliche Körper neben ihm ausstrahlte. Und das, obwohl Emma anscheinend fror, denn sie zitterte am ganzen Körper und klapperte leise mit den Zähnen.

Als der Vater im Türrahmen erschien, wurde sein Blick starr, er machte kehrt und polterte die Stiege hinunter, hinaus in den dämmernden Morgen. Kurze Zeit später kam er zurück, gefolgt vom Doktor, sagte, man müsse raus aus dem Zimmer, der Doktor brauche Ruhe für seine Untersuchung, es sei ernst mit Emmas Krankheit.

Rosine blieb, sie wich nicht von Emmas Seite, beobachtete den Doktor und kam an diesem Tag nur einmal herunter, um saubere Tücher und abgekochtes Wasser zu holen.

Für Theo war es der schlimmste Tag in seinem Kinderleben. Zumindest dachte er das. Aber es würde noch schlimmer kommen, die Katastrophe war nicht mehr aufzuhalten, das wusste er nur noch nicht.

Still saßen die Kinder mit dem Vater in der Küche, unfähig, sich zu bewegen, geschweige denn etwas zu essen, sie vergaßen sogar zu trinken. Niemand sprach. Die Zeit schien zu stehen. Als Theo am späten Nachmittag leise zu weinen begann, nahmen ihn die großen Schwestern in ihre Mitte, strichen ihm über den zitternden Rücken und sprachen ein Gebet für die kleine Emma. Mit tränenerstickten Stimmen flehten sie den lieben Gott an, ihre kranke Schwester wieder gesund zu machen.

Ob der Doktor seiner Emma denn keine Medizin geben könne, damit sie wieder gesund werde, fragte Theo die Schwestern und den Vater. Aber sie wussten darauf keine Antwort.

Als es langsam dunkel wurde, kam der Doktor die Stiege herunter und blieb im Türrahmen stehen. Er erklärte, dass sich Emmas Fieber nicht mehr senken lasse und er mit seinem Latein am Ende sei. Da erhob sich der Vater vom Stuhl, begleitete den Doktor hinaus, dankte ihm für seine Bemühungen und verabschiedete sich.

»Kender, kommad!«

Und die Kinder kamen, folgten ihm die Treppe hinauf und hinein in die Kammer. Die Mutter saß ganz versunken, weinte still, sie hielt Emmas Hand. Theo setzte sich zur Mutter an Emmas Bett und streichelte ihr feines Gesicht. Es war heiß und feucht, er strich ihr eine Haarsträhne zur Seite und ließ die kleine Hand auf ihrer Stirn liegen. Da öffnete sie ihre Augen und hauchte, Theo solle seine kühle Hand dort lassen. Das tue ihr gut.

Theo sagte leise, wenn es ihrem Kopf guttue, werde er die Hand die ganze Nacht liegen lassen, um ihn zu kühlen. Damit Emma gesund werde. Damit man bald wieder Verstecken spielen könne.

Tränen rannen ins Kissen. Ihr Blick wurde noch trauriger. Sie wusste.

Theo schluchzte, denn er begriff, dass Emma die Wahrheit kannte. Es würde nicht mehr gut werden. Sie hatte die Augen wieder geschlossen, sprach kein einziges Wort mehr, den ganzen langen Abend nicht.

Müde legte Theo seinen Kopf dicht an Emmas glühendes Gesicht und hoffte trotzdem, am Morgen gehe es seiner lieben Schwester besser.

Als Emma am späten Abend für immer von ihnen ging, war es, als bräche die Erde auseinander. Theo war sich sicher, diese Nacht werde niemals enden, und am Morgen werde die Sonne nicht aufgehen, denn für ihn war alles nur noch schwarz und düster.

Irgendwann fiel Theo in einen tröstenden Schlaf, und als er die Augen aufschlug, dämmerte es bereits. Er ging zu Gesine, kuschelte sich eng an sie. Immer wieder fragte er die Schwestern, warum ihre Emma hatte sterben müssen, er fragte, wo sie jetzt hingehe, ob sie nie mehr wiederkommen könne, wer denn jetzt in ihrem Bett schlafe, wenn der Abend kam, und ob sie keine Schmerzen mehr haben müsse.

Die Mutter nahm Theo auf den Arm und versicherte ihm, dass Emma jetzt auf alle Fälle keine Schmerzen mehr habe. Sie meinte, das sei doch gut für die Emma. Das sei doch etwas, woran sie sich alle festhalten könnten. So kleine, liebe Mädchen, wie Emma eines gewesen war, kämen auf alle Fälle in den Himmel, und dort würde es der Schwester gefallen und gut gehen.

Tatsächlich fühlte sich Theo durch die Erklärungen der Mutter getröstet, obwohl die Trauer schwer auf seiner Brust lag, ihn fast erdrückte. Die nächsten Tage saß er meist stumm und traurig auf der Küchenbank, das Töpfeklappern im Ohr, die Kochgerüche in der Nase, und schaute der Familie beim Weiterleben zu. Der sonst so lebendige Theo wurde für mehrere Wochen zum Stubenhocker, traurig und träge.

Die Beerdigung nahm er wie durch Watte wahr, er trottete zwischen den großen Schwestern hinter dem kleinen Sarg und den Eltern her. Den Moment, als man den Sarg in die Erde hinunterließ, würde er in seinem Leben nicht mehr vergessen. Das war zu viel für ihn.

Die Emma hätte das nicht gewollt, man dürfe seine Schwester nicht mit Erde zuschütten, rief er und zerrte an den Armen der erschrockenen Schwestern. Sie flüsterten aufgeregt, er solle sich beruhigen. Aber er zappelte nur noch mehr, weinte laut und ungehalten. Der Pfarrer schaute schon ganz streng. Da ging Rosine zu ihrem kleinen Sohn, nahm ihn in den Arm und beruhigte ihn, sagte, sie müssten Emma gehen lassen. Theo solle in den Himmel schauen. Seine Schwester hocke auf einer Wolke und passe ab jetzt auf ihn auf. »Wirscht scho seha!« Das befolgte er. Blickte nach oben – und sah.

Wenngleich dieser Novembertag nebelverhangen und grau war, so schob sich doch für einen Moment die Sonne hinter einer Wolke hervor und ließ ihre Strahlen auf den Friedhof herunterscheinen.

Wie oft musste sie diese Schmerzen noch spüren, warum wurde ihr wieder und wieder eines ihrer Kinder genommen? Das fragte sich Rosine. Warum war nun auch Emma tot? Vielleicht war sie nicht sorgfältig genug gewesen, hatte Dreck in der Wunde übersehen. Wie konnte das nur passieren?

Erst im letzten November waren Rosines Zwillinge gestorben. Marga und Martin. Als sie fünf Monate zuvor an einem heißen Tag auf die Welt gekommen waren, zeigte sich schon, dass vor allem der kleine Martin recht schwach war. Aber sie versuchte alles, stillte und umsorgte ihn. Nach den ersten, anstrengenden Wochen wurde es leichter, die Milch schien für die zwei Kinder zu reichen, alles sah danach aus, dass man beide durch den Winter bekommen konnte. Doch Rosine selbst wurde zum Problem. Anfang Oktober, die Obsternte war in vollem Gange, wurde ihr die Milch knapp. Die Kleinen schrien vor Hunger, ihre Brüste hingen wie leer gesaugt an ihr herunter, und es blieb ihr nichts anderes übrig, als es mit Kuhmilch zu versuchen. Einige Tage schöpfte sie große

Hoffnung, glaubte fest daran, die Zwillinge wieder aufpäppeln zu können. Doch als der Winter früh im November den Wald in ein weißes Kleid hüllte, bekamen die Kleinen starken Durchfall. Nichts half, man konnte zusehen, wie sie immer schwächer wurden. Innerhalb einer Woche starb zuerst Martin und kurz darauf auch die kleine Marga.

Rosine hatte darauf bestanden, die winzigen Körper gemeinsam in einen Sarg zu legen. Sie konnte es nicht erklären, aber der Gedanke, beide eng beieinander zu wissen, tröstete sie ein wenig. Deshalb blieb sie hart, widersprach selbst dem Pfarrer, als der sich sträubte und behauptete, jeder Erdenbürger, sei er auch noch so klein, müsse sein eigenes Grab bekommen.

Es war Manfred, der am Schluss ein Machtwort sprach. Man mache das so, wie sein »Weib« es sich wünsche. Die Zwillinge seien schließlich zusammen auf die Welt gekommen, dann gingen sie jetzt gemeinsam auch wieder hinauf in den Himmel, polterte er. Das werde den lieben Herrgott schon nicht stören. Im Gegenteil! Damit war die Diskussion beendet. Die Zwillinge blieben zusammen.

Als Rosine kurze Zeit später bemerkte, wie ein weiteres Kind in ihr heranwuchs, war das ein großer Trost für sie. Und sie betete jeden Tag dafür, dass dieses Kind überleben dürfte. Im Sommer kam Matthias auf die Welt, er wirkte gesund und proper, wuchs und wurde nicht krank. Emma kümmerte sich um das Neugeborene und den vierjährigen Theo. Sie saß am Körbchen, hielt Theo auf ihrem Schoß und sprach freundlich mit dem Säugling. Sie streichelte seine Bäckchen und ließ ihn an ihren Fingern saugen. Während Theo brav sitzen blieb, um den Reimen der Schwester zu lauschen.

Aber jetzt war auch Emma gestorben. Innerhalb eines Jahres hatte man drei Kinder hergeben müssen. Rosine zweifelte am lieben Gott, konnte dieser gütige Gott so etwas wollen? War er wirklich ein gerechter Gott?

Da fiel ihr Blick auf ihren sonst so fröhlichen Theo. Seit Stunden saß er am Küchentisch, spielte mit seinem kleinen Bruder und sah so traurig aus.

Der Schmerz um Emma würde bleiben, wie die Lücke, die sie hinterließ. Aber Rosines Aufgabe war es, die Kinder zu trösten und für sie zu sorgen.

Deshalb setzte sie sich jetzt neben Theo, strich ihm über die Haare und fragte, was ihn denn so arg quäle. Da begann er zu sprechen, erklärte, dass er sich frage, ob er nicht schuld sei an Emmas Verletzung. Schließlich habe er ganz schön wild mit den Stöcken herumgefuchtelt, und deshalb habe Emma sich ja auch verletzt.

Behutsam erklärte Rosine ihrem Sohn, dass niemand Schuld trage. Sagte, Emma würde nicht wollen, dass er so traurig sei, er müsse auch einmal wieder fröhlich werden.

Theo versprach's der Mutter. Meinte aber, er sei schon noch ein bisschen traurig, da könne man nichts machen. Die Emma sei doch immer da gewesen. Am Abend in der Kammer und morgens beim Aufwachen. Und jetzt sei da nur noch »die leere Bettlad«, das sei doch zum Heulen, sprach er altklug. Rosines Mutterherz quoll über vor Liebe und Kummer.

Ratlos ließ sie Theo bei seinem kleinen Bruder sitzen und kümmerte sich ums Mittagessen. Ab und an wanderte ihr Blick dennoch hinüber. Jetzt zog Theo die Spieluhr auf und ließ sie über Matthias' Köpfchen baumeln. Der lachte und griff nach dem Spielzeug. Als er es erwischt hatte, lobte Theo ihn und lächelte. Er erholte sich sichtlich. Rosine war es, als erinnerte Theo sich, wie Emma den Säugling immer am Bäuchlein gekitzelt hatte, denn er tat es ihr nach. Mit einem fröhlichen Glucksen belohnte ihn der kleine Matthias. Er schäkerte aus seinem Körbchen heraus mit dem großen Bruder. Zum ersten Mal seit Wochen schien Theo buchstäblich die Sonne wieder zu sehen. Tatsächlich strahlte sie heute wärmend zum Fenster herein und tauchte die Stube in goldenes Licht. Der Januar hatte trüb und hässlich begonnen, aber als Theo jetzt durch die Scheiben den frischen Schnee bewunderte, bemerkte, wie die Sonnenstrahlen ihn zum Glitzern brachten, da ließ sein Kummer nach. Das sah Rosine.

An einem weiteren strahlenden Sonnentag im Januar begann Rosine damit, den Christbaum abzuschmücken. Eigentlich hatte der Vater gar keinen Christbaum gewollt, die kleine Emma war doch so kurz vor dem Fest von ihnen gegangen. Aber Rosine hatte sich durchgesetzt. Die Emma habe sich immer so arg über den Christbaum gefreut. Gerade wegen der Emma brauche man dieses Jahr erst recht einen Christbaum.

Es war ein wunderschöner Baum geworden. Die goldenen Glaskugeln leuchteten neben rotbackigen Äpfeln, und der von Emma gebastelte Strohstern hatte die Baumspitze geschmückt.

Diesen Strohstern durfte Theo jetzt in der Kiste verstauen. Noch Jahrzehnte später würde er den Christbaum seiner Mutter schmücken, sie alle an Emma erinnern, denn das Kind blieb für immer Teil der Familie.

Und auch wenn das Leben auf dem Hof und im Bären weiterging, jedes Jahr kamen der November und der Dezember mit den Erinnerungen an quälende Stunden und Tage, mit grauem Licht und trüben Gedanken. Denn es waren diese zwei Monate, in denen Kinder krank wurden und starben. Und das Sterben ging weiter, die Familie blieb auch weiterhin nicht vom Schicksal verschont.

Als im Sommer der Weltkrieg begann, war der Bärenwirt bereits achtundvierzig Jahre alt, und das war ein großes Glück, denn er war zu alt für den Wehrdienst. So konnte er auf dem Hof bleiben, sich um die Landwirtschaft und das Gasthaus kümmern und bei der Familie sein. Dennoch war es seine Frau Rosine, die das Familienleben organisierte, den Mittelpunkt bildete, die Familie zusammenhielt.

Rosine war froh, dass ihr Theo erst fünf Jahre alt war. Trotzdem litt sie mit den Müttern, die ihre Söhne in den Krieg ziehen lassen mussten, wo man sie auf den Höfen doch so sehr brauchte! Jedes Kind hatte seine Aufgaben zu erfüllen, war ein Teil des Familienbetriebs und eigentlich unabkömmlich.

1915, August

Rosine, morgens vier Uhr

Sehr früh hatte Rosine heute angefangen zu arbeiten. Das Kind wollte heraus, sie spürte es ganz deutlich. Seit dem späten Abend drückte es in ihr Becken hinein. Ein dumpfer Schmerz, der alles andere zu überdecken schien. Dennoch molk sie die Kühe, konnte sogar die angenehme Kühle genießen, die zur offenen Stalltür hereinwehte. Sie mochte diese friedliche Stille, die am frühen Morgen auf dem Hof herrschte. Nachdem die Milch versorgt und die Stallbahn ausgemistet war, schob Rosine mit der Gabel noch Gras in Reichweite der Kühe. So würden die Tiere gut über den Tag kommen. Wenn sie Glück hatte, war sie am Abend schon wieder in der Lage, das Melken zu übernehmen. Aber jetzt wollte sie sich noch für einen Moment unter den Birnbaum im Garten setzen, zur Ruhe kommen und die nötigen Kräfte sammeln, die so eine Geburt erforderte.

Als sie bereits zwanzig Minuten saß, kam Marie im Nachthemd herangestolpert. Die Zehnjährige musste bemerkt haben, dass die Mutter heute früher dran war mit der Melkarbeit.

Rosine rief sie zu sich.

Die Kleine fragte besorgt, warum sie heute schon so früh beim Melken sei.

Das Kind wolle heraus aus ihrem Bauch, da müsse sie schauen, dass sie mit ihrer Arbeit fertig werde, erklärte Rosine.

Marie begleitete die Mutter in die Küche, dort richteten sie gemeinsam den Tisch fürs Frühstück und kochten einen großen Topf Wasser für die Geburt und für Rosines Tee. Danach half Marie ihrer Mutter, die Laken herzurichten, damit später alles bereitlag.

Rosine bemerkte, dass die Wehen stärker wurden. Also weckten sie den Vater. Manfred beeilte sich, die Hebamme zu holen, obgleich auch er wusste: Rosine schaffte die Geburt im Notfall allein. Aber sicher war sicher.

Tatsächlich war es dieses Mal nicht schon nach einer Stunde vorbei. Erst als die Kirchturmuhr zwölfmal schlug, lag Rosine in den Presswehen, und kurze Zeit später kam das »Büble« auf die Welt.

Theo saß, den kleinen Matthias neben sich, bei Marie in der Küche. Heute war ein heißer Tag. Marie hatte Kartoffeln gekocht und Kräuterquark angerührt, aber das Mittagessen musste noch warten, denn das neue Kind war gerade geboren. Theo fragte die Schwester, ob er sich den Bruder anschauen dürfe. Diese nahm ihn mit, und auch der kleine Matthias stapfte froh die Stiege hinauf und hinein zur Mutter in die Schlafkammer.

Der Säugling lag auf Rosines Brust und saugte bereits kräftig daran. »Es ischd jedes Mol a Wonder«, flüsterte die Mutter in sich hinein. Jedes Mal ein Wunder.

Und ungeachtet der Strapazen stiefelte Rosine nach einem langen Mittagsschlaf am Abend wieder die Treppe hinunter und hinein in ihren Kuhstall zum Melken. Zuvor hatte sie noch den Namen für den Kleinen preisgegeben: Fritz. Er solle heißen wie ihr erstes Kind. Dieses Fritzle solle nicht krank werden. Dieses Fritzle solle leben.

Die Zeit verflog und die Truppe um Marie und Gesine wurde größer. Die Mädchen mussten sich mehr und mehr um ihre Geschwisterchen kümmern. Theo folgte den beiden auf Schritt und Tritt, so sehr hing er an seinen großen Schwestern. Aber häufig bekam auch er schon die Aufgabe, auf die jüngsten Geschwister aufzupassen. Matthias war nicht immer gut zu haben, aber meistens blieb er in Theos Nähe und gehorchte ihm auch. Nur der kleine Fritz war ein großer Schreihals, und Theo wusste manchmal weder ein noch aus, ob so viel wütendem Gebrüll. Der Hunger konnte es nicht sein, denn er trank gut und schien nach dem Stillen stets satt, ja gar ein wenig überfressen. Fand Theo. Völlig erschöpft und zufrieden lag das »Brüderle« nach der Mahlzeit immer in seinem Stubenwagen.

Heute war es mal wieder besonders schlimm. Fritz brüllte mit aufgerissenem Mund und zusammengekniffenen Äugelchen. Sein Gesicht war bereits feuerrot angelaufen und seine Fäustchen fuchtelten unkontrolliert herum. Alle bekannten Kinderlieder, »Der Mond ist aufgegangen«, gleich mehrmals, ja sogar »Großer Gott, wir loben dich«, hatte Theo mittlerweile durchgesungen, er war schon ganz ermüdet. Nicht so der kleine Fritz. Gerade begann sich sein Stimmchen wieder zu überschlagen, er schien kaum noch Luft zu bekommen. Das reichte Theo jetzt, er nahm den Buben, wickelte ihm eine Decke um und schleppte ihn in den Stall zur Mutter. Rosine nahm das brüllende Bündel und wiegte es hin und her. Gleich wurde der Schreihals leiser. Sanft sprach Rosine mit dem von Schluckauf geschüttelten Säugling und küsste ihn aufs blonde Flaumhaar. Sie ließ Theo aufs Stroh sitzen und legte ihm das Fritzle in den Arm. Der sah jetzt ganz friedlich aus, hin und wieder kam ein Hickser aus seinem Bäuchlein, aber sonst schlief er selig.

Matthias kam in den Stallgang, wollte auch zur Mutter. Der Bruder habe ihn allein gelassen, beschwerte er sich. Theo regte sich mächtig auf. Konnte der seinen Mund mal wieder nicht halten! In letzter Zeit wurde Matthias regelrecht hinterhältig. Mittlerweile sprachlich recht versiert, gab der kleine Giftzwerg sein Bestes, Theo ständig bei der Mutter schlechtzumachen. Das wurmte diesen gehörig. Aber Rosine bemerkte, dass der Zweitjüngste wieder einmal maßlos übertrieb.

Er hätte doch hinter Theo die Treppe herunterkommen können. Gerade habe er es ja auch geschafft, belehrte sie ihn, während sie schon weitermelkte, es gab noch einiges zu tun.

Mit bösem Blick fixierte Theo den Zweijährigen, der abermals sein Gift verschossen hatte. Er könne grad aufhören, Theo anzuschwärzen, solle einfach ruhig sein. »Du kloiner Zwuggel!«, zischte er Matthias ins Gesicht. Kleiner Wicht.

Matthias jammerte und gab zurück, er habe doch nicht gelogen. Er setzte den altbewährten Hundeblick auf und verzog sein Schnütchen. Da bekam Theo schon wieder Mitleid mit dem kleinen Zipfel.

Kurz darauf nahm das Unheil nochmals Anlauf, um die Familie erneut zu befallen. In der Nacht hatte es zu schneien begonnen, und als Theo am Morgen die Augen aufschlug, sah er es sofort. Die Fenster waren zur Hälfte zugeschneit, und noch mehr Flocken wirbelten aus dem Himmel herab. In der Küche flackerte bereits ein Feuer im Ofen, alles sah ganz gemütlich aus. Theo setzte sich zwischen Gesine und Marie, dort war ohnehin sein Lieblingsplatz. Rosine ließ den kleinen Fritz an ihrer Brust trinken, aber der Bub bekam ganz schlecht Luft. Immer wieder quietschte er heiser, das hörte sich gar nicht gut an.

Es dauerte sehr lange, bis sie dem Säugling mit dem Kaffeelöffel Sirup verabreicht hatte. Im Frühjahr sammelte sie stets die frischen Triebe der Fichten und kochte daraus den Hustensirup.

Tagsüber war kaum ein Husten zu hören, aber Fritz wurde immer ruhiger. Er schlief beinah den ganzen Tag. Gegen fünf am Abend begann das Fieber zu steigen, und Fritz bekam einen feuerroten Kopf.

An einem Samstagabend in diesem trüben November erstickte der kleine Fritz. Er bekam einfach keine Luft mehr und starb in den Armen seiner verzweifelten Mutter.

Als Theo in die Schlafkammer der Eltern kam, den toten Fritz im Bettchen liegen sah, wurde er sehr traurig. Aber er wollte die Mutter trösten. Deshalb holte er tief Luft, sah ihr in die Augen und setzte zu sprechen an, sagte, für den kleinen Fritz sei es jetzt besser, der Bruder sitze schon bei Emma auf der Wolke und könne wieder froh sein. Dann verließ ihn doch die Kraft. Er ging zur Lieblingsschwester, warf sich in ihre Arme und schluchzte haltlos. Sterben war schlimm. Der liebe Gott sollte keine so kleinen Kinder zu sich holen, das fand Theo furchtbar. Auch weil die Mutter so schrecklich traurig war und die Schwestern ebenso, selbst der Vater weinte um den jüngsten Bruder. Nur Matthias verstand noch nicht so recht, was mit dem Fritzle geschehen war. Dennoch blickte er betrübt in die weinenden Gesichter.

Noch einmal musste Theos Familie hinter einem Kindersarg zum Friedhof ziehen. Sie trugen auch dieses Kind zu Grabe und haderten mit dem Schicksal.

1978, 10. Juni

Frida

Noch nie war sie so müde. Die Sonne scheint zum Fenster herein, und dennoch friert sie unter ihrer dünnen Decke. Wahrscheinlich ist es der Vorgeschmack auf das, was demnächst kommen wird, denkt sie träge. Ob er auch so gefroren hat, damals? Sie weiß es nicht, kann nicht klar denken, hier in diesem weißen Raum. Immer wieder dämmert sie weg, um gefühlt nur Minuten später wieder aufzuschrecken. Oder waren es Stunden, Tage? Alles verschwimmt zu einem Klumpen Zeit. Die Schwestern kommen und gehen. Die Ärzte leuchten mit Taschenlampen in ihre Augen, sprechen sie an: »Frau Engler, wissen Sie, wo Sie sind? Was ist heute für ein Tag? Welches Jahr? …«

Fragen über Fragen. Sie beantwortet alle, fleißig, wie sie ist. Man muss schließlich mitarbeiten. Darf sich nicht hängen lassen. So eine ist sie nicht. Denn sie möchte unbedingt wieder nach Hause. Sie muss wieder zurück und ihre Aufgaben erledigen. Wer sonst sollte sich kümmern? Sie wird noch gebraucht.

Zwar löst sich der Nebel in ihrem Kopf langsam auf, dennoch spürt sie, dass sie nicht mehr die gewohnte Kraft besitzt. Nein, sie wird immer schwächer, alles ist so anstrengend. Sie kann nur daliegen und nachdenken. Und sie denkt ununterbrochen. Sieht alles wieder vor sich.

Bald wird sie wieder bei ihm sein, nichts wird sie dann mehr trennen können. In den letzten Tagen im Krankenhaus ist ihr ganzes Leben wieder an ihr vorbeigezogen. Die Kindheit auf dem Land. Die ersten Tage in der Stadt. Die Begegnung mit ihm. Die schrecklichen Kriegsjahre als Mutter von zwei kleinen Kindern, auf sich allein gestellt. Aber auch die letzten Jahre mit ihren Enkeln. Gute Jahre.

Wenngleich sie selbst einen großen Fehler gemacht hat. Kaum war sie zur Familie ihres jüngsten Kindes gezogen, gab es einen Streit. Unnötig. Es lässt sie heute noch nicht los. Ein Irrtum. Falsch gedacht.

Und trotzdem. Welch großes Glück, bei den Kindern zu sein. So schöne Tage mit der ruhigen Katharina und der quirligen Sissi. Vor allem die jüngere der beiden hat sie immer so zum Lachen gebracht, mit ihrer Neigung, alles durcheinanderzubringen. Es hat gutgetan, für das Mädchen eine Art Vorbild zu sein. Dieses Kind betete sie regelrecht an, ahmte alles nach, was sie so vorlebte. Das hat sie häufig überrascht und überwältigt.

Und nun bedauert sie sehr, dies nicht so deutlich gezeigt zu haben, ja, das hat sie versäumt. Jetzt ist es zu spät. Kinder dürfen die Intensivstation bestimmt nicht betreten, denkt sie. Und wieder packt sie diese Sehnsucht. Alles zieht sich zusammen. Es ist die Ahnung, dass sie die Kinder nicht mehr wiedersehen wird. Aber diese Möglichkeit schiebt sie von sich, sie muss sich ablenken.

Ihre Gedanken gleiten zurück zu ihm.

Wie er dastand mit seinem Wuschelkopf, eine Locke an der anderen schmiegte sich das dichte Haar um seinen Kopf. Er war nicht sehr groß, dafür aber drahtig, sportlich und muskulös. Sein ganzes Aussehen hatte etwas Wildes und Abenteuerliches. Damals wusste sie sofort, dass dieser Mann bestimmt kein Langweiler war, mit ihm würden sich Träume erfüllen. So einen Mann könnte sie gut brauchen, hatte Frida gedacht und war sofort verliebt gewesen.

Es klopft an der Tür, und Hanna, ihre Tochter, tritt ein, natürlich mit ernstem Gesicht. Immer ist sie so ernst. Schon als Siebenjährige war sie äußerst gewissenhaft. Es waren keine einfachen Zeiten, in die sie hineingeboren wurde. Dennoch hat Frida alles getan, damit Hanna fröhlich und unbefangen aufwachsen konnte.

Aber jetzt ist alles anders, denn ihr Mädchen hat einen schweren Schicksalsschlag verkraften müssen. Vor einigen Jahren. Was geschehen ist, wird sie nie mehr loslassen. Hanna ist noch immer traurig.

Für Hanna war es schon immer beschwerlicher als für Fridas Sohn Oskar. Der ist fast sieben Jahre jünger und hat,1943 geboren, den Krieg nur als Baby erlebt. Die Ängste und Entbehrungen, die Hanna deutlich gespürt hat, sind an Oskar einfach vorbeigegangen.

Vermutlich wird es für Hanna nun auch viel schwerer sein, ohne ihre Mutter weiterzuleben. Obwohl sie sehr glücklich verheiratet ist mit ihrem Emil. Und mit Emil an ihrer Seite hat sie damals ins Leben zurückgefunden.

Aber jetzt muss Frida sich von ihren Gedanken losreißen und ein wenig mit Hanna sprechen, damit ihre Tochter noch eine Weile Hoffnung haben kann. Das ist Fridas Pflicht. Ein Weilchen muss sie noch durchhalten.

1934

Theo

Er fühlte sich so unendlich frei. Alles war möglich. Wenngleich der Vater immer noch hoffte, er werde einmal den elterlichen Hof übernehmen, war Theo sicher: Seine Zukunft lag hier in der Stadt. Schon damals, als er die Stelle in der Brauerei angenommen hatte, war er froh gewesen, rauszukommen aus dem dörflichen Trott. Auch wenn er manchmal bis zum Umfallen gearbeitet hatte und ihm auch dort nichts geschenkt wurde. Sicher hatte er in den letzten Jahren doch manchmal wehmütig zurückgedacht an das Leben im stattlichen Gasthof mit der Landwirtschaft. Aus der Ferne betrachtet kam ihm der Vater gar nicht mehr so schlimm vor. Theo wusste, der Vater ließ die Finger vom Alkohol, bekam selbst von Mostschorle Magenkrämpfe und rührte seit Monaten auch kein Bier mehr an. Das machte ihn zu einem ausgesprochen liebenswerten Zeitgenossen. Sein Jähzorn war komplett verschwunden. Aber die Erinnerung war geblieben. Außerdem war in der Zeit davor etwas geschehen, das konnte Theo nicht vergessen. Theo wollte nicht zurück. Er mochte sein Leben in der Stadt.

Zum Glück hatte er vor einigen Monaten die Stelle als Hausmeister im Schloss bekommen. Mit sehr gutem Lohn und einem Arbeitsplatz, der wie geschaffen für ihn war. Handwerklich war er nämlich äußerst geschickt. Es stellte keine große Herausforderung für ihn dar, wenn mal ein Abfluss verstopft war oder eine Tür klemmte. Solche

Sachen hatte er schon im zarten Alter von acht Jahren mit links gemeistert. Er musste früh lernen, mit anzupacken. Zu Hause hatte jeder seine Aufgabe. Bis heute. Selbst die älteren Schwestern, die beide bereits eine eigene Familie gegründet hatten. Auch sie kamen weiterhin auf den Hof, um mitzuhelfen. Fleiß und Disziplin waren Eigenschaften, die einem von Anfang an in Fleisch und Blut übergegangen waren.

Theo war sich sicher, irgendwann würde auch er ein Mädchen zum Verlieben kennenlernen. Mit ihr würde er dann eine Zukunft haben, sie würden heiraten und Kinder kriegen. Und bei Gott, er wollte seine Kinder lieben, niemals anschreien, niemals schlagen. Nein! Seine Kinder sollten sorglos und frei aufwachsen, dafür würde er hart arbeiten. Damit er ihnen ein gutes Leben bieten konnte. Das Wichtigste im Leben war die Familie. Seine Familie. Und seinen großen Traum, hier ein Haus zu bauen und ein unbeschwertes Stadtleben zu führen, würde er sich ganz sicher erfüllen. Obwohl er seine Familie auf dem Land sehr liebte, seine Mutter, die Schwestern und den so unersetzlichen jüngsten Bruder. Ja, er kam trotz allem gerne heim, es war ein schönes Zuhause. Und seine eigene Kindheit hatte ihm gefallen. Ein glücklicher kleiner und später älterer Bruder war er gewesen. Und wenn manches Mal auch eine dunkle Wolke aufgezogen war, die Schwestern waren immer für ihn da gewesen.

Aber an dem Tag, als *es* passierte, fasste er den Entschluss, zu gehen. Auch wenn es dem kleinen Anton damals beinah das Herz brach. Es war auch für dessen Entwicklung gut gewesen, dass er fortan nicht mehr so sehr an Theos Rockzipfel hing.

Mit diesen Gedanken im Kopf betrat Theo die Konditorei, um sich ein Stück Kuchen zu gönnen. Es war heute so sonnig und warm wie sonst im Juli. Später könnte er im Garten am

Fluss sitzen und die letzten Sonnenstrahlen bei einem Glas Saftschorle genießen.

Alkohol trank er gar nicht gerne, obwohl er schon als Heranwachsender kühle Mostschorle als Durstlöscher hingestellt bekommen hatte, er kannte es nicht anders. Doch das Studium der vielen Varianten des Betrunkenseins hatte ihm bereits als Zehnjährigem die Augen geöffnet. Während sein Vater brutal und launisch wurde, seine Frau und seine Kinder anbrüllte, wurden andere Männer weinerlich oder fielen im Wirtshaus vom Stuhl. Spät in der Nacht hatte er von seinem Fenster aus beobachtet, wie so mancher angesehene Dorfbewohner sogar in die falsche Richtung davontorkelte. Es war meist ein lächerliches Bild, so wollte Theo niemals die Kontrolle verlieren. Auch die Folgen am nächsten Tag waren immer unschön. Der Vater sah meist übel aus, grau im Gesicht, die Bewegungen verlangsamt. Der Kopf schmerzte ihm offenbar, und die Laune war weiterhin schlecht.

Seit dem Vorfall fasste der Vater niemanden mehr an. In den letzten Jahren hatte er sich mehr aufs Beleidigen verlegt, was aber nicht weniger wehtat.

Aber Theo kannte auch die andere Seite seines Vaters: lustig, schlau und durchaus liebevoll. Und er konnte gut erzählen. Von früher. Wie sich alles zugetragen hatte.

»Des war furchtbar domols, 1889, als mein Vadder nemme hoimkomma ischd«, hatte Manfred mit belegter Stimme erzählt. Einen Tag vor Weihnachten sei das Unglück geschehen. Theos Großmutter sei »schier drüber nei komma«, habe weder ein noch aus gewusst, beinah den Verstand verloren vor Kummer und Sorgen. Theo hatte die Tränen in den Augen seines Vaters glitzern sehen. Er wusste, der Vater schleppte eine tiefe Traurigkeit mit sich herum.

Theos Vater war ein besonderer Mensch. Doch sein gelegentlicher Zorn war der Grund, warum sich Theos Mutter in den letzten Jahren ihrem Mann gegenüber einen regelrechten

Panzer zugelegt hatte. Nichts schien sie zu erschüttern. Sie ließ es laufen. Hatte ja ihre Kinder. Das reichte. Aber wehe, der Vater übertrieb es. Tobte und fauchte. Oder beleidigte. Da war dann »Heu honna«, die Stimmung im Keller. Denn Rosine ließ sich nichts mehr gefallen. Wies ihn in die Schranken. Verlor nie die Beherrschung, sagte meistens gar nichts. Aber die Umgebungstemperatur sank deutlich, wenn sich Rosine dem Ehemann entgegenstellte. Mitunter gnadenlos. An ihr kam der Vater nicht vorbei. Vielleicht verleidete ihm auch das den Alkohol.

Dachte Theo an die Mutter, wurde ihm warm ums Herz. Denn ihr waren die Kinder heilig. Jedes einzelne. Und Rosine hatte viele Kinder auf die Welt gebracht.

Als Theo vierzehnjährig, Anfang November 1923, noch einmal einen kleinen Bruder bekam, war seine Mutter Rosine schon zweiundvierzig Jahre alt. Erst im Jahr davor war die kleine Luise geboren worden, und doch hatte sich Rosine sehr auf ein weiteres Kind gefreut.

Der kleine Anton kam mitten in einer sternklaren, eiskalten Nacht auf die Welt. Alle Geschwister waren wach geblieben. Theos älteste Schwester Marie musste der Hebamme helfen, die jüngere Gesine trug stundenlang die quengelnde Luise durchs Haus, während die kleine Johanna auf ihren krummen Beinchen neben ihr hertrippelte, ihren Rockzipfel fest im Fäustchen haltend. Nur die ruhige Hedwig saß stumm auf der Couch in der Stube, hielt ihre Puppe im Arm und gab keinen Mucks von sich. Die Fünfjährige machte niemals Ärger, immer schien sie in sich zu ruhen, stets darauf bedacht, den Geschwistern und der Mutter keine Arbeit zu machen. An Tagen wie heute war das absolut von Vorteil.

Theo sorgte für heißes Wasser, darin war er geübt, das hatte er bei der Geburt vom Luisle schon übernommen. Die Mutter sah nach kurzer Zeit wieder ganz erholt aus, stillte das Bübchen und bat den unnütz herumstehenden Vater, er solle ausnahmsweise die Gaststube rauswischen, dazu sei sie schließlich am Abend nicht mehr gekommen. Der Vater tat, wie ihm geheißen.

Aber schon am nächsten Morgen stürmte Rosine früh mit dem schweren Melkeimer aus dem Stall und rief der Nachbarin glücklich zu, sie habe in der Nacht ein »Büble« geboren. Anton. Gesund und munter. »A goldigs Male!« Ein goldiger kleiner Fratz.

Theo liebte den Kleinen von Anfang an und trug ihn in jeder freien Minute durch die Stube. Auch Anton war nach kurzer Zeit regelrecht auf Theo fixiert. Die beiden wurden unzertrennlich. Am Abend, wenn Theo nicht mehr in der Gaststube gebraucht wurde und die Stallarbeit erledigt war, spielte er gerne noch eine Weile mit Anton. In der Stube baute er mit ihm Türme aus Bauklötzen oder er zog ihn im Leiterwagen durch den Hof. Anton wurde zu einem fröhlichen Kleinkind mit roten Apfelbäckchen und stämmigen Beinchen. Seine blonden Locken ließen ihn niedlich aussehen, er war das geliebte Nesthäkchen der ganzen Familie. Als Anton drei Jahre alt wurde, konnte man ihn getrost mit aufs Feld nehmen, er fand immer eine Beschäftigung. Auf den Wiesen jagte er den Schmetterlingen nach oder pustete die Samen des Löwenzahns in die Luft. Auf einer ihrer Wiesen am Waldrand flogen sommers die Hirschkäfer. Das fand der kleine Kerl großartig, er rannte auch denen hinterher und beschäftigte sich so nachmittagelang.

Wurden die Pferde angespannt, kam der Lockenkopf angerannt und wollte hinauf auf den Kutschbock. Theo nahm ihn gerne mit, das robuste Kerlchen wurde nie krank und hielt auch bei Wind und schlechtem Wetter nichts vom Zuhausebleiben. Dick eingepackt in sein Wintermäntelchen und in eine warme Decke gehüllt, saß er aufrecht neben dem großen Bruder und hielt die kleine spitze Nase in den Wind. Ganz eng drückte er sich an Theos Seite, und auf seinem sommersprossigen Gesicht lag ein feines, zufriedenes Lächeln. So unbesorgt und glücklich konnten nur die kleinen Kinder sein, dachte sich Theo. Da fühlte er, wie das Glück zu ihm herüberschwappte, ihn in eine warme Wolke hüllte. Bis er den kalten Wind, der von den Bergen herunterwehte, nicht mehr wahrnahm.

Mit vier Jahren gab Anton schon den besten Handlanger ab. Er reichte seinem großen Bruder fachmännisch die Schraubenschlüssel und konnte bereits selbst Schrauben eindrehen. Seine Hände waren äußerst geschickt, die kleinen Finger flink und kräftig. »Theo, was müssat mer heit schaffa?«, jeden Morgen die gleiche Frage am Küchentisch. Was gab's zu tun?

So reihte sich Tag an Tag. Die Jahre flogen nur so dahin. Theo hatte immer mehr Aufgaben am Hof und in der Wirtschaft übernommen, seine Zukunft schien klar vor ihm zu liegen, bis eben zu diesem Tag im Frühsommer, der alles veränderte.

Es geschah ein Jahr, bevor Anton in die Schule kommen sollte. Der Vorfall, dieser schlimme Streit, der den Vater ein weiteres Mal toben ließ, gab Theo den Rest. Letztendlich verließ er deshalb Monate später den Hof. Anton war der Erste, der es erfuhr. Theo nahm die Einschulung zum Anlass, einen Neuanfang zu wagen. Er würde in der nahen Stadt bei einer Brauerei eine Stelle annehmen. Der kleine Bruder flehte Theo an, dazubleiben. Sie hätten doch immer so gut zusammen »geschafft«, er dürfe nicht gehen. Aber Theo erklärte ihm, dass man nicht nur beim Schaffen was lernen könne. Außerdem werde er weiterhin zu Hause wohnen, zumindest am Wochenende, und dann würden sie auf jeden Fall zusammen etwas unternehmen. Und so kam es auch. Theo war unter der Woche sehr beschäftigt, musste hart arbeiten, und Anton gewöhnte sich an die Schule. Aber am

Wochenende sah man die beiden wieder gemeinsam auf dem Hof oder den Wiesen herumwerkeln.

* * *

»Was darf's denn sein, bitte?« Theo wurde aus seinen Tagträumen gerissen und schaute in ein paar freundliche hellblaue Augen, von Lachfältchen umgeben. Diese nette Verkäuferin hatte er ja noch nie gesehen. Er bestellte ein Stück vom »Träubleskuchen«. Mit flinken Händen verpackte dieses süße Wesen seinen Kuchen in schönes Papier und kassierte. »Bitte«, »Danke« und »Ade«. Schon stand er wieder vor der Tür. Das war alles viel zu schnell gegangen. Morgen musste er unbedingt noch einmal vorbeischauen, vielleicht könnte er sich dann ein bisschen mit dem Fräulein unterhalten.

Der Johannisbeerkuchen war ein Gedicht. Wieder in seinem Zimmer angekommen, kochte Theo sich einen Kaffee und genoss den Kuchen im Schlossgarten mit Blick auf den Fluss.

Am nächsten Tag konnte er es kaum erwarten. Er war sehr früh dran und kaufte wieder ein Stück Kuchen. Diesmal hatte er aber einen guten Lauf und fragte sie nach ihrem Namen. Überrascht und durchaus gut gelaunt gab sie ihn preis. Frida.

Diese Frau strahlte alles aus: Kochkunst, Backkunst, Freundlichkeit, Kraft, obwohl so klein, Ausdauer, ein bisschen Sinnlichkeit und vor allem: Schönheit!

Mit anderen Worten: Theo war verloren, hingerissen, verliebt und absolut sicher, dass er die Frau seines Lebens gefunden hatte. So oft es ging, holte er Frida nach Feierabend ab, sie unternahmen Spaziergänge am Fluss. Es gab immer viel zu besprechen und zu erzählen. Fridas Tage in der Konditorei waren abwechslungsreich, und so hatte sie täglich mindestens eine lustige Geschichte auf Lager. Aber auch die Arbeit im Schloss wurde nie langweilig, und von seiner Familie im Dorf wusste Theo immer viel zu berichten.

Dieser erste gemeinsame Frühling war für die zwei der schönste Frühling ihres Lebens, wenngleich die Welt um sie herum sich bereits zu verändern begann. Seit einem Jahr schon machten sich die Hakenkreuze breit. Und doch waren Frida und Theo so mit sich selbst beschäftigt, dass sie politische Dinge einfach von sich wegschoben, sie wollten ihr Leben genießen und hatten große Pläne für die Zukunft.

Auf Dauer war nicht zu übersehen, dass die Zeiten immer unruhiger wurden, und Theo beschloss, aufs Ganze zu gehen. Im August 1935 machte er Frida einen Heiratsantrag.

Frida sagte ohne Umschweife Ja.

Die beiden legten den Termin der Hochzeit auf den Mai 1936 fest. Sie waren dann als Verlobte nicht mehr ganz so keusch, und kurz nach Neujahr bemerkte Frida erschrocken, dass sie schwanger war. In Theos kleiner Heimatgemeinde war man sehr pietistisch, und auch Fridas Familie pochte auf einen früheren Hochzeitstermin, so ließe sich der Schwangerschaftsbauch noch etwas kaschieren.

Die Trauung wurde auf den März vorverlegt. Es gab ein großes Fest im Bären, und die ganze Verwandtschaft war dabei.

1936

Theo

Mit Frida war das Leben wunderschön, sie hielten zusammen wie Pech und Schwefel.

Öfter besuchten sie Fridas Familie. Andreas, der Mann von Fridas älterer Schwester, kam aus dem Nachbarort, ein kleines Dorf umgeben von Wald und Obstwiesen. Dorthin begleitete Theo den Schwager gerne, half ihm beim Holzmachen. Auf den abgeschiedenen Wiesen blühten die seltensten Blumen, es duftete nach geschnittenem Gras und harzigem Wald. Theo kannte die Gegend bereits aus der ersten Zeit mit Frida, als sie ausgedehnte Sonntagsspaziergänge am Waldrand entlang unternommen hatten. Die Blüten der Lichtnelken leuchteten in kräftigem dunklem Rosa.

Er hatte den Absprung geschafft. Jetzt war er angekommen.

Dennoch fühlte er sich hin- und hergerissen. Er wollte nicht zurück auf den Hof, kam aber auch nicht ganz los, eine kleine Unsicherheit blieb.

Einen Monat nach der Hochzeit hatten sie diese helle, geräumige Wohnung bei Familie Trapp im zweiten Stock bezogen. Frau Trapp war eine nette Frau, ihr Mann, ein grobschlächtiger Hüne, konnte manchmal ziemlich ungemütlich werden. Da er gleich mehrere Arbeitsstellen hatte, war er jedoch selten zu Hause.

Hier am Stadtrand gefiel es dem jungen Paar. Die Wohnstraße grenzte an eine Gärtnerei. Somit blickten sie direkt auf Gewächshäuser und Blumenfelder und konnten im Hintergrund das Wiesental sehen. Frida würde also mit dem Kinderwagen am Fluss entlangspazieren oder auf beschaulichen Sträßchen an Feldern vorbeiwandern.

In letzter Zeit war Theo seinem Vater Manfred wieder nähergekommen. Das Älterwerden hatte den einst so launischen Mann melancholisch werden lassen. Meist saß er auf der Eckbank in der Wirtschaft oder, sollte es das Wetter zulassen, unterm Birnbaum im Garten, und lächelte vor sich hin. Er hatte sich ein wenig in sich zurückgezogen, aber das war für die ganze Familie offensichtlich das Beste. Theos Mutter Rosine hatte ohnehin das Regiment über Hof und Wirtschaft übernommen, und damit ging es allen sehr gut. Auch sie selbst wirkte zufriedener denn je. Es hatte sich alles bestens gefügt. Anton übernahm die Hausmeisterarbeiten, die früher sein Bruder Theo erledigt hatte, und half auch sonst, so gut es ging. Matthias füllte längst die Rolle des Bärenwirts aus, konnte sich seiner Mutter aber gut unterordnen, sie stritten nie.

Der alte Bärenwirt Manfred war dennoch der Meinung, dass sein Ältester auf den Hof zurückkommen solle. An seinem siebzigsten Geburtstag unterhielt er sich lange mit Theo.

Er gab zu, Fehler gemacht zu haben, sagte, er wisse genau, warum Theo damals fortgegangen sei. Er habe es in Theos Augen gesehen, gleich nachdem, nein, bereits während es geschehen war. Nach einer kurzen Pause legte er nach, seit er den Alkohol nicht mehr vertrage, sehe er die Welt mit anderen Augen.

Theo ließ sich nicht umstimmen, erklärte dem Vater, er bleibe mit Frida in der Stadt. Sie fühle sich wohl in der neuen Wohnung und könne sich ein Leben auf dem Hof nicht so recht vorstellen. Beide liebten aber die Sonntagsbesuche bei Theos Familie sehr. Und Theo wusste, dass auch dem Vater viel an diesen Stunden lag.

Wenn sie bei sonnigem Wetter eintrafen, saß er unter dem Birnbaum der Gastwirtschaft, als erwarte er sie bereits. Als freue er sich den ganzen Morgen schon auf ihren Besuch. Er mochte den Blick nicht abwenden von seinem glücklichen Sohn, der mit strahlenden Augen, seine Frida fest untergehakt, schwungvoll den Hof heraufmarschiert kam.

Immer die gleiche Zeremonie. Zwei Stühle wurden dicht aneinandergestellt, die quirlige, mittlerweile sichtbar schwangere Frida saß beinah auf Theos Schoß, so eng schob sie sich immer an ihn. Dann wurde berichtet von ihrem Leben in der Stadt, was wieder alles passiert war in der vergangenen Woche.

Nach solchen Besuchen bei der Familie kamen Theo nicht selten wieder Zweifel. Sollte er doch noch umschwenken? Dem Vater die Freude machen? Der drohende Krieg ließ ihn nachdenklich werden. Denn Theo wusste, als Bärenwirt könnte er einer Einberufung womöglich entgehen. Könnte sich wegducken. Dableiben.

Matthias würde diese Entscheidung überhaupt nicht schmecken. Aber vielleicht würden sie die Aufgaben gemeinsam übernehmen. Die Lasten auf mehrere Schultern verteilen. Ginge das gut?

Er wusste um die Verantwortung, die einen erdrücken konnte. Der Vater war das beste Beispiel. Aber der hatte auch Schlimmes erleben müssen.

1889, 23. Dezember

Manfred

Er zitterte wie das Birkenlaub im Herbstwind. Das Gesicht nass von Tränen, der Rotz lief ihm aus der Nase. Dennoch hielt Manfred die Pferde tapfer am Zügel, lenkte sie durchs Schneegestöber. Er war viel gewohnt, aber was er heute hatte erleben müssen, überstieg seine Kräfte. Und jetzt wurde das Wetter immer unmöglicher. Die Gäule arbeiteten sich stur voran, hielten die Nüstern in den eisigen Schneesturm und trabten trotz aller Widrigkeiten erstaunlich leicht über den zugeschneiten Weg. Bald würde er daheim ankommen. Sicher warteten sie dort schon seit Stunden.

Zuerst würden alle aufatmen, wenn sie das Hufgetrappel im Hof vernähmen. Sie würden herausstürmen und sehen, dass nur einer auf dem Kutschbock sitzt. Dann müsste er der Familie die Nachricht überbringen. Wie sollte er nur die richtigen Worte finden? Ständig zogen die Bilder herauf. Wieder und wieder hörte er den grauenvollen Schrei des Vaters.

Der Vater war noch nicht gut beisammen gewesen, aber heute hatten sie es einfach wagen müssen. So kurz vorm Weihnachtsfest sollte man nicht mehr hinausmüssen, in den Wald. Aber es war nötig, den Holzvorrat noch einmal aufzufüllen.

Die vergangenen zwei Wochen waren schlimm. Bitterkalte Dezembertage. Die ganze Familie krank im Bett. Auch er selbst, trotz seiner robusten Natur. Niemals krank. Niemals schwach. Immer auf den Beinen. Aber dieses Fieber befiel ausnahmslos die ganze Sippschaft. Vor allem seinen Vater hatte es übel mitgenommen. Sonst war er doch so gut beieinander mit seinen fünfundfünfzig Jahren. Sie mussten die Wirtschaft zusperren, und die Tante kam, um alle mit Suppe und Tee aufzupäppeln.

Am Morgen waren sie dann endlich losgefahren. Dick eingepackt in Wintermantel, Mütze und Stiefel und in zusätzliche Decken gehüllt, fuhren sie den beschwerlichen Weg tief hinein in den Wald. Das Beladen des Karrens dauerte lange. Mühselig stapften sie durch hohe Schneeverwehungen. Immer hin und her.

Dann waren sie fertig. Als Manfred den Wagen endlich auf den befestigten Waldweg hinausgeschoben hatte, hielt der Vater vorn die Pferde an den Trensen, damit er sie leiten konnte. Das jüngere ihrer Arbeitspferde war noch nicht oft eingespannt gewesen, aber eigentlich ein braves, ruhiges Tier. Nur hier auf dem unebenen, verschneiten Waldboden war es unsicher, es konnte nicht recht sehen, wohin es trat. Das machte so junge Gäule nervös. Ständig blies es die Luft durch die Nüstern und schnaubte in einem fort, während es jetzt auch noch zu tänzeln begann. Aber Manfreds Vater war geübt im Umgang mit Pferden. Er sprach leise auf das Tier ein und hielt es fest im Zaum.

Da gab es diesen Knall. Ohrenbetäubend im verschneiten Wald. Ein Jäger musste unterwegs gewesen sein, um ein Reh oder Wildschwein zu erlegen.

Der junge Gaul bäumte sich auf, der Vater konnte ihn nicht mehr halten, deshalb stob das Pferd ein Stück nach vorn. Vor Schreck schreiend, wurde sein Vater vom Gaul an einen Baum gedrückt und fiel nach hinten gegen einen großen Findling. Er schlug mit dem Kopf auf dem Felsen auf.

Manfred sprang sofort ab, schnappte das Pferd am Zaum, damit es ruhig wurde.

Es war alles ganz schnell gegangen. Er fiel neben dem Vater auf die Knie, sah, dass es bereits zu spät war. Mit leeren Augen schaute der Vater in den Himmel. Manfred hatte es sofort gewusst.

Die entsetzliche Stille. Es war kaum auszuhalten. Manfreds Ohren begannen zu sausen, ein Schleier schien sich auf seine Augen zu legen, alles in ihm zog sich zusammen.

Er wäre am liebsten auf ewig dort neben dem Vater hocken geblieben. Im Wald. Im Schnee. Aber er musste zurück.

Gottlob kamen zwei Waldbauern vorbei. Sie halfen Manfred, den Vater auf den Karren zu hieven.

Jetzt saß er allein auf dem Kutschbock, der Vater lag hinten. Nur ein paar Stunden zuvor hatte er hier neben ihm gesessen. Da hatten sie sich noch gegenseitig gewärmt, auch deshalb spürte er so deutlich, dass der Vater nicht mehr da war, eiskalt war es an seiner Seite.

Als er in den elterlichen Hof einfuhr, kamen sie aus dem Haus. Und die Familie sah sofort, dass etwas Schreckliches passiert war, denn Manfred brach im Hof zusammen.

Gemeinsam luden die anderen den Karren ab und trugen den Bärenwirt ins Haus.

Diese dunklen Stunden in der Stube, während Manfred seiner Familie das schreckliche Unglück schilderte, lasteten schwer auf seiner Seele. Und er trug es sein Leben lang mit sich herum. Auch die Worte der Mutter blieben ihm für immer im Gedächtnis: Jetzt müsse er Vaters Arbeit machen. Er sei der neue Bärenwirt.

Vaters Arbeit. Was das hieß, musste er erst einmal lernen. Denn manche Dinge, die der Vater bis dahin täglich erledigt hatte, waren dem jungen Manfred überhaupt nicht aufgefallen. Nein, der Hof war stets sauber gekehrt, der Schnee geschippt, das Scheitholz stand neben dem Herd bereit, die faulen Äpfel lagen auf dem Misthaufen, die Asche aus dem »Wammsler«, dem Küchenofen, ebenfalls. Und so weiter. Die Liste war lang. Wie sollte er das alles schaffen? Manfred war überfordert, wenngleich er doch von klein auf hatte schwer mitarbeiten müssen auf dem Hof.

Aber mit der Zeit wuchs er hinein in die Verantwortung, und er übernahm in der Tat alle Aufgaben, die bisher der Vater erledigt hatte.

Nur in einem wurde er dem Vater nicht gerecht. Während der selten mehr als eine dünne Mostschorle am Tag getrunken hatte, schaute Manfred seit dem Unglück häufig tiefer in den Krug hinein. Das war sein Laster. Bereits nach zwei Glas Bier schienen sich die erdrückenden Aufgaben leichter zu erledigen, und er konnte nach dem dritten Bier alles viel gelassener nehmen. Hatte er Alkohol in der Blutbahn, ertrug er sein neues Leben besser und er entging der ständigen Grübelei.

Sein neues Leben ohne den Vater war ein Leben ohne Halt, ohne Zuflucht. Nun trug er die ganze Verantwortung allein.

1936

Theo

Mit seinen Brüdern Anton und Matthias stand Theo am Grab des Vaters. Demnächst würde der Totengräber kommen, um den Sarg mit Erde zu bedecken. Sie waren schon eine ganze Weile allein, alle anderen saßen sicher schon im Gasthaus beim Leichenschmaus. Langsam mussten sie sich auf den Rückweg machen. Aber Matthias hatte es nicht eilig. Er wollte seinen Brüdern etwas sagen, das merkte Theo, und auch Anton wartete geduldig darauf, dass Matthias endlich herausrückte.

Der Vater war am vorangegangenen Sonntag nicht mehr aus seinem Mittagsschlaf aufgewacht. Die Mutter fand ihn vor dem Haus auf der Bank. Er saß aufrecht, hatte die Augen geschlossen und hielt seinen Stock wie gewohnt in der rechten Hand. Dennoch wusste die Mutter sofort: Er war gestorben. Sie hatte aus dem Fenster nach ihm geschaut und gespürt, dass etwas nicht stimmte.

Manfreds Söhne standen hier schon viel zu lange und warteten.

»Matthias, spuck's doch oifach endlich aus«, sagte Theo leise.

Schließlich begann Matthias zu sprechen. Der Vater habe sich in letzter Zeit viele Gedanken gemacht. Um die Sache von damals. Er habe gewusst, dass Theo und Anton ihm seinen Fehler immer noch übel nahmen.

Da begann Anton zu zittern. Der Vater hätte es selbst einmal ansprechen sollen. Schließlich habe man nie wieder darüber geredet. Theo sagte zu den Brüdern, man habe sich die letzten Jahre doch wieder gut mit dem Vater verstanden. Erst an dessen siebzigstem Geburtstag vor zwei Monaten sei er mit Anton lange bei ihm gesessen. Deshalb glaube er, der Vater habe mit allen Kindern seinen Frieden gemacht. Aber diese Sache habe eben seit damals an Anton und ihm genagt, so etwas könne man nicht einfach vergessen.

Spät am Abend saßen sie immer noch in der Stube beieinander. Es war ihnen, als rückte die Familie noch enger zusammen. Jetzt, wo der Vater nicht mehr da war. In den letzten Jahren war Manfred für alle wieder zu dem Vater geworden, der er selbst immer gerne gewesen wäre. Und sie vermissten ihn sehr.

Theo und Frida konnten sich nicht daran gewöhnen, den Platz unterm Birnbaum leer zu finden, wenn sie um die Ecke bogen und den Hof des Bären hinaufspazierten.

Als Frida Mitte September endlich ihre kleine Hanna im Arm wiegen konnte, war ihr Glück vollkommen. Stolz schob sie den Kinderwagen durch die Altstadtgassen oder dem kleinen Wiesental entgegen und unternahm lange Spaziergänge am Waldrand. Theo kam zum Mittagessen nach Hause und hielt nicht selten während der Mahlzeit das Kind im Arm, um jede Minute mit dem kleinen Mädchen auszukosten. Sonntags besuchten sie die Familie, und die Kleine genoss die Aufmerksamkeit von Oma, Tanten und von Theos jüngstem Bruder Anton, der Hanna freudig über den Hof trug. Sobald Hanna sitzen konnte, baute Anton ein Nest aus Kissen in den Leiterwagen und zog das Kind durch den Garten, damit es die Kätzchen und »Bibbele«, die Küken der Hühner, bewundern konnte. Es hätte ewig so weitergehen können.

Frida und Theo kamen ihrem Traum vom eigenen Haus immer näher. Sie hatten in den letzten Jahren fleißig gespart und wollten nicht mehr lange warten. Aber man musste vorsichtig sein, die politische Lage spitzte sich immer mehr zu, und die Angst vor einem möglichen Krieg wuchs.

1974

Sissi

Die Oma ist wieder da! Wie ein kleiner General steht sie am Eingang. Sie lächelt und streckt die Hand nach ihr aus. Fröhlich hüpft Sissi hinaus aus der stickigen Enge des Kindergartens. Der Oma entgegen. Ihr Herz wird wieder leicht, und sie spürt es nicht mehr stechen und drücken hinter den Rippen. Dieses Bild der Oma brennt sich ihr ein. Wie sie da steht mit ihrer spitzen Nase im runden Gesicht und ihrem Hut auf dem Kopf. Sie sieht ein bisschen müde aus, aber auch erleichtert. Lächelnd nimmt sie Sissis Hand und sagt »Ade«, Adieu, zur Tante. Schnell drehen sie sich um und verlassen dieses öde Gelände. Sie marschieren regelrecht davon.

Kaum haben sie ein wenig Abstand, werden sie ruhiger. Jetzt haben sie alle Zeit der Welt, der Vormittag zu zweit beginnt. Sissi weiß ganz sicher: Nie würde die Großmutter sie im Kindergarten schmoren lassen. Bis jetzt war sie jeden Tag nach kurzer Zeit wieder dagestanden, um ihr Enkelkind abzuholen. Die Kindergartentante denkt ja noch, dass sich das irgendwann gibt. Aber das wird es nicht. Die Sehnsucht nach der Oma kommt sofort, wenn diese aus dem Blickfeld verschwunden ist.

Es ist jeden Tag das Gleiche. Geschrei im Kindergarten. Dann kommt die Oma, und sie gehen zum Bäcker. Deshalb ist Sissi klar, die Oma ahnt, dass sie sowieso wieder angerufen wird. Sie will zu Hause sein, wenn das Telefon klingelt. Sonst würde die Oma doch direkt vom Kindergarten aus zum Bäcker gehen und nicht erst nach dem Abholmanöver. Überhaupt macht der Oma das Einkaufen mit ihr viel mehr Freude, das weiß Sissi. Beim Bäcker gibt es Waffeln mit rosa-weißer Füllung, Streuselkuchen und kleine Brausetabletten. Bäcker Karrer bäckt die besten Streusel der Welt! Auf dem Streusel trockener, fester Zuckerguss. Das macht die Streusel noch knuspriger. Frau Karrer steckt die Brausetabletten in ein Tütchen aus Papier, und auf dem Heimweg holt das Mädchen immer wieder ein »Tablettle« heraus, lässt es langsam im Mund zergehen. Die Einkaufstouren mit der Oma sind das Beste, was man sich überhaupt vorstellen kann. Sissi muss ihr auch beim Tragen helfen, das kann sie nicht alleine schleppen. Sissi wird gebraucht. Von der Oma. Die sonst traurig wird. Die Großmutter holt ihr Mädchen also jeden Tag vorzeitig wieder ab.

Vor ein paar Wochen war so wüstes Wetter, sie wurden schon auf dem Hinweg pitschnass. Sissi und die ältere Schwester unterm roten Kinderschirm und die Oma mit ihrem schwarzen Knirps. Auch die Regenmäntel haben nicht geschützt, der Regen kam von vorne, von oben, von der Seite, einfach überallher. Diesmal hatte Sissi große Angst, die Oma könnte auf dem Heimweg in den Bach gespült werden, klein wie sie war. Dann würde sie einfach davontreiben, wie im Struwwelpeter-Buch. Sie brüllte wie am Spieß auf dem Arm der Kindertante. Mal wieder. Der ganze Kindergarten sammelte sich um sie herum, alle starrten sie an. Grauenvoll. An solchen Tagen verkroch sich die ältere Schwester stets schnell in der Bauecke und tat, als würde sie das Gebrüll nicht hören. Das machte Sissi noch viel trauriger, und so wurde auch an diesem Tag die Oma angerufen. Und sie kam sehr schnell wieder anmarschiert, nahm Sissi mit zurück nach Hause. Sie mussten sich richtiggehend dem Wind und dem sintflutartigen Regen entgegenstellen, die Schirme nach vorne vors Gesicht halten. Omas Schirm klappte immer wieder zusammen, so stark waren Wind und Regen. Zum Glück hatte die Oma ihren Regenhut aufgesetzt. Trotzdem waren beide wieder klitschnass, als sie daheim ankamen.

So kann es nicht weitergehen, die Oma überanstrengt das alles. Sissi erklärt ihr, dass sie ab jetzt versuchen wird, im Kindergarten zu bleiben, damit ihre Oma nicht immer hin- und herlaufen muss. Die arme Oma. »Des macht mir nix aus, Sissile. Ich hol dich ab, egal was kommt!«

Aber heute muss sie es schaffen. Am Kindergarten angekommen, nimmt sie ganz fest die Hand ihrer Schwester Katharina, winkt mit der anderen der Oma zu – und marschiert in den Kindergarten hinein. Entschlossen hängt sie das Mäntelchen an den Haken, schlüpft in die Hausschuhe und folgt der Schwester in die Bauecke. Die Tante guckt zwar komisch, aber sie lässt Sissi bei der Schwester bleiben. Sie bauen einen Turm, sehr hoch, sehr stabil. Die ältere Schwester baut immer höher, Sissi reicht ihr die Klötzchen, sie sind beide ganz konzentriert und still. Der Turm schwankt schon, aber er steht noch immer. Jetzt kommt Katharina nicht mehr höher, sie beginnt einen neuen Turm. Sie bauen und bauen, es macht richtig Spaß. Plötzlich gibt es im Nebenraum Gebrüll und Gezeter. Katharina ist schon vorgegangen, es gibt einen großen Auflauf im Gruppenraum. Geschrei und Geheul. Alle stehen herum, Sissi kann nichts sehen. Da kommt die ältere Schwester zurück und sagt, ein Junge sei mit seinem Kopf gegen den Schrank geknallt. Der »Bua« habe jetzt ein Loch im Kopf.

Ogottogott! Sissi hat es doch immer gewusst. In diesem Kindergarten ist es sehr gefährlich. Sie sieht den Jungen in Gedanken vor sich, ein Jenseits-Loch im Kopf. Blut kommt raus, ganz viel Blut.

Ihr wird schlecht, sie muss sich hinsetzen. Die Schwester hält ihre Hand, fährt ihr immer wieder beruhigend durchs

Haar. Sissi zittert. Katharina schaut besorgt und weiß mal wieder, was zu tun ist. Sissi soll ab morgen daheim bei der Oma bleiben, sagt sie. Weil es viel zu gefährlich hier drin ist. Für Sissi. Damit Sissi am Schluss nicht auch ein Loch in den Kopf bekommt.

Den ganzen Restmorgen bleibt Sissi auf dem Stuhl sitzen und wartet, bis der Kindergarten aus ist. Die Oma sieht sofort, was los ist. Sie hört sich den grauenvollen Bericht der älteren Schwester an. Es ist nicht nötig, dass Sissi auch noch etwas dazu sagt, man weiß Bescheid. Beim Nachtessen spricht Oma Frida ein Machtwort. Die Sissi bleibe ab jetzt wieder bei ihr, der Kindergarten sei nichts für »des Mädle«. Die Katharina sage es auch.

Am nächsten Tag meldet die Mama sie ab, und so wird ihr Leben wieder ruhig und zuverlässig. Morgens bringt sie mit der Oma die große Schwester in den Kindergarten, die geht gerne dorthin, hat Freunde gefunden und fühlt sich wohl. Froh winkt Sissi ihr zu und hofft, sie überlebt den Morgen unbeschadet. Im Anschluss beginnt die Einkaufstour: Bäcker Karrer, sie kaufen Brot und Brausestäbchen, ein Tütchen für Sissi und eines für die Schwester. Danach manchmal zum Metzger oder zu Lina und Käthe, Omas Schwestern, dort holen sie die Eier. Denn Lina und Käthe haben unten in ihrem Haus, gleich neben der Haustür, einen prima Hühnerstall. Sind Oma und sie früh dran, darf Sissi hinein zu den Hennen, um die Eier aus den Nestern zu holen. Das macht ihr Spaß. Gemeinsam betreten sie den sauberen Stall, und die Hennen rennen gackernd zur Seite. Lina und Käthe sprechen ganz lieb mit ihren Hennen, und die Hennen scheinen ihnen zu antworten mit ihrem Gegacker. Sissi schreitet also zwischen den zwei Omaschwestern durch den Stall, und sie schauen in die Nester. Tatsächlich liegt in jedem Nest ein schönes Ei, manchmal sind's sogar zwei. Gemeinsam holen sie behutsam die Eier heraus und legen sie vorsichtig in Käthes Korb hinein. Die Oma wartet an der Tür, und Sissi darf dann zehn Eier in das mitgebrachte Eierschächtelchen setzen. Dabei ist sie höchst vorsichtig und behutsam. Es dauert recht lange. Währenddessen unterhält sich die Oma gemütlich mit ihren Schwestern. Sie haben sich viel zu erzählen. Immer. Alle haben genau die gleiche Stimme, das ist lustig. Manchmal muss Sissi nach oben schauen, um zu sehen, wer gerade spricht. Die Stimmen sind recht hoch, und sie sprechen in einem Singsang, es hört sich schön an. Als ob sie ein Lied summen würden.

Die Oma und ihre Schwestern sehen sich sehr ähnlich, sie haben ganz kleine Gesichter, strahlende Augen, spitze Nasen. Alle haben einen Dutt aus schneeweißem Haar, und um ihre Gesichter fusseln weiße Flaumhaare aus der Frisur heraus. Und wenn sie lächeln, dann lächeln sie im ganzen Gesicht. Ihre Gesichter werden dann von Fältchen zerknittert. Vor allem um die Augen herum. Das findet Sissi wunderschön, deshalb hüpft sie nach dem Eierumsetzen wie wild auf einem Bein durch den Flur. Da rufen sie dann: »Guckat, jetzt hupft se wieder.« Sissi sei so eine Zappeltante. Und dann lachen sie. Lachen und furchen ihre Gesichter. Da muss Sissi vor Glück und Freude auch ganz arg lachen. Und wenn Sissi lacht, dann lachen sie noch mal ein bisschen lauter, das Lachen schallt durch das ganze Haus, sie hören gar nicht mehr auf. So lustig ist das dann! Auf dem Heimweg sagt die Oma, jetzt habe man aber wieder arg gelacht. Sie habe sogar Bauchschmerzen davon. Aber das Kind weiß, dass das für die Oma schöne Schmerzen sind, denn wenn der Bauch vom Lachen wehtut, ist es nicht schlimm. Sagt die Oma.

Zu Hause wird gekocht. Sissi darf bei allem helfen und hat schon einen eigenen Aufgabenbereich. Beim Maultaschenmachen dreht die Oma Fleisch durch ihren Fleischwolf, vorne kommen kleine Würstchen heraus. Aber erst, wenn die Masse auf dem Teig verteilt ist und die »Täschle« fertig sind, bekommt das Mädchen auf jede Hand eines. Dann rennt sie schnell zum Holzschemel vor dem Herd. Da steigt sie drauf und lässt dann die Maultaschen langsam ins Wasser gleiten. Danach schnell runter vom Schemel und zurück zur Oma, die nächsten Täschchen sind ja schon fertig. Die Oma Frida ist sehr, sehr flink, und sie ist die beste Köchin der Welt. Außerdem backt sie die feinsten Marmor-, Apfel- und Zwetschgenkuchen, und ihre Hefekränze sind saftig und groß wie Wagenräder. Sie kann einfach alles. Und mit ihr wird es nie langweilig.

Den ganzen Tag wird geschafft. Kaffee und Kaba gekocht, Tisch gedeckt, Tisch abgedeckt, gespült, Staub gewischt, gekehrt, Boden gewischt. Sie machen alles miteinander. Waschbecken putzen, aufräumen, Klo putzen, Küche schrubben und Wäsche in die Waschmaschine stopfen. Später hängen sie die Wäsche auf, Sissi darf der Oma die Sachen geben, die hängt alles an die Wäschespinne. Aber die Kleider müssen schön aussehen an der Leine, und die Unterhosen dürfen niemals sichtbar sein! Sie hängen sie immer ganz in die Mitte, davor dann die langen Handtücher oder Papas Hemden. Sie haben auch einen kleinen Wäscheständer aus Holz, daran werden die Socken gehängt. Das darf Sissi schon selbst machen, aber immer paarweise. Sonst hängt die Oma alles wieder um. »Sissi, immer die Socka so wie se zamma gehörat au zamma hänga.« Damit die Oma nicht so viel sortieren muss. Das soll Sissi sich aber mal merken, sagt die Oma. Man muss seine Arbeit ordentlich erledigen.

Manchmal findet die Oma, man müsse sich jetzt ausruhen, schließlich sei man schon weit gekommen. Dann sitzen sie eng nebeneinander auf dem Sofa, Sissi kuschelt sich fest an Oma Fridas Seite. Die streift ihre Hausstiefelchen ab und macht die Augen zu. Still sitzt Sissi bei ihr. Die Oma riecht von Kopf bis Fuß besonders gut. Ihre Kleider duften immer frisch gewaschen, und ihre Kittelschürzen haben jeweils einen ganz eigenen Geruch. Die blaue Schürze aus glattem Nylonstoff riecht nach Mittagessen und die weiße Baumwollschürze mit dem blauen Kragen nach heißem Bügeleisen auf warmem Stoff. Wenn die Oma dann ganz fest schläft, geht Sissi mit ihrer Nase dicht an ihre Ohren. Die Ohrmuschel riecht ein bisschen nach Ohrschmalz, aber hinter den Ohren riecht die Oma nach einer Sommerwiese im Sonnenschein, vermischt mit feinem Tannennadelduft. Und eben arg nach Oma Frida. Sie muss vorsichtig sein, dass die Oma nicht aufwacht. Aber sie schnuppert lange hinter Großmutters Ohren. Auch die Hausstiefelchen der Oma riechen gut. Immer nimmt Sissi zuerst den linken, dann den rechten Stiefel und drückt das Gesicht weit hinein in den Schuh. Es riecht nach Füßen, aber nur schwach, so ein bisschen stechend, nach Wärme und Oma.

Einmal ist die Oma aufgewacht und hat es gesehen.

»Ha, pfui, Sissi!«, rief da die Oma. Das dürfe man nicht machen, denn sie habe die Stiefel den ganzen Tag an. Das sei nix für kleine Kindernasen, das stinke doch. Jetzt musste Sissi der Oma aber mal widersprechen. Sie sagte, sie möge den Geruch. Sehr. Und da musste die Oma lachen. Sie rief, da müsse ja was dran sein, denn ihr Theo habe das auch immer gesagt. Er habe gesagt, selbst ihre Füße würden gut riechen, gut nach Frida.

Die Oma spricht selten vom Theo. Aber manchmal erzählt sie Sissi was über den Großvater. Neulich gab sie ihr einen Apfel und sagte, der Theo habe immer den ganzen Apfel gegessen, mit Kernhaus und allem. Nur den Stiel und die Kerne ließ er übrig. Die Apfelkerne hat Theo stets auf die Fensterbank gelegt, damit die Vögel sie holen konnten, und das haben die dann auch gemacht. Nach kurzer Zeit waren keine Kernchen mehr auf dem Sims. Das sei gut für die Vögel, da bekämen sie keinen Kropf, habe der Opa gesagt.

Sissi und die Oma essen auch immer den ganzen Apfel auf, mit allem, nur die Kerne und der Stiel bleiben übrig. Und auch sie legen die Kerne dann auf die Fensterbank. Die ältere Schwester Katharina mag das nicht. Sie isst nur das gute Fleisch vom Apfel. Es bleibt ein riesiger Butzen übrig. Da schaut Sissi die Oma lange an, und die Oma Frida schaut ganz lange zurück. Die armen Vögelchen! So eine Vergeudung. Die Schwester versteht das halt nicht, sie weiß ja nichts vom Theo. Das wissen nur die Oma und die Sissi. Der Schwester kann man das nicht erklären. Wenn die Oma über den Großvater spricht, ist die ältere Schwester ja im Kindergarten und spielt.

Und dann sind sie mal wieder bei den Omaschwestern, diesmal ist Sissi schrecklich »hüpferig«. Sie hopst schon seit dem Besuch bei der Frau Karrer auf einem Bein neben der Oma her, und die Oma wird grad ein bisschen »narred«. Sie wird ernst und streng, sagt, es sei schlimm heute mit der Sissi. Wenn sie nicht aufhöre, dürfe sie nicht mit hinein in den Hühnerstall, da solle sie nur abwarten, das erlaube die Käthe nicht. Denn die Hennen dürfe man nicht aufregen. Sonst würden sie am Schluss keine Eier mehr legen.

Sogleich sieht Sissi die Hennen vor sich: Bekümmert auf den Stangen sitzend, drücken sie wie verrückt, aber es kommt kein einziges Ei hinten heraus. Sie gackern jämmerlich und fallen nach und nach leblos von den Stangen. Oder sie sitzen und drücken, pressen und pressen, bis aus jeder Henne ein Ei rausschießt und mit Wucht am Boden aufschlägt. Eine Riesensauerei. Dergleichen darf nicht passieren, denn Lina und Käthe wären schrecklich traurig. Da hört Sissi auf zu hopsen, hat nämlich auch schon gehöriges Seitenstechen und muss schnaufen. Aber ihre Hand presst sich vor Aufregung ganz fest um die Omahand, und sie bemerkt immer noch einen starken Hopsedrang. Gemeinsam schlüpfen sie rein, zu den

Schwestern. Schon zieht Sissi den Duft nach Hennenstall, Mittagessen und Holzfeuer durch die Nasenlöcher, und sie rufen: »Lina? Käthe? Mir sends!« Sie ruft das so gerne. Die Oma auch.

Lina und Käthe kommen die Stiege herunter, und schon will Sissi los zu den Hennen. Aber Lina und Käthe haben keine Lust und sagen, heute dürfe Sissi mal ganz alleine die Eier holen, sie sei ja schon groß. Nachdem sie die Oma noch mal arg ermahnt hat, langsam und vorsichtig zu sein, trippelt sie auf Zehenspitzen zu den Hennen. Ein bisschen blöd schauen sie Sissi schon an, denn normalerweise geht sie ja zwischen Lina und Käthe. Aber sie lassen sie in die Nester gucken und gackern auch nur wenig. Das dauert länger als mit Lina und Käthe, denn Sissi ist besonders vorsichtig. Im Treppenhaus redet die Oma leise mit den Schwestern. Heute lachen sie gar nicht. Was haben sie denn zu besprechen? Dann ist sie fertig und geht im Zehenspitzengang zur Tür, hört, wie die Oma weint und sagt: »Ach, ich vermiss den Theo halt emmer no.« Es sei schon so lang her, trotzdem vergehe es einfach nicht.

Die Oma soll nicht weinen, findet Sissi. Schnell und vorsichtig legt sie die Eier ins Schächtelchen, dann muss sie mit der Hopserei beginnen, damit alle wieder lachen.

Aber heute lachen sie nicht, sie sehen Sissi gar nicht und schon gar nicht die Hopserei. Da kommt Sissi eine Idee. Sie hibbelt die steile Treppe hinauf, und so ungefähr in der Mitte stellt sie sich ganz vorne an die Stufe. Springt ab, schwebt in der Luft, sieht, wie sie endlich nach ihr schauen, und ist immer noch am Fliegen. Bis zum Boden ist es weit. Die Landung ist dann ziemlich hart, sie fällt auf ein Knie und fängt sich mit den Händen. So! Jetzt kann Sissi auch nicht mehr lachen. Es tut so schrecklich weh. Die Hose hat ein Loch, eine Hand blutet, das Knie sowieso. Heulen und jammern. Oma ruft, jetzt habe man den Salat. Sissi sei heute einfach unmöglich. Man sage ihr das schon den ganzen Morgen. Dann das Kommando: Lina soll Pflaster holen, Käthe muss Sissi auf den Schoß nehmen, und Sissi soll stillhalten. Die Oma untersucht ihre Wunden. Sie fragt dauernd, warum sie das denn gemacht hätte, aber Sissi kann gar nicht antworten, denn sie muss ganz laut schreien. Es ist ja alles so furchtbar. Irgendwann bekommt Sissi Schluckauf. Sie muss ständig tief Luft holen, so strengt sie das alles an. Die Oma verpflastert sie rundherum und wischt ihr die Tränen und den Rotz aus dem Gesicht. Das tut gut, Sissi wird ruhiger.

Man muss jetzt heim. »Ade, ond machet's guat.«

Auf dem Weg nach Hause humpelt Sissi neben der Oma her. Die sagt, dass Sissi sich daheim hinlegen müsse, denn das sei jetzt eine gehörige Aufregung gewesen. Und Sissi überlegt, ob sie zur Oma sagen soll, dass sie sie doch nur zum Lachen bringen wollte. Aber da würde Oma Frida vielleicht wieder traurig werden, besser man erinnert sie nicht an die Unterhaltung mit Lina und Käthe.

Am Abend wird das ganze Theater dann am Nachtessenstisch besprochen. Die Mama sagt, das hätte ja mal so kommen müssen, bei der ganzen Zappelei, da hätte Sissi ja eigentlich noch mal Glück gehabt. Die ältere Schwester schaut nur streng und bekommt ihre Sorgenfalte zwischen den Augen. Wahrscheinlich denkt sie jetzt, dass ihre kleine Schwester auch außerhalb des Kindergartens absolut gefährdet ist, ein Loch im Kopf zu bekommen. Der Papa sagt, Sissi müsse lernen, nicht mehr überall nur Tohuwabohu anzurichten. Da merkt Sissi, dass ihr Mund zu zittern beginnt, und bevor sie auch noch heulen muss, ruft sie in die Runde: »Jetzt isch aber Schluss. Aus! Baschda!« Das ruft die Oma auch immer, wenn ihr alles zu viel wird. Und da muss sogar die Oma lachen, und die Schwester. Die Eltern sowieso.

1978

Frida

Besser wäre es, zu Hause im eigenen Bett zu sterben. Aber sie wird nicht mehr lange durchhalten, das spürt sie deutlich.

Frida kann weiterdösen und noch ein bisschen an die unbeschwerte Zeit denken.

Sie waren so glücklich, hatten so große Träume. Dann kamen die dunklen Wolken, und Theo wurde immer ernster. Er ahnte wohl schon, dass sich alles ändern würde. Den schwärzesten Tag in ihrem Leben hat sie nie vergessen. Die Sonne schien zwar an diesem wolkenlosen Augusttag, aber in ihrem Kopf war auf einmal alles dunkel und düster.

Die Tür geht auf. Oskar, ihr Jüngster, kommt hereingeschlichen. Er mag keine Krankenhäuser, das weiß sie. Mit Schaudern denkt sie zurück an den eiskalten Tag, als sie mit ihren zwei Kleinen über schneebedeckte Straßen zum Krankenhaus geeilt war. Es hatte einen Unfall gegeben, ihr Jüngster hing im Leiterwagen, und Hanna stand kurz vor einem Nervenzusammenbruch. Aber die Hölle brach erst im Krankenhausflur über sie herein. Furchtbar. Das Schreien des Kindes. Und sie konnte ihm nicht helfen. Seither hat es ihr Oskar nicht mehr so mit Ärzten und Krankenhäusern.

Frida versucht, viel Kraft in ihre Stimme zu legen, die Worte kommen aber sehr leise daher. Sie fragt nach daheim, nach den Kindern. Oskar nimmt ihre Hand und nuschelt, sie müsse nicht sprechen, er bleibe eine Weile und erzähle ihr was.

Und so lässt sie sich fallen und lauscht seinem Gemurmel. Er berichtet von der kleinen Sissi, dass sie sich am Mittag, als er ging, an seine Beine geklammert hat. Sie wollte mit, und er musste ihr erklären, dass so kleine Kinder nicht ins Krankenhaus durften. Da bekam er einen Kuss auf die Backe und den Befehl, diesen der Oma weiterzugeben. Und er solle die Oma mit nach Hause bringen, nicht allein zurückkommen. Aber er habe ihr erklären müssen, dass er die Oma nicht einfach so mitnehmen könne.

Er merke schon lange, wie sehr seine jüngste Tochter an ihr hänge, es wäre gut, wenn sich Frida wieder erholen könnte.

Aber sie wissen beide, es sieht nicht gut aus.

Hatte er es damals auch gewusst? Hatte er sehr gelitten? Es lässt ihr keine Ruhe. Noch immer stellt sich Frida diese Fragen.

»… hat nicht lang leiden müssen …«, so berichtete damals ein Kamerad. Aber bis heute fragt sie sich, ob dieser sie nur schonen wollte und die Geschichte beschönigte. Man hörte zu der Zeit üble Geschichten von Lazaretten voller brüllender Soldaten mit den schlimmsten Verwundungen. Sie kann nur hoffen, dass ihr lieber Theo wirklich nicht noch lange leiden musste vor seinem Tod. Er hatte sowieso nie in den Krieg gewollt und bekam doch als einer der Ersten einen Einberufungsbefehl.

1940

Es war im April 1940, als Theo seine kleine Familie schweren Herzens zurücklassen musste. Er hatte den Befehl bekommen, sich in der Kaserne zu melden.

Noch Jahre später sah Frida ihren Mann vor sich, wie er die Straße entlangging mit gebeugten Schultern und hängendem Kopf. Als hätte er damals bereits gewusst, dass er diesen Krieg nicht überleben würde. Sie hingegen musste stark sein, um die kleine Hanna nicht noch mehr zu ängstigen. Energisch wischte sie sich die Tränen aus dem Gesicht und nahm die zarte Hand ihres Kindes. Mit festem Schritt ging Frida zurück nach Hause und nahm sich vor, nach vorne zu schauen. Sie würde alles tun, damit Theo sich nicht auch noch Sorgen um seine Familie machen müsste.

So kamen trübe Kriegstage, sie betete leidenschaftlich zum lieben Gott, dass er ihren Theo verschonen solle und ihn wohlbehalten zurückkommen ließe.

Ganz am Anfang war Theo in Frankreich stationiert und schrieb noch sehr häufig an seine Familie. Einmal legte er ein Bild für die kleine Hanna mit hinein. Darauf sah man Theo, wie er auf einem Pferd saß. Es musste ein sehr warmer Tag gewesen sein, denn er trug nur seine lange Hose. Er hatte den Kopf an den Pferdehals gelegt. Auf die Bildrückseite hatte er mit seiner zackigen Schrift geschrieben: »Schau, Hanna, dein Vater darf auch reiten. Das Pferd ist hier mein bester Freund, ich habe es sehr in mein Herz geschlossen.«

Von Frankreich aus wurde er auch noch häufiger auf Heimaturlaub geschickt. Theo genoss diese Wochen zu Hause, und er wäre jedes Mal am liebsten dageblieben, das wusste Frida. Für Theo war der Krieg reine Zeitverschwendung, er wollte sein altes Leben zurück. Wie hatte er die Arbeit im Schloss geliebt, wie gerne wäre er weiterhin dort als Hausmeister tätig gewesen.

Saß Theo im Zug zurück zur Einheit, war es, als würde man ihm langsam das Herz herausreißen. Mit jedem Kilometer, der ihn von der Heimat entfernte, wurde seine Stimmung trüber. Theo bekam regelmäßig großes Heimweh, und seine Verzweiflung wuchs täglich. Er sehnte den nächsten Heimaturlaub herbei.

Als es wieder so weit war, kam er auf dem Weg zum Bahnhof an einem Spielzeugladen vorbei. Im Schaufenster stand ein wunderschönes knallrotes Dreirad. Der Zug verspätete sich, und Theo ärgerte sich darüber. Aber da hatte er die Idee, die zwei Stunden Wartezeit zu nutzen, um seinem kleinen Mädchen das Dreirad zu kaufen. Theo steuerte den Spielwarenladen an und überlegte, ob sein Kind schon zu alt für ein solches Fahrzeug sei. Er hatte Hanna schließlich lange nicht gesehen. Aber das Dreirad war recht groß, hatte riesige Räder, und der Verkäufer sagte, selbst ältere Kinder könnten gut damit fahren. Der Preis war ordentlich, aber Theo wollte das Rad unbedingt. Für Frida kaufte er in einem kleinen Laden ein schönes Tuch und ließ es sich in herrliches Papier verpacken, die Verkäuferin sprühte das Päckchen noch mit einem wundervoll duftenden Parfüm ein, Frida würde begeistert sein. So kam es, dass an diesem Nachmittag ein strahlender Soldat mit knallrotem Dreirad unterm Arm im Zug nach Deutschland saß und komische Seitenblicke von seinen Mitreisenden erntete. Theo bemerkte es gar nicht. Im Bahnhof angekommen, sprang er aus dem Zug und trabte seinem Zuhause förmlich entgegen. Hanna fiel ihrem Papa um den Hals und war ganz außer sich vor Freude über dieses wundervolle Geschenk. Eine volle Stunde saßen Frida und Theo vor dem Haus auf der Treppe und beobachteten ihre umtriebige Tochter. Diese fuhr in immer schnellerem Tempo die Straße hinunter und wieder hinauf, drehte einige Runden vor ihren Eltern und legte sich immer wilder in die Kurven. Das rote Rädle war wie gemacht für diesen vierjährigen Blondschopf. Einmal steckte Frau Trapp den Kopf zum Fenster raus, und das Kind rief ihr zu: »Frau Trapp, gucket se mol!« Der »Babba« habe ihr ein Dreirad aus dem Krieg mitgebracht.

Jedes Mal erschien es Frida wie ein großes Wunder, wenn ihr Mann auf Heimaturlaub nach Hause kommen durfte. Während seiner Zeit an der Front schrieb er ihr zwar zuversichtliche Briefe, er berichtete vom Wetter, das angeblich meist wärmer und sonniger als gedacht, dem Essen, das anscheinend wirklich ganz ordentlich und reichlich war, und von seinen eigentlich ganz netten Kameraden. Niemals erwähnte er irgendeine Gefahr oder etwas, das ihm nicht gefiel. Aber Frida las zwischen den Zeilen und dachte sich, dass es schlimmer sein müsse, als sie sich überhaupt vorstellen konnte. Je schöner Theo die Dinge darstellte, umso grässlicher war die ganze Sache in Wirklichkeit. Er wollte sie nur schonen und wusste um die Zensur der Frontpost durch die Wehrmacht.

Deshalb versuchte sie, die Fronturlaube für ihren Theo so schön wie möglich zu gestalten, versetzte Berge im Beschaffen von Lebensmitteln, putzte die Wohnung noch sauberer, als diese eh schon immer gewesen war, und kochte und buk schon Tage im Voraus die Leibspeisen ihres geliebten Theo.

Dank ihrer eigenen und der Familie ihres Mannes konnte sie auf zwei Landwirtschaften zurückgreifen und so auch während der kargen Kriegsjahre an wertvolle Lebensmittel kommen. Tage vor Theos Eintreffen machte Frida sich mit dem kleinen Mädchen zu seiner Familie auf. Sie nahmen den Zug und mussten anschließend noch einen strammen

Fußmarsch ins kleine Dorf am Schwarzwaldrand hinlegen. Hanna war eine gute Wanderin und beklagte sich niemals über die lange Strecke ins Heimatdorf ihres Vaters. Während der Zugfahrt saß sie verträumt am Fenster und ließ die Landschaft vorbeiziehen. Auf dem Weg zur Gastwirtschaft plapperte sie Frida die Ohren voll, mit Details über die Dampflok und darüber, was sie alles gesehen hatte in der Landschaft, durch die sie so bequem gefahren waren. Kam dann das Dorf in Sicht, begann sich die Kleine auf ihre Tante Luise zu freuen. Die beiden mochten sich sehr. Am Wirtshaus angekommen, wurde Hanna von den Tanten und Theos Mutter Rosine aufs Innigste gedrückt, geküsst und natürlich mit »Gsälzbrot«, »Träublessaft«, Hefekranz und paniertem Schnitzel verwöhnt. Auch Theos jüngster Bruder Anton nahm sich viel Zeit, um mit dem Kind seines Lieblingsbruders auf Streifzug durch den Hof und die Obstwiesen zu gehen. Er erzählte gerne von der Zeit, als er mit Theo unterwegs gewesen war, und Hanna liebte diese Geschichten über den Vater. Da konnte sich Frida dann auch einmal fallenlassen. Einfach nur dasitzen, eine kühle Mostschorle genießen und an die erfüllten Sonntage zurückdenken, als sie mit ihrem Mann hierhergekommen war.

Am Abend wurde dann zurückmarschiert. Die Kleine an der Hand, immer noch schwätzend und lachend. Kurz vorm Bahnhof säuberte Frida das erhitzte Gesicht ihres Kindes mit einem Taschentuch, putzte die Reste von Saftschorle und Kuchen von den roten Bäckchen. Nicht ein einziges Mal verschlief das Mädchen die Rückfahrt im Zug, war sie auch noch so müde von diesen Besuchen und den langen Fußwegen. Sogar auf dem Weg vom Bahnhof nach Hause, am anderen Ende der Stadt, hüpfte der Goldschatz noch freudig an Fridas Hand. Was hatte sie nur für ein Glück mit diesem Kind. Gemeinsam überlegten sie im Gehen, mit was für Kuchen und Mittagessen sie den Papa überraschen könnten, was sie alles aus den Eiern, Kartoffeln und anderen Schätzen, die sie von Theos Familie eingepackt bekommen hatten, kochen und backen würden. Es waren herrliche Tage voller Vorfreude auf das Wiedersehen mit dem Vater.

War er dann erst einmal angekommen, wollte Theo nur eines: mit seinem Mädchen spielen und lachen. So vergaß er wohl für kurze Zeit die schlimmen Monate im Krieg.

Nachts hatte er oft Albträume, schrie und schlug um sich im Traum, bis es Frida nicht mehr aushielt und ihren Mann wachrüttelte. Über seine Erlebnisse wollte er nicht sprechen. Meist blieben sie lange wach, um die gemeinsame Zeit so gut wie möglich auszukosten. Zu zweit auf ihrem gemütlichen Sofa malten sie sich eine Zukunft nach dem Krieg aus, sprachen über all das, was sie dann endlich erleben würden. Der Traum vom neuen Haus war noch nicht ausgeträumt.

Frida liebte es, im Garten zu arbeiten. Irgendwie hatte sie es geschafft, im kleinen Wiesental nah am Stadtrand eine Parzelle zu pachten. Dort würde sie vorerst eigenes Gemüse anbauen. Die kleine Hanna immer mit dabei, hatte sie im späten Winter bereits die Erde umgegraben, einzelne Beete eingeteilt und eine Ecke für den Komposthaufen eingerichtet. Ganz aufgeregt zeigte sie ihrem erstaunten Ehemann das Grundstück, und er schien einmal mehr ganz angetan von Fridas Lebenslust und Umtriebigkeit. Er liebte sie noch immer, das spürte sie in diesem Moment, und sie versicherte ihm, sie werde das schon hinbekommen mit ihrem kleinen Mädchen, da müsse er sich keine Sorgen machen.

Die nächsten Tage verbrachte Theo damit, eine kleine Gerätehütte auf das Stückle zu bauen. Damit Frida Hacke, Spaten und Gießkannen darin lagern konnte. Hanna half ihm, sie war schon eine gute Handlangerin. Bei alldem vergaß Theo teilweise ganz und gar, dass er bald wieder zurück an die Front musste. Frida bemerkte, wie er in seinem Vatersein aufging, und erinnerte sich an seine Erzählungen vom gemeinsamen Herumwerkeln mit seinem kleinen Bruder Anton auf dem elterlichen Hof.

Für seine Tochter wünschte sich Theo, dass sie einmal das Gymnasium besuchen würde. Hanna sollte eine gute Schulbildung bekommen und später studieren. Auch wenn er nicht aus dem Krieg zurückkomme, müsse Frida schauen, dass Hanna fleißig lerne, sagte Theo zu seiner Frau. Denn Dummheit sei die schlimmste Krankheit, das solle Frida sich merken. Später dachte sie noch oft an seine Worte.

Als Theo ein paar Tage danach wieder losmusste, war der Abschied furchtbar. Frida war verzweifelt, Hanna heulte, und auch Theo musste sich arg zusammenreißen. Frida sah es in seinem Gesicht: Bloß nicht weinen! Hastig löste er die dünnen Ärmchen seines Kindes von seinem Hals und stürzte die Metalltreppe hinauf ins Innere des Waggons. Er hielt den Kopf aus dem Fenster seines Abteils, winkte seiner Familie fröhlich zu. Mit einem Ruck setzte sich der Zug in Bewegung. Frida wusste, am liebsten wäre ihr Mann wieder herausgesprungen. Einfach dageblieben. Sie stand wie erstarrt und sah Theos liebes Gesicht immer kleiner werden.

1941

Rosine

Seit fünf war sie im Stall, molk die Kühe, verteilte das Grünfutter und sah nach den Kälbern. Als sie den Melkeimer ausspülte, stürmte ihre Freundin Hermine herein. Sie zitterte, war außer sich und begann, mit heißerer Stimme zu sprechen: Man habe ihrem Martin den Einberufungsbefehl zugestellt, die ganze Nacht habe sie mit ihm nach Möglichkeiten gesucht, das Unabwendbare abzuwenden. Er sei doch noch ein Kind, man könne ihn nicht als Soldat in den Krieg schicken! Wo doch der Vater bereits als kranker Mann zurückgekommen war.

Kraftlos sank Hermine auf den Boden und hielt sich an Rosines Knöcheln fest. Die stand erstarrt, sie erkannte, dass Martin kaum älter war als Anton. Jetzt holten sie schon die Achtzehnjährigen. Ihr Jüngster war also auch nicht mehr lange sicher.

Rosine riss sich zusammen, wollte der Freundin unbedingt helfen, deswegen blendete sie ihre eigene Angst aus. Noch hatte Anton keinen Brief bekommen. Leichtsinnig versprach sie Hermine, am Vormittag zum Berghofbauern zu gehen und ihn um ein Eingreifen zu bitten. Er musste einfach helfen, denn er war nicht nur Parteimitglied, er hatte Macht – und, wie es hieß, Verbindungen.

Sie mache das aber alleine, es sehe besser aus, wenn nicht die Mutter komme, beschwor sie die Freundin, denn der Großbauer sei einer der ganz Verbohrten, das wisse man ja. Sie hoffe, sie könne ihn mit dem Hinweis auf Hermines kranken Mann packen, schließlich brauche die ja wenigstens einen, der noch was schaffen könne.

Nachdem sie ihren Morgenkaffee getrunken hatte, marschierte Rosine den Berg hinauf.

Aber es war schlimmer als befürchtet. Der Mann zeigte keinerlei Verständnis für solche Sorgen. Es müssten schließlich alle Opfer bringen, deshalb könne man Hermine zumuten, den Hof für eine Weile allein zu versorgen. Für kurze Zeit sprachlos ob so viel Kaltblütigkeit, begann Rosine noch einmal von vorne. Es könne ja wohl nicht sein, dass man die Bäuerinnen im Dorf derart hängenlasse, wo doch die Nahrungsproduktion dem Führer besonders am Herzen liege! Alle wüssten um das Elend von Hermines Mann. Mit seinen zerschossenen Beinen sei dieser beim Ernten keine große Hilfe. Und da der ältere Sohn als vermisst galt, könne man auf dessen baldige Heimkehr nicht hoffen. Der Berghofbauer möge doch wenigstens versuchen, bei seinen Parteifreunden ein gutes Wort für den Martin einzulegen, um die Einberufung zu verhindern oder wenigstens auf einen späteren Zeitpunkt zu verschieben.

Rosine machte sich auf den Weg zur Freundin, den Kopf gesenkt, die Schultern resigniert nach vorn gebeugt. Dort angekommen, brauchte sie gar nichts zu sagen. In Hermines traurigen Augen war die Hoffnung bereits erloschen.

Hermine sagte dumpf, sie wisse, Rosine habe sicher alles versucht. Mit dem »Gischpel«, diesem überdrehten Fanatiker, könne man nicht rechnen, das sei ihr bereits vorher klar gewesen. Aber sie werde kein Kind mehr hergeben, man nehme ihr jetzt nicht auch noch den Martin. »Des sag ich dir!«

Sie solle sich nicht unglücklich machen, versuchte Rosine die Freundin zur Vernunft zu bringen. Man wisse doch, was Fahnenflüchtigen drohte. Aber eigentlich verstand sie sehr gut. Auch sie selbst wollte ihren Anton unter keinen Umständen in den Krieg ziehen lassen.

Doch Rosine ahnte schon: Das Unheil war nicht mehr aufzuhalten. Es rollte bereits auf sie zu. Kam näher – und würde auch die eigene Familie nicht verschonen.

1942

Theo

Das trostlose Dasein als Soldat war ihm zuwider. Er wollte zurück. Nach Hause. Endlich. Die Kriegslage war schwierig, es ging schleppend voran. Dennoch wurden nun schon die blutjungen, noch nicht einmal neunzehnjährigen Burschen rekrutiert. Man ließ sie als Kanonenfutter gen Osten marschieren.

Auch Anton hatte kurz nach seinem achtzehnten Geburtstag den Einberufungsbescheid zugestellt bekommen. Der Mutter, den Schwestern und auch Theo hatte es das Herz gebrochen, als alle am Abend vor dem Abmarsch des Bruders noch einmal zusammensaßen. Theo war gerade auf Fronturlaub, war mit seiner kleinen Familie ins Heimatdorf gekommen, um den Bruder zu verabschieden.

Der Bruder weinte, die Mutter war außer sich. Er sei doch noch so jung. Sie wollte ihn verstecken, hätte alles getan, ihn zu schützen. Aber es war klar: Würde die Wehrmacht Anton finden, die Soldaten würden ihn sofort erschießen. Mit Kriegsverweigerern machten sie kurzen Prozess. Es gab keine Gnade.

Kaum drei Monate zuvor war der jüngste Sohn von Rosines Freundin Hermine hingerichtet worden. Man hatte den Deserteur in seinem Versteck tief im Wald aufgespürt. Noch am selben Abend wurde er erschossen. Einfach an die Wand gestellt. Die Gewehre angelegt und abgedrückt. So schnell hatte man ein junges Leben ausgelöscht. Die Freundin war fast verrückt geworden vor Verzweiflung, vor Zorn auf diese selbstgerechten Männer. Die ganze Nacht war Theos Mutter bei ihr geblieben, hatte versucht, sie zu trösten, auch wenn es für diese Art Kummer keine Linderung gab.

Eine kurze Zeit des Hoffens und Bangens war ihr dann noch geblieben, bis auch ihr eigenes, jüngstes Kind den gefürchteten Brief erhielt. Es hieß, sich zu fügen. Wieder einmal.

So konnte Theo dem jüngeren Bruder nur noch viel Glück wünschen und musste ihn am nächsten Morgen ziehen lassen. »Wenn ich wenigschtens mit dir zusamma ganga kennt, no wär ich net so alloi!« Das waren die letzten Worte, die Theo von Anton zugeflüstert bekam, als sie sich zum Abschied umarmten. Theo wusste keine Antwort. Plötzlich waren die vierzehn Jahre Altersunterschied zwischen den beiden wie weggewischt. Der kleine Bruder war erwachsen geworden. Und ja, auch Theo hätte alles dafür gegeben, wenn sie zusammen hätten gehen können. Dann wäre auch er nicht mehr so allein gewesen. Es wäre ein großer Trost, dachte Theo immer wieder.

Das war 1941 gewesen. Im November. Alle hatten gehofft, Anton dürfe zum Weihnachtsfest nach Hause kommen. Aber sie sahen den jüngsten Bruder nicht wieder, bis August 1942.

Da kam eines Tages kurz nach fünf Uhr morgens ein junger Mann den Hof herauf geschlappt, selbst die Mutter erkannte ihn nicht sofort. Der zarte Anton hatte sich in ein muskulöses Mannsbild verwandelt, die ehemals feinen Gesichtszüge waren hart geworden. Sein einst schelmischer Blick war erloschen. Stumm umarmte er die Mutter.

Ob Rosine ihm einen Kaffee kochen, ein Brot schmieren könne? Mit dieser Frage riss er sie beide aus der minutenlangen Umklammerung. Seine Mutter wischte sich die Tränen aus dem Gesicht und ging in die Küche. Anton blieb im Hof zurück. Er sog die warme Morgenluft durch die Nase und schaute lange auf den Birnbaum im Hof der Gastwirtschaft. Dies Bild hatte er so oft heraufbeschworen, wenn am Abend das Heimweh kam. Wie oft hatte er sich in den Schlaf geweint, weit weg vom kleinen Dorf in der Heimat. War es wirklich erst ein Jahr her, dass er hier unter dem Birnbaum saß, mit den Geschwistern, der Schwägerin und der Mutter?

Die Mutter hatte den Tisch unterm Birnbaum gedeckt. Schweigend aß Anton sein Frühstück, während Rosine, dicht neben ihm sitzend, munter drauflos erzählte. Von der guten Heuernte. Von den vielen Zwetschgen, die sie dieses Jahr bekommen würden, und von den neuesten Ereignissen im Dorf.

Nach und nach kamen sie alle: die Schwestern und sein Bruder Matthias. Der durfte weiter zu Hause auf dem Hof bleiben, hatte noch keinen Marschbefehl bekommen. Darum beneidete Anton den Bruder, das sprach er aber nicht aus.

Erst spät am Abend, als er mit seiner älteren Schwester Gesine am Stammtisch saß, erzählte er von den schrecklichen Erlebnissen im Krieg. Gesine war schon immer die beste Zuhörerin gewesen, mit ihr konnte er Klartext reden, sie ertrug auch schlimme Geschichten. Ihr berichtete er von dem brutalen Offizier in seinem Regiment, der seine Untergebenen mit sadistischen Ritualen quälte, auch Anton selbst war nicht verschont geblieben. Ganz am Anfang seiner Soldatenzeit hatte er so manchen Dreck fressen müssen, sagte er knapp. Als dann sein bester Kamerad und Freund bei einer solchen Erziehungsmaßnahme fast gestorben wäre, beschloss Anton, nicht länger ein Opfer zu sein. Er stählte seine Muskeln und wurde äußerlich wie innerlich hart. Seinen Kameraden wollte er mitziehen, er munterte ihn zum Mitmachen auf. Eines Morgens fand er den Freund dann an dem einzigen Baum, der vor dem Quartier noch stand. Er hatte den Freitod gewählt, hatte aufgegeben. Das machte Anton noch wütender.

Fortan trainierte er härter denn je, und der Offizier fasste ihn nicht mehr an. Wobei er trotzdem immer neue Opfer auserkor, ständig kamen ja junge Rekruten hinzu.

Wenn den endlich jemand erschießen würde, um den wäre es nicht schade, schloss er seine Erzählungen. Dieser wütend hingeworfene Satz blieb der großen Schwester für immer im Gedächtnis.

Als Anton wieder fort war, kamen in regelmäßigen Abständen Briefe für Gesine. In ihnen deutete Anton an, er komme mit dem Kriegsgeschehen nicht mehr zurecht. Er schrieb, dass er so nicht mehr weitermachen wolle, keinen Sinn mehr sehe, die ganzen Maßnahmen nicht mehr mittragen wolle.

Gesine wurde angst um ihren kleinen Bruder, jeder wusste, dass die Feldpost kontrolliert wurde.

Sie machten sich Sorgen. Die Schwestern. Auch um die Mutter. Vor allem Marie. Seit Tagen sprach die Mutter kaum ein Wort. Am Abend, bevor Anton zurückmusste, war Rosine ganz niedergeschlagen gewesen, sagte später, sie könne es kaum mehr aushalten. Zitterte am ganzen Körper. Diese Ungewissheit war für Rosine eine schlimme Sache. In diesen Zeiten wusste man nie, wann die grausame Nachricht kommen würde. Bisher lebten ihre Söhne noch, aber sie waren nicht sicher.

Hinzu kam, dass Rosine immer weniger aß. Es kam vor, dass sie schlicht vergaß, den Löffel zum Mund zu führen, so sehr in Gedanken war sie oft. Wenn doch nur der elende Krieg endlich vorbei wäre. Auch Maries Mann Paul war nicht sicher vor einem Einberufungsbefehl. Obwohl er die Mühle am Waldrand betrieb. Sein Vater war sehr alt, er konnte schon lange nicht mehr mithelfen. Deshalb hofften alle, Paul könne bleiben. Im Frühling würde Marie ein weiteres Kind bekommen, dann konnte sie nicht mehr so oft nach der Mutter schauen. Auch aus diesem Grund hofften die Schwestern, dass es der Mutter bald wieder besser ging.

1942, irgendwo bei Leningrad

Anton

Anton erwachte vom lauten Husten seines Kameraden. Der junge Rekrut hatte eine Woche zuvor aus heiterem Himmel den Zorn des Offiziers auf sich gezogen und war von diesem beinah in der Wassertonne ertränkt worden. Alle, auch Anton selbst, hatten tatenlos zugesehen.

Danach ging es dem Jungen sehr schlecht. Der Arzt wurde gerufen, und Anton berichtete ihm, was passiert war, zum wiederholten Mal. Anton beschwor den Arzt, endlich eine Meldung zu machen, aber dazu war dieser zu feige. Seit Tagen wälzte der arme Junge sich in Fieberträumen, er hatte eine Lungenentzündung, das Fieber ließ sich nicht mehr senken. Als Anton sah, wie schlecht es dem Bettnachbarn immer noch ging, beschloss er, die Sache selbst in die Hand zu nehmen und beim Kompaniechef vorzusprechen. Tatsächlich wurde er am Nachmittag vorgelassen. Er schilderte dem obersten Vorgesetzten die Praktiken des anderen Offiziers und bat um ein Eingreifen, bevor es zu einem weiteren Selbstmord komme oder die Erziehungsmaßnahme doch einmal tödlich ende. Der Kompaniechef erklärte ihm, dass besagter Offizier sein volles Vertrauen genieße und dieser schon wisse, was gut sei für seine Untergebenen. Am Ende fragte er Anton gar, ob er sich nicht schäme, den hochdekorierten Offizier anzuschwärzen, noch dazu wegen solcher Lappalien.

Da wusste Anton, es würde niemals aufhören, der Offizier würde einfach weitermachen, hatte einen Freifahrschein.

Wieder zurück in der Stube fand er den Jungen im Sterben. Anton hielt seine Hand, bis er es geschafft hatte. Er schloss ihm sanft die Augen und rauchte langsam eine Zigarette.

Noch einmal sah er sich als Knirps mit seinem großen Bruder durch die blühenden Obstwiesen fahren. Hoch oben auf dem Kutschbock, die Löwenzahnblüten leuchteten aus dem saftigen grünen Gras heraus. Er roch die Pferde und hörte ihr Schnauben, fühlte die Sonne im Gesicht und sah den Bruder an seiner Seite sitzen. Lächelnd und glücklich. Theo. Der gekonnt die Pferde lenkte und sanft mit ihnen sprach. Wie hatten sie beide diese Fahrten geliebt. Anton wurde ruhig, erkannte plötzlich die ganze Sinnlosigkeit, fragte sich, was er noch alles erleben müsste in diesem schrecklichen Krieg, zusammengepfercht mit Leuten, die sein Schicksal teilten. Er betrachtete das Gesicht des Kameraden. Wie jung er noch war. Vom Heimweh geplagt, hatte er Anton häufig am Abend von seiner Familie erzählt. Er sollte einmal den elterlichen Hof übernehmen. Ein stattliches Anwesen auf der Schwäbischen Alb. Welche Katastrophe für die Eltern! Jetzt würde der Sohn ein kaltes Grab in Russland bekommen. Es war zum Verzweifeln.

Anton nahm ein Blatt zur Hand und schrieb schnell und entschlossen einen Brief. Sorgsam faltete er das Papier zusammen und setzte sich zu seinem besten Kameraden aufs Bett. Da sie als Einzige hier in der Stube beim sterbenden Freund geblieben waren, konnte er offen reden.

Er beschwor ihn, den Brief zum Bruder zu bringen, er solle ihn immer bei sich behalten, damit man ihn ihm nicht wegnehme. Am besten wäre, wenn er die Freundschaft mit ihm, Anton, verleugne, denn dann würden sie ihn in Ruhe lassen, ermahnte er den Kameraden. Anton wusste, dass dessen Familie nur wenige Kilometer von Theos Wohnort entfernt lebte, deshalb bat er ihn, den Brief einfach bei Frida vorbeizubringen, wenn er das nächste Mal auf Fronturlaub sei. Grob klopfte Anton ihm noch einmal auf die Schulter. Sah in seinen traurigen Augen, dass der Freund ahnte, was folgen würde.

Als Anton sein Gewehr lud und mit kaltem Blick die Stube verließ, hielt ihn keiner auf.

Er hatte sich entschieden. Die Gedanken beim Birnbaum und bei seiner Familie, marschierte Anton entschlossen ins Offiziersquartier und fand den verhassten Vorgesetzten beim Kartenspielen vor. Im Gehen lud er durch und zielte auf den Menschenschinder. Anton erschoss zuerst ihn, danach sofort sich selbst. Alles ging sehr schnell.

Rosine

Sie saß in der Stube und fror. Wie konnte das sein? Anton war im Krieg geblieben. Nicht einmal eine richtige Beerdigung würde er bekommen. Der Schmerz war übermenschlich. Seit zwei Tagen konnte sie weder die Kühe melken noch in Küche und Gaststube auch nur einen Finger rühren. Hedwig, Luise und Johanna mussten übernehmen. Welch Glück, dass sie die drei noch bei sich hatte. Ihre Töchter hetzten den ganzen Tag zwischen Küche, Wirtschaft und Stall umher. Sie machten weiter. Wenngleich auch sie den Kummer beinah sichtbar auf ihren Schultern trugen. Offenbar half ihnen die Geschäftigkeit und schwere körperliche Arbeit dabei, die ganze Trostlosigkeit der vergangenen Tage zu vergessen. Wenigstens in den Hintergrund zu schieben.

Rosine selbst war wie gelähmt. Zum ersten Mal im Leben. Für alles fehlte ihr die Kraft. Jedes Kind, das sie hergeben hatte müssen, hatte ein Loch in ihrem Inneren hinterlassen. So klein waren sie alle noch gewesen, so hilflos und auf ihre, Rosines, Fürsorge angewiesen.

Anton hingegen durfte erwachsen werden. Und doch war er viel zu jung zum Sterben! Wieder kamen ihr die Tränen, aber sie versuchte, sich zusammenzureißen. So konnte es nicht weitergehen. Langsam erhob sie sich aus ihrem Sessel, um zu sehen, was unten im Hof vor sich ging. Jemand war gekommen. Sie stellte sich ans Fenster und sah den eingebildeten Berghofbauern. Linkisch stand er vor Matthias und sprach leise auf ihn ein. Was wollte er bei ihnen? Matthias hob den Blick jetzt zum Fenster und zuckte leicht zusammen, als er sie hinter der Scheibe erkannte. Fragend legte er die Stirn in Falten. Etwas musste geschehen sein …

Theo

Seit Anfang Oktober war Theo im Lazarett, denn eine als harmlos eingestufte Fußprellung hatte sich zu einer bakteriellen Entzündung ausgewachsen. Im zurückliegenden Sommer war es zu schweren Kämpfen gekommen. Sein rechter Fuß schwoll stark an, aber er wurde gut von den Sanitätern versorgt und Theo musste weitermarschieren. Große Strecken legten sie zurück. Trotz der Strapazen schien sein Fuß zu heilen, die Schwellung ging zurück. Mitte September bemerkte Theo, dass der Fuß sich seltsam anfühlte, aber für eine genaue Untersuchung blieb keine Zeit. Quasi über Nacht kam es dann zur Katastrophe. In den frühen Morgenstunden wurde er wach, hatte furchtbare Kopfschmerzen und Schüttelfrost. Sein bester Kamerad informierte den Sanitätsdienst. Ab diesem Zeitpunkt nahm der Kranke alles nur noch wie durch einen Vorhang wahr. Erst eine Woche später war er wieder aufnahmefähig. Der Arzt erklärte ihm, man habe sein Bein vorerst vor einer Amputation retten können, aber es sei knapp gewesen. Sobald er aufstehen und an Krücken laufen könne, werde man ihn zur Genesung nach Garmisch schicken. Theos Herz pochte. Er durfte nach Deutschland zurück. Sein Bein vorerst gerettet! Tränen rannen ihm über die Wangen, er begann, am ganzen Körper zu zittern. Der Arzt deutete das falsch und bekam Mitleid. Väterlich legte er ihm die Hand auf die Schulter und sagte, Theo solle sich keine Sorgen machen, es werde schon alles gut gehen. Wenn er Glück habe, sei er bald wieder ganz der Alte.

Aber Theo wollte gar nicht wieder der Alte werden. Er war kriegsmüde, wollte nach Hause, raus aus diesem beschissenen Soldatenleben. Einige Tage später saß er im Lazarettwagen und fuhr der Heimat entgegen. Wenn er auch hoffte, sein Bein werde sich erholen, genoss er die starken Schmerzen geradezu und fühlte gerne die Schwellung samt fiebriger Hitze, die das Bein immer noch ausstrahlte. Er war den Kämpfen erst einmal entkommen.

Die erste Woche im Lazarett dämmerte Theo zwischen schwerem Schlaf und kurzen klaren Momenten in seinem Krankenbett dahin. Die Tage schienen einfach ineinanderzufließen. Die lange Bahnfahrt hatte die Entzündung noch einmal aufblühen lassen, und es war immer noch nicht klar, ob man das Bein amputieren müsste. Ihn scherte es nicht, lag er doch in einem warmen Bett. In Sicherheit.

Die Wende kam am neunten Tag nach seiner Ankunft in Garmisch. Theo schlug die Augen auf, sah die Schneeflocken vor dem Fenster tanzen und spürte mit einem Mal großen Hunger. Nachdem er seinen Körper vorsichtig in sitzende Position geschoben hatte, überfiel ihn eine leichte Übelkeit, aber von da an nahm er wieder am Leben teil.

Gleich einen Tag später konnte er bereits in den Waschraum humpeln und eine Katzenwäsche vornehmen. Die nächsten Tage war Theo beschäftigt. Er schrieb an Frida und die Familie, übte das Gehen, indem er fleißig mit den Krücken im Flur auf- und abhumpelte, und aß mit gutem Appetit. Es ging nur schleichend voran, denn durch die lange

Liegezeit hatten sich seine Muskeln zurückgebildet, und es dauerte geraume Zeit, bis er wenigstens eine der beiden Krücken weglassen konnte. Aber Theo war zäh und übte ausdauernd. Wenngleich die Ärzte ihm rieten, das kranke Bein nicht zu stark zu belasten, da sonst die Entzündung zurückkomme. Theos Ziel war, an Weihnachten bei seiner Familie zu sein, dafür nahm er alle Schmerzen, alle Anstrengungen in Kauf.

So begann er, den Arzt zu bearbeiten. Er müsse unbedingt nach Hause, um nach seiner Frau und dem kleinen Kind zu schauen. Endlich lenkte der Doktor ein, bestimmte, man könne Theo in den nächsten Wochen keinesfalls nach Russland zurückschicken, und unterschrieb kurz vor Weihnachten den ersehnten Urlaubsschein.

Und dann saß Theo im Zug und fuhr seiner Familie entgegen. Bis ins neue Jahr durfte er bleiben. Weihnachten ging ruhig und traurig vorbei. Die Familie hatte Antons Tod noch nicht verwunden. Und die Hoffnung auf baldigen Frieden war ebenfalls verloren.

Schließlich musste Theo zurück nach Garmisch und sich in der Genesendenabteilung melden. Da man sein Bein nicht hatte amputieren müssen, sollte er nun für den Einsatz in Russland vorbereitet werden. Insgeheim hatte Theo gehofft, dass der Krieg zu Ende gehen werde, bevor er wieder ganz hergestellt war, aber danach sah es ganz und gar nicht aus.

Das Bein wollte einfach nicht heilen, bereits nach kurzen Märschen schwoll der Knöchel an, wurde heiß und verfärbte sich blau. Theo war es recht. So dauerte sein Garmischaufenthalt umso länger. Russland konnte warten.

Ende Februar bekam er einen Brief von Frida, in dem sie ihm mitteilte, dass er zum zweiten Mal Vater werden würde.

Erst Anfang März konnte doch noch eine kleine Trauerfeier für Anton auf dem Hof stattfinden. Theo, bereits wieder marschtauglich, durfte noch einmal zur Familie fahren.

1943, 12. August

Die ganze Nacht hatte Frida schon starke Rückenschmerzen. Das Kind wollte auf die Welt. Frida war schweißgebadet, wälzte sich aus dem Bett, um ihr kleines Mädchen aufzuwecken. Hanna setzte sofort ihre besorgte Miene auf und half Frida, noch ein paar Sachen in das Köfferchen zu packen, das schon seit einiger Zeit im Flur stand. Liebevoll zog Frida ihre Tochter an die Brust, sagte, Hanna müsse jetzt ganz tapfer sein, bei Frau Trapp bleiben, denn dem Kind pressiere es.

Hanna sagte, sie hoffe, die Mutter werde nicht so lange brauchen mit der Geburt. Gemeinsam gingen sie die Treppe hinunter und klopften an der Tür ihrer Vermieterin. Frau Trapp öffnete, erfasste sofort die Situation und zog das Mädchen zur Tür hinein. Sie sprach leise mit Frida. Es werde schon alles gut gehen, die Zweiten kämen doch viel leichter heraus. Sie versprach, sich gut um Hanna zu kümmern.

Frida machte sich auf den Weg. Obgleich der Schmerz ihr schier alle Sinne raubte, war sie, als sie durch die Krankenhaustür kam, tief in Gedanken. Ja, es würde schon alles gut gehen.

Hanna blieb allein zurück und war in höchster Angst. Was sollte sie nur machen, wenn jetzt auch noch die Mama fehlte? Der Vater war in Russland, unvorstellbar weit fort, er konnte nicht nach Hause kommen. Ganz niedergeschlagen setzte sie sich erst einmal in Frau Trapps Küche. Man musste das jetzt schaffen.

Nach dem Mittagessen saß Hanna immer noch auf der Eckbank. Es hatte Pellkartoffeln gegeben, die mochte sie eigentlich ganz gerne, mit Salz und Pfeffer und Quark. Aber heute wollte ihr so gar nichts schmecken. Sie hatte auch keine Lust, mit den Trappkindern, Elsa und Fritz, zu spielen. Es war ihr alles fad.

Freilich versuchte Frau Trapp immer wieder, sie in ein Gespräch zu verwickeln, während sie die Küche aufräumte oder sonst eine Hausarbeit erledigte. Hanna antwortete aber nur einsilbig, war gefangen in trüben Gedanken.

Hatte sie am Morgen heimlich darauf gehofft, ihre Mama noch am selben Tag wiederzuhaben, so wurde ihr bereits am frühen Abend klar, dass sie bei den Trapps übernachten musste.

Sie wurde bei der zwölfjährigen Elsa einquartiert. Die fand das gar nicht lustig und beschwerte sich lautstark bei ihrer Mutter. Hanna sei ganz alleine, und sie brauche sich gar nicht so aufzuregen, es sei sowieso bloß für »a baar Dag«, fauchte Frau Trapp in Elsas Richtung und war schon wieder auf dem Weg in die Küche.

Gleich ein paar Tage sollte sie hierbleiben! Hanna wurde ganz blümerant zumute. Sie wollte zur Mama, und zwar sofort. Traurig schmiss sie sich erst einmal auf die provisorische Schlafcouch und schluchzte haltlos in die Kissen.

Am nächsten Morgen erwachte sie früh und zischte zu Frau Trapp in die Küche. Sogleich fragte sie, ob denn das Geschwisterchen schon geboren sei und die Mutter bald zurückkomme. Frau Trapp erklärte ihr einigermaßen einfühlsam, dass so eine Geburt durchaus länger dauern könne. Sie selbst erwarte aber auch demnächst den Anruf aus der Klinik. Die Mutter habe versprochen, eine Schwester damit zu beauftragen, sobald das Baby geboren sei.

Der Vormittag zog sich endlos hin. Hanna wurde schon wieder trübsinnig.

Kurz nach elf kam der erlösende Anruf. Frau Trapp war beim ersten Klingeln am Apparat, meldete sich und plapperte freudig drauflos. Sie rief: »An Bua isch es!« Ein Brüderchen also.

Hanna wollte alles ganz genau wissen, und Frau Trapp gab ihr geduldig Antwort. Ihre drängendste Frage aber war: Wann würde die Mutter mit dem kleinen Bruder endlich heimkommen? Wieder und wieder erklärte Frau Trapp, wie nötig es sei, dass sich die Mutter jetzt erst einmal erholen könne.

Für Hanna war es arg. Am Abend bezog sie erneut das Nachtlager und weinte. Frau Trapp kam und versprach, sie würden am nächsten Morgen versuchen, die Mutter zu besuchen.

Tatsächlich marschierte Hanna am Vormittag neben Frau Trapp in Richtung Frauenklinik. An deren Hand verfiel sie aus lauter Vorfreude sogar gelegentlich ins Hüpfen. Am liebsten wäre sie ja gerannt, aber die Vermieterin war ohnehin schon säuerlich ob der Hibbelei. Da nahm sie sich zusammen, man wollte ja keinen Trapp'schen Rückzug riskieren.

An der Pforte gab es allerdings ein mittelstarkes Streitgespräch zwischen dem Pförtner und der forschen Vermieterin. Aber er hatte die Rechnung ohne Frau Trapp gemacht, diese verfügte im Moment über die besseren Argumente. Er verlor schnell an Rückenwind und ließ die zwei Besucherinnen durch. Das nächste Durcheinander verursachte das Gespann auf der Station. Wieder wurde gestritten. Gleich zwei Schwestern keiften heftig drauflos: Wo Frau Trapp denn diese Unverfrorenheit hernehme, einfach so hier aufzukreuzen, nicht verwandt und nicht verschwägert! Noch dazu absolut jenseits der geltenden Besuchszeiten. Die im Übrigen sowieso überhaupt nur den Kindsvätern vorbehalten seien.

Und da konnte Hanna einmal zusehen, wie der Nachbarin der Kragen platzte. Jetzt zog sie erst recht alle Register.

Ja, was sie denn glaube, wo der Kindsvater gerade sei? Der hocke in Russland im Schützengraben, wie ihr eigener Mann übrigens auch! Und der »kloine Dergel«, das kleine Kind, hier neben ihr müsse jetzt unbedingt einmal seine Mutter sehen. Das Mädchen komme schließlich fast um vor Angst und Sorgen, könne keine Nacht mehr schlafen und heule ihr die Ohren voll.

Mittlerweile waren die Krankenschwestern verstummt. Mit offenem Mund und empört geweiteten Augen starrten sie Frau Trapp an. Eine der beiden schnappte bereits wieder nach Luft, wollte etwas sagen, aber die Nachbarin war noch nicht fertig. Mit einer entschlossenen Handbewegung riet sie der Schwester, still zu sein, und fuhr sie an: »Schluss mit dem Gekeife!« Man wolle jetzt sofort die Frau Engler sehen, damit man wisse, ob es ihr auch gut gehe hier drin. »Ha, wo semmer denn?« Ja, wo war man denn hier gelandet? Man könne grad meinen, man sei im Gefängnis und nicht im Krankenhaus.

Energisch zog sie Hanna vorbei an den Schwestern und hinein in den langen Flur der Wöchnerinnenstation. Aber da kam Frida schon um die Ecke, ihren Säugling auf dem Arm. Recht schnell hatte sie begriffen, dass das ihre Vermieterin war, die da so aufgebracht mit den Krankenschwestern schimpfte.

Und jetzt flog ihr die kleine Hanna entgegen, konnte gerade noch rechtzeitig bremsen, kam schlitternd auf dem blank gewienerten Krankenhausflur zum Stehen und blickte ihr glücklich ins Gesicht. Da öffneten sich bei Frida alle Schleusen. Mit einem Mal konnte sie die Tränen nicht mehr zurückhalten, begann zu schluchzen, zog ihre Tochter in die Arme und wurde ganz schwach. Behutsam nahm Frau Trapp den Säugling auf den Arm und schob Mutter und Kind in Richtung Krankenzimmer, um nicht noch einmal aufzufallen.

Drinnen durfte Hanna neben Frida auf dem Bett sitzen und den kleinen Bruder auf dem Arm halten. Frida hatte sich wieder gefangen. Sie erzählte ihrer Vermieterin von der Geburt, die recht anstrengend gewesen war, und dass der Kleine Oskar heißen solle.

Ob die Mama nicht gleich jetzt mit dem Oskar heimkommen könne, fragte Hanna, sie würde helfen, das Brüderchen zu versorgen. Die Mutter wisse ja, Hanna könne auch putzen, waschen und spülen. Sie könne sich genauso gut zu Hause erholen, beschwor Hanna die Mutter leise. Frida versprach, so schnell wie möglich heimzukommen.

Dann folgte der Abschied. Schon waren Hanna und Frau Trapp auf dem Rückweg. Jetzt, da das Kind seine Mutter und den Bruder gesehen hatte, war es wieder froh.

Einige Tage danach traf die Mutter mit dem kleinen Oskar zu Hause ein. Hanna behielt diesen Augenblick ihr Leben lang im Herzen. Die Mutter stieg aus dem Wagen irgendeines entfernt verwandten Mannes. Stolz hielt sie ein Bündel im Arm. Den putzigen Bruder. Sie strahlte übers ganze Gesicht und sah dermaßen glücklich aus. Mindestens so glücklich wie Hanna, die ihre Mama und den Säugling endlich bei sich hatte. Die Angst, allein zurückzubleiben, fiel endgültig von ihr ab.

Später setzten sie sich auf die Couch und Frida stillte den kleinen Oskar, während Hanna ganz dicht dabeisaß und den guten Neugeborenengeruch einatmete.

Es war ein vollkommener Sommerabend. Die heiße Nachmittagsluft wich einer angenehm kühlen Abendbrise, und die letzten Sonnenstrahlen tauchten das Zimmer in goldenes Licht. In einer der nahen Gärtnereien hatte man den Rasen gemäht, daher war die Luft erfüllt von einem intensiven Duft nach frisch geschnittenem Gras. Still hingen sie ihren Gedanken nach, und da wagte Frida, an Theo zu denken. Ach, könnte er nur jetzt auch hier bei ihnen sitzen, so wäre das Glück vollkommen. Wehmütig erinnerte sie sich, wie unbeschwert es gewesen war, als ihr erstes Kind geboren wurde. Theo hatte sie abgeholt. Sie war sorglos und froh gewesen in der darauffolgenden Zeit, weil sie gewusst hatte, Theo würde sie bei allem unterstützen.

Das war jetzt anders. Sie musste alle Entscheidungen selbst treffen, hatte die ganze Verantwortung für ihre Kinder, und das machte ihr schon ein bisschen Angst.

Hanna hielt ihr Versprechen und stand Frida fleißig zur Seite. Selbst in der Nacht, wenn der winzige Oskar mitunter zum fürchterlichen Schreihals werden konnte, sprang das Kind aus seinem Bett, holte den Kleinen aus der Wiege und brachte ihn zur Mutter. Friedlich lagen sie dann in Fridas Bett, Oskar trank, und die beiden schlummerten daneben, jeweils ein Händchen haltend. So erholte sich Frida bestens und konnte ihre Putzstellen wieder aufnehmen. Seit Kriegsbeginn putzte Frida bei zwei Familien, um ihr Haushaltsgeld aufzubessern. Da sie nette Arbeitgeberinnen hatte, konnte sie ihre Kinder öfter einmal mitnehmen. Hanna schob den Kinderwagen ausdauernd durch den jeweiligen Garten, während Frida ihrer Arbeit nachging. Bereits zwei Wochen nach Oskars Geburt war eine gewisse Routine eingekehrt. Schon wusste Frida nicht mehr, wie es gewesen war ohne den Kleinen.

Nur die Sonntagsbesuche bei Theos Familie nahmen deutlich ab, die schaffte Frida einfach nicht mehr so häufig. Mit Wägelchen und kleinem Kind in Richtung Heimatdorf zu gondeln, wurde zur Herausforderung. Frida war sonntags froh, wenn sie die Füße hochlegen konnte, erschöpft und ausgelaugt von der vorangegangenen Woche.

Längst hatte die Schule wieder begonnen. Hanna war ein eifriges Schulkind. Frida legte ihre Arbeitszeit auf den Nachmittag, nahm die Kinder nur noch selten mit, denn Hanna blieb mit Oskar zu Hause, um dort auf ihn aufzupassen.

Kam Hanna am Mittag aus der Schule, wusch sie sich pflichtbewusst die Hände, um gleich zum Stubenwägelchen sausen zu können. War der Kleine wach, hob sie ihn behutsam aus dem Wagen und setzte sich mit ihm auf die Couch. Sachte wiegte sie Oskar im Arm und begann, ruhig und zärtlich von ihrem Vormittag zu erzählen. Rechnete ihm die geübten Aufgaben noch einmal vor, sagte das Einmaleins auf und beschrieb fantasievoll die großen und kleinen Pausen auf dem Schulhof. Berichtete von den Streichen, die die Großen den Mädchen spielten, und vom Murmelspiel mit den verwegenen Kameraden. Der Kleine ließ seine Schwester nicht aus den Augen, schien das Gesicht des Mädchens ganz genau zu studieren, mit seinen glänzenden Augen. Zwischendurch holte der Säugling tief Luft und seufzte wohlig ob so viel Aufmerksamkeit und Geschichtenerzählen.

Auch in den Abendstunden gab es diese glücklichen Augenblicke, wenn sie zur Ruhe kamen, froh beieinandersaßen. Frida mit dem Stopfzeug im Schoß, die Socken und Hosen reparierend, Hanna mit dem Säugling im Arm, ihrem Bruder und der Mutter eine Geschichte vorlesend. Frida hatte sich in ihrem Leben eingerichtet, wenngleich ihr der Ehemann schmerzlich fehlte. Obendrein kamen die Feldpostbriefe immer seltener und mit oft wochenlanger Verzögerung bei Frida an. Die Kriegslage spitzte sich zu, und mit dem Herbst waren der Schlamm und die Kälte nach Russland zurückgekehrt, das wusste Frida. Aus wärmender Schurwolle strickte sie einen dicken Pullover für Theo, zwei Paar Socken hatte sie bereits fertiggestellt. Wenn sie sich mit dem Stricken beeilte, würde sie nächste Woche ein Päckchen losschicken können. Sie hoffte, Theo müsse im kommenden Winter nicht mehr so sehr frieren.

1943, Herbst

Theo

Ein paar Monate nach der Geburt seines jüngsten Kindes, in der Nacht vom 31. Oktober auf den 1. November 1943, erlebte Theo traumatische Stunden voller Angst und im Gefühl der absoluten Ausweglosigkeit. Hatte er die vergangenen Wochen nur deshalb durchgehalten, weil er hoffte, bald einen Heimaturlaub bewilligt zu bekommen, verließ ihn nun jede Hoffnung, seine Familie jemals wiederzusehen.

Seit zwei Tagen waren sie eingekesselt. Es galt, sich ruhig zu verhalten. Die Chancen, zurück ins Quartier und in Sicherheit zu gelangen, standen quasi bei null. Sie wollten versuchen, im Morgengrauen aus dem Kessel hinauszukommen.

Bitterkalt war es in der Nacht. Theos Finger waren steif, die Füße spürte er kaum, und ein leichtes Zittern fuhr durch seinen Leib. Jede Faser seines Körpers war angespannt. Theo hielt seine beiden Pferde fest an den Zügeln, redete ihnen gut zu und streichelte sanft über die weichen Nüstern. Das beruhigte seine Nerven. Er blickte in die treuen Pferdeaugen und sah darin viel Angst, aber auch bedingungslose Treue. Einen Moment noch legte er den Kopf an ihre Hälse, atmete ihren guten Geruch und fühlte das weiche Fell an seiner Wange. Er hielt die Hände an die Pferdenasen und spürte die warme Atemluft an seinen Fingerspitzen. Beruhigend und leise sprach er mit den zwei starken Kameraden. Und die Pferde antworteten auf ihre Weise, mit leisem Räuspern und Schnaufen, sie drückten ihre Köpfe gegen Theos Hände und standen ganz still. Dadurch wurde Theo noch einmal ruhiger, die Gäule waren hier sein Ein und Alles, seine liebsten Geschöpfe. Was hatten sie schon alles miteinander durchgemacht. Wie weit waren sie marschiert, stets Seite an Seite. Ihre warmen Pferdeleiber hatten ihn so oft vorm kalten Ostwind beschützt. Er hoffte sehr, dass sie am Abend wieder friedlich in ihrem Stall am Quartier stehen konnten, aber es war ihm klar, dass sie alle kaum eine Chance hatten. Diesmal nicht. Die Pferde waren groß und schwer, ein leichtes Ziel für die Schützen der gegnerischen Seite.

Da gab der Offizier auch schon sein Kommando. Sie stürmten los, nur dem einen Punkt in der Ferne entgegen. Nicht lange, und sein erstes Pferd wurde getroffen, er konnte ihm nicht helfen, rannte einfach weiter, hörte auf zu denken, war auch nur noch ein gehetztes Tier auf der Flucht. Direkt an seinem Kopf vorbei flogen die Geschosse und schlugen im Boden ein. Viele Kameraden fielen einfach neben ihm in den Dreck. Geschrei, Pferdewiehern, Explosionen und Feuersalven! Wann und wie sein anderes Pferd fiel, merkte er nicht. Weiter, immer weiter rannte er und hatte dabei das Gefühl, er hielte das zarte Händchen seiner kleinen Hanna. Jetzt, da er die Pferdezügel für immer losgelassen hatte. Es war, als wäre er außerhalb seines Körpers. Er wusste, dass er um sein Leben rannte, aber sein Gehirn schien wie abgeschaltet. Bilder tauchten vor ihm auf. Theo sah die Gesichter von Frida, Hanna, der Mutter, den Schwestern und Antons Gestalt vorm Birnbaum im Hof des Bären. Und dann Antons Flüstern: »Wenn ich wenigschtens mit dir zusamma ganga könnt, no wär ich net so alloi.« Plötzlich spürte er Wut, unbändige Wut. Der Bruder tot und vielleicht auch bald er selbst. Sein Leben. Ausgelöscht.

Theo sah sich rennen, wie von Sinnen, vorbei an den anderen Soldaten. Als wäre er selbst ein Geschoss, abgefeuert von einer Panzerkanone. Theo rannte noch, als die Feuersalven immer leiser wurden, überholte die Schützen, die vorneweg gerannt waren. Er bemerkte gar nicht, dass die Gefahr vorüber war, die Geschosse aufgehört hatten, ihm um die Ohren zu fliegen. Plötzlich konnte er nicht mehr, die Kraft und auch die Wut flossen aus ihm heraus, seine Beine knickten weg.

Theo lag im elenden Matsch, allmählich spürte er seinen Körper wieder, vor allem einen stechenden Schmerz im rechten Knöchel. Gut, er lebte noch. So rappelte er sich mit letzter Kraft wieder hoch und schleppte sich langsam weiter. Nur vage erinnerte er sich später an sein Eintreffen im Quartier. Seine Sinne betäubt, die Ohren wie verstopft. Er wurde angesprochen, konnte nichts hören oder verstehen. Sein Fuß schmerzte bei jedem Schritt, aber Theo war durchgekommen. Ein Wunder.

Auf der Sanitätsstation wurde sein Knöchel untersucht, es war nichts gebrochen, jemand trug eine stechend riechende Salbe auf und bandagierte die geschwollene Stelle. Obwohl er so lange nichts gegessen hatte, bekam er keinen Bissen hinunter. Er trank süßen Tee, legte sich auf sein Feldbett und versuchte, in den Schlaf zu finden. Aber das war unmöglich, die Bilder der vergangenen Stunden kamen immer wieder zurück und belagerten sein Hirn.

Als das Zittern einsetzte, hielt er es nicht mehr aus in der Stube. Theo schleppte sich in die Stallungen und starrte lange auf die leeren Boxen. Das war zu viel für ihn, er legte sich ins Stroh und durchlebte immer wieder die letzten Minuten mit seinen treuen Kameraden. Roch den Pferdegeruch. Fühlte den warmen Atem und das weiche Fell an seinen Wangen. Aus. Vorbei. Man hatte ihm seine zwei Pferde getötet. Die ganze Nacht blieb Theo im Stall, das Zittern ließ immer nur für kurze Zeit nach. Er träumte sich zu seiner kleinen Familie nach Hause. Ach, wäre er nur beim letzten

Heimaturlaub dortgeblieben. Was hatte diese Einkesselung nur mit ihm gemacht? Seine Nerven spielten regelrecht verrückt. Er kannte sich selbst nicht mehr. Mit einem Mal flossen alle Zuversicht und der Wille, diesen erbärmlichen Krieg zu überleben, aus ihm heraus. Es war ihm, als würde er niedergedrückt von einem unsichtbaren Feind, der auf seiner Brust Platz genommen hatte. Er hatte das Gefühl, ersticken zu müssen an der Ausweglosigkeit seiner Situation und der übermächtigen Sehnsucht nach seinem Zuhause. Nichts konnte ihn herausholen aus diesem Gedankenkarussell. Die Leere der Pferdebuchten schien ihm die Leere vor Augen zu führen, die sich in ihm selbst immer mehr ausbreitete. Der Druck auf seine Brust nahm zu, das Rauschen in den Ohren begann aufs Neue.

Sechs Tage später, als das Zittern endlich nachgelassen hatte, schrieb Theo einen Brief an Gesine.

Am Quartier 8.11.1943
Abends 6 Uhr

Guten Abend! Meine liebe Schwester!

Vom Sturm befreit, sind wir alle wieder zu Menschen geworden. Und ich möchte Dich zuerst fragen, wie's Dir und Deinen Lieben geht, hoff' das Beste. Liebe Schwester, wie es war, kann ich dir nicht schildern, aber ein zweites Mal möchte ich das nicht durchmachen! Ein gehetztes Wild zwei Tage und zwei Nächte waren wir nur noch. Vom 31. Oktober auf den 1. November mussten wir feststellen, dass wir schon zwei Tage eingeschlossen waren. Es brach der schwarze Tag für Trossteile der 3. Div. an. Die Frage: gab's noch ein Entkommen aus der Umklammerung.

Der Offizier, der bei uns war, befahl, uns ruhig zu verhalten, Hunderte von Fahrzeugen fuhren umher. Er sprach zu uns, es muss uns am Frühmorgen gelingen, durchzukommen. Wir schlossen uns zusammen zu einem Keil, Schützen vom Tross voraus. Und dann rannte alles dem einen Ziel zu, direkt durchs Feuer aller Waffen. Viele Kameraden und Tiere, Fahrzeuge blieben liegen. Der Russ kam, da ihm's zu Fuß zu schnell ging, auf den Pferden und schoss auf uns wie wild. Alle Kaliber sausten am Kopf vorbei, aber ungeachtet fast der Geschosse rasten wir mit oder ohne Pferde durchs Höllenfeuer. Panzer schossen, M. G., Schrapnell! Aber immer nur der eine Gedanke an die Lieben, und raus aus diesem Kessel. Und so hatte ich, wofür ich sehr dankbar bin, auch das Glück, rauszukommen, mit nur einem verstauchten Fuß. Meine zwei Pferde verlor ich, die mir sehr leidtun.

Jetzt sind wir wieder im Quartier und haben warm und Essen. Fünf Tage fast ohne Verpflegung.

Sei liebe Schwester mit Deinen Lieben herzlich gegrüßt,

von D. Br. Theo
Auf W.!

Als Gesine den Brief las, war ihr, als zöge sich ein enges Band immer fester um ihr Herz. Sie musste weinen, las den Brief mehrmals. Ihrem Bruder ging es nicht gut, das war klar. Die Zeilen, in denen es um seine Pferde ging, waren verschmiert, die Buchstaben verlaufen. Sicher hatte er beim Schreiben geweint. Gesine wusste, wie sehr ihr Bruder an den Tieren hing. Es musste furchtbar gewesen sein für ihn. Wann würde sie ihn wiedersehen? Vielleicht dürfte er ja an Weihnachten ein paar Tage zurückkommen. Sie hoffte es.

Am 12. November dann ein zweiter Brief von Theo:

Guten Abend! 12.11.1943
Liebe Schwester!

Hab heut Dein Päckchen erhalten, hab herzlichen Dank, liebe Schwester, alles kam gut an.

L. Schwester, jetzt hab ich doch wieder Post, jetzt bin ich wieder ruhiger, von meinen Lieben hab ich auch gute Nachricht.

Wie geht's Euch? Hoffe das Beste.

Mir geht's auch wieder besser, meine Nerven haben sich auch wieder beruhigt. Jetzt werdet ihr mit der Feldarbeit fertig sein. Von daheim haben sie geschrieben, es hätt so viel Obst gegeben. Zu Essen hab ich wirklich. Hoff, dass es nicht so sehr kalt wird. Bis jetzt ist's nasskalt luftig. Jetzt ist der ewige Dreck wieder. Der Schreck vom Kessel ist etwas vergessen.

Jetzt will ich noch ein bisschen essen, Marmelade hab ich.

Nun liebe Schwester grüße Deine Lieben herzlich.
Sei herzlich gegrüßt und mit bestem Dank.

Dein Br. Theo auf W.
Gute Nacht!

Die Schwester las die Briefe wieder und wieder. Warum hatte er zum abgekürzten »auf Wiedersehen« auch noch »Gute Nacht!« geschrieben? Das hieß wohl: Alles ist verloren, die Situation ziemlich aussichtslos.

Es zerriss ihr fast das Herz. Ihr geliebter Bruder, er hatte seine Hoffnung verloren. Aber nein, dachte sie dann. Theo würde kämpfen und durchhalten, er würde seine Frida niemals mit den Kindern im Stich lassen, er würde zurückkommen, sie war ganz sicher. So grausam konnte das Schicksal nicht sein, ihrer Mutter Rosine auch noch diesen Sohn zu nehmen.

Frida

Frida war froh. Theo durfte auf Heimaturlaub. Sie hatte es sich so gewünscht.

Nicht mal zur Geburt des kleinen Oskar hatte er nach Hause kommen dürfen. Auch über dieses Ereignis konnten sie sich lediglich mittels Briefen verständigen.

Der Kleine war schon vier Monate alt, ohne dass der Vater ihn einmal gesehen, auf dem Arm gehalten hätte. Umso schöner war es für sie und Hanna jetzt, an der Gartentür auf Theo zu warten.

Endlich sahen sie seine drahtige Gestalt um die Ecke kommen. Nichts hielt die kleine Hanna auf. Sie flitzte los und warf sich mit einem Satz in Theos Arme. Mit Freude in den Augen kam ihr geliebter Mann heran, das Mädchen auf dem Arm. Hanna erzählte aufgeregt vom Brüderle, die Ärmchen fest um Theos Hals geschlungen.

Das Mädchen plapperte und plapperte. Frida ermahnte sie, den Vater erst einmal ankommen zu lassen. Aber Theo wollte gar nicht, dass Hanna aufhörte, er wollte nichts anderes, als seiner Tochter zuzuhören. Frida sah Tränen in seinen Augen glitzern, aber er riss sich gleich wieder zusammen, ließ die Hand seines Kindes keine Sekunde los.

Nach dem Essen begann der Kleine im Stubenwägelchen zu quengeln, und es war Zeit für Theo, »das Oskarle« zu bewundern. Frida nahm ihren Jüngsten aus dem Bettchen und legte ihn in die Arme ihres Mannes. Da konnte Theo seine Tränen nicht mehr zurückhalten. Er flüsterte immer wieder, er habe so an seine Kinder und an Frida gedacht, als er aus dem Kessel raus sei. So ein nettes »Büble«, er könne es kaum glauben, endlich wieder daheim zu sein.

Frida wurde ängstlich beim Anblick ihres Mannes. Wie ein Häuflein Elend saß er da auf dem Sofa und weinte, vergrub das Gesicht immer wieder in Oskars Schlafsäckchen. Hanna saß dicht bei ihrem Vater. Den zarten Arm um seine Taille gelegt ließ sie Theo nicht aus den Augen. Sie holte ein Taschentuch, meinte, er solle sich einmal richtig schnäuzen, damit es ihm gleich besser gehe. Ganz sanft strich das kleine Mädchen über seine festen Locken.

Theo wischte sich die Tränen aus dem Gesicht und schnäuzte laut ins Taschentuch seiner Tochter. Dann zog er das Kind noch näher zu sich heran. Hanna erzählte von der Schule. Theo hörte zu, gab ihr Ratschläge, sie müsse immer fleißig sein. Dann sagte er noch, Hanna solle sich nichts gefallen lassen, manchmal könne man nicht wegrennen, müsse sich wehren und verteidigen.

Frida nahm diese Gespräche fest in sich auf. Aber sie versicherte ihrem Theo, dass er sich um Hanna keine Sorgen machen müsse, hatte diese doch mit ihrer aufgeschlossenen Art viele Freundinnen und Freunde gefunden, wie auch schon im Kindergarten. Hanna kam nie mit Verletzungen nach Hause, die darauf schließen ließen, dass andere Kinder sie in irgendeiner Form drangsalierten. Nein, Hanna komme auch in der Schule gut voran, lerne, sei fleißig und füge sich in den Klassenverbund ein, ohne von irgendjemandem unterdrückt zu werden, das stellte Frida klar. Und sie selbst tue alles, damit ihre Älteste eine einwandfreie, erfolgreiche Schullaufbahn hinlegen würde. Damals ahnte sie noch nicht, vor welch tragischer Entscheidung sie einmal stehen würde. Zu diesem Zeitpunkt war sie noch felsenfest davon überzeugt, dass ihr Theo bald wieder nach Hause zurückkehren konnte. Antons Schicksal im Hinterkopf, dachte sie, niemals würde der liebe Gott es zulassen, dass auch Theo im Krieg ums Leben käme.

Am Abend wappnete sich Frida, nahm ihren Mut zusammen, denn der Augenblick war gekommen, ihrem Mann die letzte persönliche Nachricht Antons zu überreichen.

Sie wusste, es würde ihrem Theo das Herz ein zweites Mal brechen, aber sie konnte es ihm nicht vorenthalten. Frida legte den zerknitterten Umschlag, den ihr ein junger Soldat im letzten Sommer in die Hand gedrückt hatte, wortlos vor Theo auf den Tisch. Es waren Antons letzte Zeilen. Kurz hatte der junge Mann erzählt, wie die Sache gelaufen war an jenem Tag im Quartier und auch wie wichtig es Anton gewesen war, dass Theo diesen Brief erhielt.

Am späten Abend setzten sich die beiden nun auf ihre Couch und lasen den Brief gemeinsam.

Bei Leningrad
Mein liebster Bruder Theo,

wenn Dich diese Zeilen erreichen, werde ich nicht mehr am Leben sein. Wie gerne hätte ich Dich noch einmal gesprochen. Noch einmal mit Dir durch die Obstwiesen fahren, hoch oben auf dem Kutschbock, die starken Gäule vor uns her trabend! Möchte Dir noch sagen, dass ich das glücklichste Kerlchen der Welt war, einen so allerliebsten, allerbesten großen Bruder zu haben. Wir zwei. Das war ein großes Glück. Meine Tage waren nur Sonnenschein und Freude. Nicht weinen jetzt! Mir geht es gut. Ich habe mich entschieden.

Diese Ungewissheit macht mich krank, nicht zu wissen, wann wen die nächste Kugel trifft! Ob man selbst der Nächste sein wird, der im Matsch liegt, die Augen fragend in den Himmel gerichtet. Für immer hier zurückbleiben, in diesem kalten Land. Sei mir nicht bös, ich kann es hier nicht mehr ertragen. Es muss jetzt gehandelt werden, so darf es nicht weitergehen. Danach bleibt mir keine Wahl. Für mich ist es hier und jetzt zu Ende.

Erinnere Dich. An mich.

Ich hoffe für Dich, dass der Krieg bald zu Ende sein wird.

Lebe wohl!

Sei ein letztes Mal herzlich gegrüßt
v. D. kleinen Bruder Anton

Lange saßen sie eng umschlungen auf der Couch und lasen den Brief ein ums andere Mal. So schön und doch so traurig. Noch einmal weinten sie um Anton und haderten mit dem Schicksal. Und weil sich Theo seinem Bruder plötzlich unglaublich nahe fühlte, kam die Erinnerung. Er erzählte, worüber er so lange geschwiegen hatte. Sagte, er sehe alles genau vor sich, als käme er noch einmal durch die Stalltür. Damals.

An jenem sonnigen Tag im Frühsommer 1929.

1929

Theo

Er war dabei, die Pferde einzuspannen. Sie mussten Futter für die Kühe holen. Bereitwillig ließen sich die Gäule aus ihren Abteilen herausführen. Theo liebte diese Rituale. Das Anlegen der Geschirre, das Zurechtlegen der weichen Mähnen und den gemütlichen Marsch aus dem Stallgang heraus in den Hof.

Als er das Geschepper hörte, band er die Pferde am Balken fest und ließ sie im Stall zurück.

Die Sonne schien golden an diesem frühen Vormittag, tauchte die Auffahrt in warmes Licht und begann bereits, die Morgenluft zu erwärmen. Theo erschrak gehörig, als er sah, was geschehen war. Sein kleiner Bruder Anton hatte ihm wohl helfen wollen, damit man schneller losfahren könne. Gleich zwei Milchkannen auf einmal hatte er den abschüssigen Hof hinuntergeschleift, damit der ankommende Milchkutscher nicht so lange warten müsste. Wieder einmal hatte der Bub sich zu viel zugemutet, denn jetzt ergoss sich die Milch über die Hofeinfahrt und floss in die Kandel. Zumindest ein Teil ihrer Tagesmenge war vergeudet, in den Rinnstein geflossen. Theo runzelte die Stirn in Richtung Anton, schüttelte den Kopf und konnte nur hoffen, dass der Vater nicht um den Weg war.

Aber da stürmte dieser schon heran und schlug Anton derart brutal ins kleine Gesicht, dass der Junge gegen den Gartenzaun flog. Reflexartig griff Theo ein, packte den Vater von hinten, umfasste dessen Arme und Brust, damit er erst einmal außer Gefecht war. Denn er war wie von Sinnen, wollte noch mal auf den kleinen Buben losgehen.

Die ganze Milch sei verschwendet! Er schlage ihn gleich windelweich, brüllte der Vater. »Rotzbua!«

Theos Herz zog sich zusammen, als er den Kleinen am Boden sah. Blut schoss Anton aus der Nase, die Knie waren aufgeschlagen, und er zitterte am ganzen Körper. Und da nahm Theo es wahr. Diesen widerlichen Geruch. Süß und sauer zugleich, gärig und stechend. Der Atem des Vaters wehte zu ihm herüber, und es packte ihn eine unbeschreibliche Wut. Ruckartig drehte sich der Vater herum, funkelte ihn böse an und meinte, er müsse jetzt dem Anton eine Lektion erteilen, da könne ihn auch Theo nicht dran hindern. Dieser zischte nur, das lasse er nicht zu, vorher müsse der Vater ihn schon totschlagen. Außerdem seien nur zwei Kannen vergeudet, man habe schließlich noch einiges abzugeben.

Aber der Vater war außer sich und ließ sich nicht einmal von Theo bändigen. Schrie, er werde dem Rotzlöffel die Zappelei und Fahrigkeit aus dem Leib hauen, damit er das endlich mal lerne.

Da sah Theo rot. Er brüllte den Vater an:

Wehe, wenn er dem Bruder etwas antue! Der habe das doch nicht mit Absicht gemacht!

Das sei »sein Jonger«, und mit »seine Jonge« mache er, was er wolle, kam es vom Vater zurück.

Wieder war der Vater drauf und dran, auf Anton loszugehen, der doch bereits am Boden lag und wimmerte, ein Häufchen Elend. Die Familienoberhäupter konnten mit ihren Kindern machen, was sie wollten. Da hatte der Vater recht. Aber es gab Grenzen!

Theo hielt den Vater zurück, sagte, er solle ins Haus gehen, sich hinlegen, bis er wieder normal sei.

Da schlug der Vater auch ihm ins Gesicht. Erniedrigend. Theo fühlte sich beschmutzt, herabgesetzt, entwürdigt.

Sie standen sich gegenüber. Theo fixierte den Vater mit kalten Augen. Der Mann vor ihm war ihm so zuwider. Schlug sein eigen Kind! Oh, wie er ihn hasste.

Noch stand der Vater stolz und aufrecht, fühlte sich im Recht und holte noch mal aus:

»Merk dir oins, Bursche: Solang du en meiner Stub dohoim bischd, machschd du des, was ich dir sag!«

Ja. Dann werde es wohl das Beste sein, wenn der Bursche einfach einmal nicht mehr in des Vaters Stube daheim sei.

»No wurd's wohl des Beschde sei, wenn ich oifach amol nemme en deiner Stub dohoim bin.«

Den letzten Satz hatte Theo mit leiser, fester Stimme in Richtung Vater gezischt, umso besser hatte dieser ihn verstanden. Endlich drehte er sich um und ging. Jetzt zog er seine Schultern ein, sein Körper war gebeugt und sein Schritt unsicher. Als hätte ihn mit einem Mal alle Energie verlassen.

So konnte sich Theo um den Bruder kümmern, er säuberte das kleine Gesicht, strich ihm die blonden Locken aus der Stirn und sah, dass auch dort eine Wunde klaffte. Während Theo die restlichen Kannen den Hof hinuntertrug, saß Anton auf dem Mäuerchen und ließ den Kopf hängen.

»Komm, Anton.«

Und der Bruder kam hinter ihm her, nahm Theos Hand ganz fest in die seine.

Schon fuhren sie hinaus aus dem Dorf, die Blumen leuchteten auf den Wiesen und die Sonne wärmte ihnen das Gesicht. Theo hatte den Arm um die zarten Schultern des Bruders gelegt und drückte immer wieder dessen Oberarm. Da spürte er, dass der Kleine wieder froh wurde. Gleich reckte Anton das Kinn und hielt sein sommersprossiges Näschen in den Fahrtwind. Lächelnd sah er seinen großen Bruder an und klopfte ihm auf den Schenkel. »Wenn du bloß bei mir bischd!« Mehr Worte brauchte es nicht.

Schon kam das gewohnte Ritual. Der Kleine hob langsam die Arme vor den Körper, hielt die zarten Finger ausgestreckt in den warmen Wind, und Theo wusste, er stellte sich vor, sie würden fliegen. Weit spannte Anton seine Flügel aus und flog nur so durch die blühenden Obstwiesen. Sommerwind im lockigen Haar. Funkeln in den grünen Augen. Die glockenhelle Stimme zu einem kleinen Lied erhoben.

Sogleich gesellte sich Theos tiefer Bass hinzu. Da fuhren sie dahin und sangen im Duett. Hell und dunkel, zart und kraftvoll. Es war ihr Lied. Es war ihr Tag. Alles schien vergessen.

Und es war vergessen. Denn Theo erinnerte sich an seine Fahrten mit dem Vater, als er selbst noch ein kleines Kind war. Er erklärte Anton, dass der Vater eigentlich ein guter Mensch sei, nur manchmal von diesem Zorn befallen werde und dann eben zu toben beginne.

Später wollte Anton schon wissen, ob Theo wirklich fortwolle vom Hof. Da beruhigte ihn Theo. Sagte, er werde weder heute noch morgen den Hof verlassen, aber irgendwann auf jeden Fall. Vorher werde er aber dafür sorgen, dass der Vater ihn, Anton, nie wieder schlage.

Und der Vater schlug Anton niemals wieder. Er schlug gar niemanden mehr.

Denn auch der Vater wusste: Er war zu weit gegangen.

1944

Theo

Diesmal war alles anders.

Er hielt Oskar im Arm, Hanna erzählte von der Schule, und Frida schöpfte ihm sein Lieblingsgemüse auf den Teller. Trotz der Freude, wieder bei der Familie zu sein, war er gar nicht ganz im Hier und Jetzt. Eine Hälfte seiner selbst war immer noch im Krieg. Es ließ ihn nicht los. Theo konnte sich nicht fallen lassen, die Anspannung blieb.

Gleich Anfang Januar waren sie erneut eingekesselt worden. Nicht viele hatten es herausgeschafft. Und nur deshalb durfte er nach so kurzer Zeit schon nach Deutschland zurück. Heimaturlaub bewilligt. Weil das Zittern wiedergekommen war.

Er hatte auf der Heimfahrt darüber nachgedacht, sich im Wald zu verstecken. Nicht mehr zurückzumüssen, nach Russland, wäre ein Segen. Aber die Sorge um Frida und die Kinder meldete sich sofort. Sie würden Frida befragen. Fahnenflucht. Sippenhaft. Frida könnte von den Kindern getrennt werden. Schnell schob er den Gedanken beiseite. Er musste zurück. Es war sinnlos, darüber nachzudenken.

So versuchte er, sich zu freuen, und genoss die kurze Zeit mit seiner Familie, so gut es ging.

Das Ende von Theos Urlaub fiel auf einen Sonntag. Da er erst am Abend in den Zug steigen musste, wurden seine Schwestern und die Mutter Rosine zum Nachmittagskaffee eingeladen. Es waren schöne Stunden.

Später gingen sie gemeinsam zum Bahnhof. Theo schob mit einer Hand das Wägelchen, an der anderen hüpfte die kleine Hanna. Frida hatte sich untergehakt.

Am Bahnsteig angelangt, blieben noch gute zehn Minuten für den Abschied. Theo hielt die Kinder auf den Armen. Er vergrub sein Gesicht abwechselnd im Haar seiner Tochter und in Oskars Kittelchen. Frida neben ihm wurde ganz bang zumute.

Als der Moment des endgültigen Lebewohls gekommen war, wollte Frida ihren Jüngsten entgegennehmen. Aber Theo ließ die Kinder einfach nicht los. Behutsam nahm sie Hanna von Theos Arm herunter und stellte sie auf den Bahnsteig. Theo presste den kleinen Oskar immer noch fest an sich, er wollte sich nicht trennen. Da man wusste, was passieren würde, wenn Theo nicht in den Zug stiege, beschworen ihn seine Schwestern einzusteigen. Erst im letzten Moment drückte Theo der völlig aufgelösten Frida das wimmernde Kindchen in den Arm und sprang in den Zug. Theo riss ein Fenster herunter und hielt beide Arme zum Abschied hinaus.

Niemals würde Frida den verzweifelten Ausdruck in Theos Augen vergessen.

Der Zug wurde kleiner und kleiner. Theos Arme waren noch lange zu sehen.

Wie in Trance verabschiedete sich Frida von der Schwiegermutter und den Schwägerinnen. Schweigend trat sie mit ihren Kindern den Heimweg an. Das Herz wie von einer Faust umklammert schlug ihr bis in den Hals hinauf und ihre Seele saß wie ein harter Kloß im Rachen.

Sie wusste nicht, wie sie mit den Kindern ins Bett gekommen war, lag die ganze Nacht wach und spürte hin und wieder einen stechenden Schmerz in der Herzgegend.

Das Bild vom Fotografen stand auf dem Nachttisch neben dem Bett. Einige Tage vor Theos Abreise waren sie noch dort gewesen. Sie konnte sich nicht daran sattsehen, wie ihre Gesichter im Mondlicht leuchteten. Alle vier, das Baby auf Fridas Arm, schauten sie freundlich und froh in die Kamera.

Theo saß im Zug gen Osten. Müde hing er im Sitz und hielt den Kopf gegen das Zugfenster gelehnt. Die Niedergeschlagenheit hatte ihn derart im Griff, er konnte keinen klaren Gedanken mehr fassen. Aber es kam auch kein Schlaf. Theo beobachtete die Gesichter der jungen Männer, die um ihn herum Platz genommen hatten. Ihm gegenüber saß ein schmales Bürschchen. Gleich hinter Stuttgart war er mit ihm ins Gespräch gekommen. Ohne sich aufzurichten, fragte er nach dessen Herkunft. Aus dem Remstal war der Junge, er hatte den Einberufungsbefehl kurz nach seinem achtzehnten Geburtstag erhalten. Er wisse nicht, was ihn im Osten erwarte. Theo sah es in seinen Augen. Das Heimweh war bereits übermenschlich. Gerade so musste auch sein kleiner Bruder im Zug gesessen haben, noch so jung und kindlich. Und dennoch sogar um einiges kräftiger als dieses Kind. Was vor ihm lag, konnte dieser Junge nicht wissen. Denn die Schrecken des Krieges, die Grausamkeiten und die Todesängste an vorderster Front überstiegen die menschliche Vorstellungskraft. Wenn man zusehen musste, wie der Kamerad, der eben noch neben einem stand, plötzlich sterbend dalag, nur noch ein Häufchen Mensch, ein blutiges Bündel. Das war unbeschreiblich. Und Theo wusste, auch er würde vieles nicht mehr vergessen können, da halfen auch fast fünfunddreißig Jahre Lebenserfahrung nichts. Es blieb ihm nur, zu hoffen, dass er nicht noch einmal in eine Einkesselung geriet. Aber man war ja abhängig, den Entscheidungen der obersten Generäle ausgeliefert. Und das war der eigentliche Albtraum.

Rosine

Sie trug seit Tagen einen Kummer mit sich herum, es war kaum auszuhalten. Schon als sie sich am vorangegangenen Sonntag mit ihren Töchtern in den Zug zurück nach Hause gesetzt hatte, war diese tiefe Traurigkeit mit eingestiegen. Während sie fuhren, wurde nicht viel geredet, denn alle schienen wie gelähmt. Mit einem Mal begann Johanna zu sprechen. Theo habe ihr gar nicht gefallen. Ihr sonst so lustiger, freundlicher Bruder habe ein schreckliches Bild abgegeben. Sie mache sich solche Sorgen. Er dürfe doch die Hoffnung nicht verlieren!

Fast fünf Jahre Krieg, und immer noch kein Ende in Sicht. Wie sollte es nur weitergehen? Die Mädchen heirateten, eine nach der anderen verließ den Hof, um selbst eine Familie zu gründen. Nicht dass Rosine es ihnen nicht vergönnte. Sie mussten ihr eigenes Leben haben. Außerdem waren Luise, Johanna und Hedwig noch bei ihr. Sie halfen in der Wirtschaft und im Stall, waren Anfang, Mitte zwanzig und wollten bisher nicht fort. Wobei Hedwig ihr heute unterbreitet hatte, sie habe vor, den Hof zu verlassen. Ohne Mann. Sie kam mit Matthias nicht gut aus. Die beiden stritten oft, wenngleich Matthias eigentlich selten zankte. Aber Hedwig war eine starke Persönlichkeit, sie ließ sich nichts sagen, schon gar nicht von ihrem älteren Bruder, dem Bärenwirt. Als kleines Kind war Hedwig so eine Ruhige, Liebe gewesen. Aber jetzt, wo sie älter war, schoss sie hin und wieder übers Ziel hinaus. Hedwig wurde regelrecht rebellisch. Sie wollte raus.

Das Ziel war der Bodensee, sie hatte dort Aussicht auf eine Stellung. Schaffen konnte Hedwig, sie würde sicher eine Arbeit bekommen. Das wusste Rosine.

So würde noch eine gehen. Vielleicht stünde ihr Sohn irgendwann ohne eine Schwester da, die ihm beim Bedienen in der Wirtschaft half, dachte Rosine. Aber vorerst schafften

Luise und Johanna noch fleißig mit, und auch Marie und Gesine kamen an den Wochenenden, um auszuhelfen.

Matthias sollte sich endlich nach einer Frau umsehen. Rosine konnte nur hoffen, dass sie sich mit dieser gut verstand. Es würde schon weitergehen. Wenn nur Theo wieder gesund zurückkommen könnte.

Aber Theo war abgefahren. Und ihr blieb die Ungewissheit.

Hanna

Die Mutter war heute aber lange weg! Langsam wurde es anstrengend mit dem kleinen Bruder. Der fing jetzt an zu quengeln. Heute müsse sie ein paar zusätzliche Putzarbeiten erledigen, da könne es ein bisschen später werden, hatte die Mutter gesagt.

Ausgerechnet gestern Abend war das Baby fiebrig geworden und hatte sich die Öhrchen gerieben. Die Mutter band dem kleinen Bruder auf jedes Ohr ein Zwiebelsäckchen, so war nachts kein Gequengel zu hören.

Auch am Nachmittag hatte das Brüderchen ganz lange geschlafen, fast unheimlich lange. Hanna schaute immer wieder ins Körbchen und kontrollierte, ob das Baby überhaupt noch atmete. Aber es schlief selig, so konnte Hanna die ganzen Hausaufgaben erledigen. Nur das Lesen im Lesebuch hob sie sich für den Bruder auf. Beim ersten Maunzen des Kindes nahm sie ihr Buch und las klar und deutlich, mit geistreichen Betonungen, dreimal die Hausaufgabenseite vor. Dem Kleinen gefiel es sehr, er strampelte mit Ärmchen und Beinchen und brabbelte fröhlich aus dem Körbchen raus.

Bis die Stimmung kippte.

Der Bruder fing wieder an, wie am vorangegangenen Abend mit den Händchen an den Ohren zu ziehen, er jammerte gottserbärmlich, und kleine Tränen kullerten ihm übers Gesicht. War die Mutter nicht da, sollte Hanna den Kleinen nicht aus dem Körbchen nehmen. Deshalb streichelte sie seit einer halben Stunde über seine properen Bäckchen, die immer heißer und röter wurden. Sie liebte Oskar sehr und hatte ja dem Vater beim Abschied versprochen, gut auf ihn aufzupassen.

Aber jetzt wurde das Gewimmer elender und lauter. Der Kleine weinte sich regelrecht in Rage, wurde dann von einer Sekunde auf die nächste still und schaute mit wässrigen Äugchen die große Schwester fragend an. Was sollte sie nur tun? Sie saß wie versteinert auf dem Stuhl neben Oskars Körbchen und hoffte, die Mutter werde endlich heimkommen. Ein Blick auf die Uhr sagte ihr aber, dass es wohl noch eine ganze Weile dauern würde, bis dieser Wunsch in Erfüllung ging. Wenn nur das Brüderchen wieder froh sein könnte!

Draußen wurde es schon dunkel. Da sich »das Oskarle« nicht mehr beruhigte, nahm es Hanna verbotenerweise aus dem Bettchen und hielt es jetzt am Fenster stehend im Arm. Es legte sein Köpfchen erschöpft an Hannas Schulter, und sie nahm die fiebrige Hitze wahr.

Immer wieder hielt Hanna ihre Hand an die Fensterscheibe, bis sie ganz kalt war, langte ihrem Bruder an die Stirn, um ihn abzukühlen. Dabei seufzte der kleine Oskar zufrieden, und Hanna wusste, es tat ihm gut. Liebevoll schaute sie auf das zarte Hälschen, es sah aus wie das einer kleinen Schildkröte. Eine große Welle der Geschwisterliebe durchströmte das Kind. In diesem Moment gab es nur den kleinen Zwerg auf ihrem müden Arm. Sie bekam es gehörig mit der Angst. Könnte sie vielleicht bei Frau Trapp um Rat fragen? Ihre Gedanken schossen hin und her, sie spürte förmlich, in welch schlechtem Zustand sich das Kindchen bereits befand. Wie ein lascher Sack hing es an ihr, jegliche Körperspannung schien aus ihm herausgeflossen. Hanna begann, vor Erschöpfung zu zittern wie ein Birkenast im

Frühlingswind. Lange würde sie das nicht mehr aushalten. Als sie den Blick wieder auf die dunkle Straße richtete, sah sie ein Licht, einen kleinen hellen Punkt am Ende der Straße, der näherkam. Mutters Fahrradlicht? Die Hoffnung durchschoss sie wie ein Stromschlag. Froh flüsterte sie dem Bruder ins Ohr, das sei bestimmt die Mama. Das musste sie einfach sein. Jetzt werde alles gut, die Mama wisse, was zu tun sei, werde den Kleinen gesund machen.

Und tatsächlich, die Mutter kam zurück. Sie stürmte zur Tür herein, denn sie war in höchster Sorge. So spät war sie noch selten heimgekommen. Ausgerechnet heute war so viel zu tun gewesen, jammerte sie, und zu Hause ein kränkelnder Oskar. Allein mit Hanna!

Behutsam nahm Frida nun ihrem erschöpften Kind das Baby ab, lobte Hanna für ihre gute Fürsorge. Schimpfte gar nicht, weil die den Kleinen aus dem Bettchen genommen hatte. Im Gegenteil. Gut habe sie das gemacht.

Hanna beobachtete, wie die Mutter zum Doktor wurde. Sie machte Wadenwickel, legte Zwiebelsäckchen auf, flößte Tee ins Mäulchen. Und brachte Hanna zu Bett.

Die Nacht war anstrengend für die Mutter. Kaum erwacht, sauste Hanna zum Stubenwägelchen und hielt fachmännisch die kleine Hand an die Babystirn. Sie spürte, dass das Fieber gesunken war, und freute sich. Oskar lächelte sogar schon wieder, gluckste und zog an ihrem Zeigefinger. Später hüpfte Hanna dann fröhlich in die Schule. Wieder einmal hatte sich alles zum Guten gewendet.

So verstrich die Zeit, hin und wieder kam ein Brief vom Vater. Hanna erkannte die Feldpost stets auf Anhieb, auch Vaters Schrift, zackig und ausladend. Zuerst las die Mama die Briefe, sie musste sich die Tränen verbeißen, das sah Hanna ganz genau. Danach war Hanna dran. Sie las gründlich. Mehrmals. Dann saß sie lange still auf der Couch und malte sich alles aus.

Sie sah es vor sich. Das Quartier, die Pferde, die Kameraden und die Panzer.

Sie hoffte so sehr, der Vater werde bald nach Hause kommen.

Es wurde Frühling, sie wanderten in den Wald und zogen den kleinen Leiterwagen mit Oskar hinter sich her. Im Wald sammelten sie die frischen Austriebe der Fichten in ein Körbchen, daraus wollte die Mutter Sirup kochen für den Winter. Das half bei Husten und Erkältung. Im Wald gab es viele gute Dinge zu sammeln. Löwenzahnblüten für Tee und Sirup. Sie waren laut Mama für alles gut: Schnupfen, Husten und für den Magen. Brennnesseln brauchte man für Tee und Suppe, Holunderblüten für Sirup und Tee. Das Mädesüß half gegen Fieber. Im Herbst wurden Eicheln für Kaffee und Bucheckern zum Knabbern gesammelt. So waren die Tage ausgefüllt mit Sammeln, Trocknen, Einkochen und Abfüllen.

Auf dem Heimweg durfte dann auch Hanna ein Weilchen im Wagen sitzen, Frida zog die Kinder fröhlich über den Waldweg.

Es war ein warmer, sonniger Tag gewesen, aber jetzt gegen Spätnachmittag wurde der Wind kühler. Zu Hause angekommen, deckte Frida den Tisch fürs Nachtessen. Tags zuvor hatte sie mit den Kindern die ersten Radieschen aus dem Frühbeet geerntet. So gab es heute zum selbst gebackenen Brot Butter und »Radiesle« mit frischer Petersilie. Oskar saß in seinem Stühlchen und lutschte an einem Petersilienblättchen, Hanna biss genüsslich in ein Butterbrot, das mit dünnen Radieschenscheiben belegt war. Vespern, schwätzen, lachen. Oh, wie sie diese Abendstunden am Küchentisch liebten!

Einzig Theo fehlte.

An einem Frühlingsabend hörte Frida leises Grollen. Es war schon fast dunkel, aber sie konnte die Flugzeuge noch am Abendhimmel ausmachen. Das Grollen und Brummen wurde lauter, und Frida überlegte, was sie als Nächstes zu tun hatte. Fliegeralarm war hier in der Stadt noch nicht gewesen. Jetzt war es also so weit. Die Bomber kamen näher, ihr wurde ganz schlecht vor Angst um die Kleinen. Da folgte der Donnerschlag, wie bei einem fürchterlichen Gewitter. Es hörte sich ganz nah an.

Hanna begann zu weinen. Oskar verzog sein winziges Schnütchen ganz bedenklich. Noch immer stand Frida wie gelähmt, starrte zum Fenster hinaus, konnte aber nichts erkennen. Die Bombe musste weiter weg eingeschlagen sein.

Da trommelte Frau Trapp gegen die Wohnungstür und rief, Frida solle mitkommen, man müsse in den Keller, bevor einem auch noch eine Bombe auf den Kopf falle. Frida berappelte sich, packte Oskar in einen Wäschekorb, schnappte Decken und schob die erschrocken dreinschauende Hanna vor sich her, die Treppe hinunter. Schon waren sie im Keller. Aber Frida bekam dort keine Luft, so sehr sie auch mit offenem Mund schnappte, der Sauerstoff wollte nicht in der Lunge ankommen. Die Kellerwände schienen sich zu nähern, sie fühlte sich wie in einer eisigen Grabkammer. Ihre Panik kam in Wellen. Sie atmete viel zu hektisch, das war ihr klar, aber sie konnte es nicht ändern. Alles schien weit entfernt. Gedämpft die Schreie ihres älteren Kindes, das Wimmern des Babys, die schrille Stimme der Hausbesitzerin. Frau Trapp tat dann das einzig Richtige, gab Frida eine schallende Ohrfeige, und so kam diese zu sich. Die Vermieterin redete beruhigend auf sie ein. Man schaffe das, sie seien schließlich zu zweit und sicher hier im Keller. Sie müssten jetzt für die Kinder da sein und schauen, dass diese sich beruhigten. Jetzt hieß es stark sein. Bloß nicht zusammenbrechen!

Sie blieben eine gute Stunde im Keller, und Frida bewältigte ihre Angst.

Später saßen sie noch lange in Fridas Küche beieinander. Die Kinder schliefen kreuz und quer auf dem Boden, Oskar im Körbchen. Und die Mütter betäubten ihre Bombenangst mit mehreren Gläschen Schlehenlikör.

Am nächsten Morgen erfuhren sie, den Einschlag hatte es an der Großen Brücke gegeben, mehrere Häuser waren zerstört. Frau Trapp ging los, sie wollte sich das anschauen.

Frida blieb zu Hause. Die Angst und der Schock steckten ihr noch spürbar in den Gliedern. Am ganzen Körper hatte sie Muskelkater, so sehr musste sie sich verkrampft haben, dort unten im engen, feuchtkalten Keller.

Diese Erinnerung sollte immer wieder schmerzhaft zurückkehren. Donnergrollen und Himmelsblitze blieben Fridas Trauma. Ihr Leben lang.

Mit ihrer Vermieterin verband sie seit der Kellernacht eine noch innigere Freundschaft. Frau Trapp lieh ihr den selbst gebastelten Fahrradanhänger ihres Mannes. Der würde ihn so schnell nicht mehr brauchen, und sie selbst konnte nicht Rad fahren. Frida schon. Sie besaß ein nobles, stabiles Fahrrad. Theo hatte es noch vor dem Krieg für sie gekauft.

So kam es, dass eine kleine, zierliche Gestalt auf einem recht großen Rad durch die Straßen zur Stadt hinausfuhr. Hintan zog sie einen Anhänger, darinnen neben Erntegefäßen auch ausgesprochen lebendige Fracht. Hanna saß neben dem Bruder, um ihn zu halten. Dies Gespann fuhr, je nach Witterung und Jahreszeit, mindestens einmal täglich hinaus ins Wiesental, um die Beete im Garten zu versorgen und das Gemüse und die Beeren zu gießen. Die Kinder liebten diese Fahrten, und Hanna gab in der Schule mit der Mutter an. Nicht viele Mütter konnten Rad fahren, geschweige denn mit einem Anhänger, drin eine große Schwester mit ihrem kleinen Bruder. Das war einzigartig. Nein, das war großartig. Fand Hanna.

Ende Mai war über Nacht der Sommer gekommen. Die Amseln begannen kurz nach fünf, ihre Sonaten zu schmettern. Der Himmel tiefblau, die Sonne strahlte bereits frühmorgens kräftig zum Fenster herein. Weil Sonntag war, beschloss Frida, zu Theos Mutter zu fahren. Sie packte den kleinen Oskar in sein Wägelchen. Hanna hüpfte fröhlich neben Frida her, dem Bahnhof entgegen.

Wieder einmal verbrachten sie einen heiteren Tag bei der Familie. Alle waren da. Große Tafel. Glückliche Gesichter. Frohe Kinder und gutes Essen.

Sie kamen spät zu Hause an. Die Kinder fielen in ihre Betten und in einen tiefen Schlaf.

Frida setzte sich an den Tisch, um Theo einen Brief zu schreiben.

Mein lieber Theo,
28. Mai 1944

wir vermissen Dich so sehr! Heute bin ich mit den Kindern kurz entschlossen zu Deiner Mutter gefahren. Es war ein strahlender Maisonntag. Schon um zehn stiegen wir aus dem Zug, und glücklicherweise haben wir den Bus noch erwischt. Hanna war froh, nicht so weit marschieren zu müssen. Obwohl sie ja durchaus eine gute, kleine Wanderin ist. Sie wäre auch heute ohne Meckerei mit mir losmarschiert, das wissen wir ja. Aber so war es halt schon bequemer.

Wir hatten es so schön, Theo. Fast habe ich ein schlechtes Gewissen, weiß ich doch, wie gerne du auch dabei gewesen wärst.

Manchmal bin ich ganz verzweifelt, das Warten macht mich krank. Hoffentlich geht es Dir gut! Hast du genug zu essen? Ist es immer noch so trostlos?

Zum Glück ist der Winter vorbei, und du musst nicht mehr frieren.

Stell dir vor, die Hedwig ist am Bodensee und arbeitet in einer großen Brauereigaststätte.

Deine Mutter und die Schwestern finden, dass Hedwig das schon gut machen wird, am neuen Arbeitsplatz.

Matthias hat ein Mädchen gefunden. Was sagst du da? Ich finde sie ganz nett, sie ist halt sehr schüchtern. Rosine scheint sie zu mögen, deine Mutter kommt ja so und so mit jedem aus.

Also auf Deiner Wiese blüht es wunderbar: Klappertopf, Salbei, Margeriten, Zittergras, Kuckucksblume, Wiesenknopf und mein geliebter Hornklee. Am Wegrand auch viele Sternmieren. Das sieht so schön aus. Das dunkle Grün der Grashalme und zwischendrin die weißen Blütensterne, sie scheinen über dem Gras zu schweben. Hanna hat mit mir einen großen Strauß gepflückt. Oskar lachte aus seinem Wägelchen heraus, weil Hanna ihm die Löwenzahnsamen hineingepustet hat. Der Blumenstrauß steht jetzt hier auf dem Tisch, und ich habe den Duft Deiner Sommerwiese in der Nase.

Wir haben noch Kaffee getrunken, Luise hat wieder eine wunderschöne Torte gebacken.

Deine Mutter musste so furchtbar weinen, weil wir irgendwie auf den lieben Anton zu sprechen kamen. Anton hat sich doch an solchen Sommersonntagen immer so lieb mit unserer Hanna abgegeben. Ich denke, er wäre ein guter Lehrer geworden. Oh, er hätte studieren sollen, anstatt in den Krieg zu müssen.

Wir erinnern uns alle gerne an Deinen kleinen Bruder, aber für die Mutter war das einfach zu viel, sie trauert immer noch so sehr. Wir wussten gar nicht, wie wir sie beruhigen könnten. Es war arg.

Als dann aber Hanna um die Ecke kam, mit zwei kleinen Kätzchen unterm Arm, da wurde es wieder umtriebig. Rosine fing sich und erklärte unserem Kind, die Kätzle müssten sofort zurück in ihr Nest gebracht werden, sonst nehme die Mutter sie nicht mehr an, und man brauche dringend Katzennachwuchs, weil es so viele Mäuse gebe in der Scheune. Hanna war bockig, sie wollte die Kätzchen mit zu uns nach Hause nehmen (da wäre die Familie Trapp aber arg bös geworden, was meinst Du, Theo?). Gesine ist mit Hanna dann losmarschiert und hat die Sache in Ordnung gebracht, Gott sei Dank.

Also, unsere Hanna kann sehr hartnäckig sein. Beim Ins-Bett-Bringen hat sie mich festgehalten. Sie sagte, das mit den Katzen sei noch nicht vom Tisch, sie hätte gern ein Haustier. »Vom Tisch«, woher hat sie solche Reden? Das sei sehr wohl vom Tisch, musste ich ihr da sagen. Herr Trapp würde toben. Wenn er auch gerade im Krieg sei, das wenn er erführe. Ich will es mir gar nicht ausmalen. Vielleicht dann später, in unserem eigenen Haus. Da könnte die Hanna doch einen Hamster bekommen.

Überhaupt ist Hanna so ein besonderes Mädle. Seit sie in der Schule ist, hat sie einen besten Freund. Das ist der Hans. Er ist ein netter Bub. Am liebsten würden die beiden jeden Mittag miteinander spielen, aber Hanna hat halt ihre Pflichten. Und ich weiß, der Hans muss auch viel helfen, denn sie haben einen Buchladen, da gibt es viel zu tun. Es ist jetzt halt so, dass Hanna fast nur mit den Buben unterwegs ist. Denn der Hans hat ja auch noch seine Kameraden, deshalb ist unsere Hanna mit den wilden Kerlen unterwegs. Sie hat so gerne Röckchen an, aber dann will sie Fußball spielen oder den steilen Hang hinter den Häusern hinaufkraxeln, da sieht sie manchmal verheerend aus, wenn sie heimkommt. Aber ihre gute Freundin Lore kommt auch meistens mit, deshalb denke ich, man kann die Mädchen ruhig mit ihren Kameraden losziehen lassen. Und Hans passt immer auf Hanna auf, wo sie doch ganz gut alleine zurechtkommt. Nein! Sie lässt sich nichts gefallen, und ihren Bruder bewacht sie wie ein kleiner General.

Jetzt fallen mir aber auch gleich die Augen zu. Mein lieber Theo, ich wünschte, Du wärst da.

Bleib gesund und komm bald wieder.

Sei herzlich und ganz lieb gegrüßt
von Deiner Frida

Theo

Als der Brief zwei Wochen später bei Theo ankam, fiel beim Öffnen eine Hornkleeblüte aus dem Umschlag, Theo wurde warm ums Herz, das war so typisch für seine Frida. Er las den Brief wieder und wieder. Ja, er wäre so gerne dabei gewesen. In Gedanken reiste er in die Heimat, sah den Biergarten, den Birnbaum und seine Lieben am Tisch sitzen. Er merkte gar nicht, wie ihm die Tränen über die Wangen liefen, so sehr fühlte er sich in Fridas Erzählungen hinein. Sah sein kleines Mädchen nah bei der Oma sitzen, die Schwestern mit glücklichen Gesichtern im Sonnenschein. Er roch das frisch geschnittene Gras, hörte das Muhen der Kühe im Stall, schmeckte den süßen Kaffee und die Buttercreme auf seiner Zunge.

Er war dabei. Mitten unter ihnen. Spürte das Glück längst vergangener Tage. Aber nur für einen Augenblick. Dann fand er sich auf seiner harten Pritsche wieder. Roch den Dreck. Fühlte die Kälte und Ungemütlichkeit des Orts, an dem er sich tatsächlich befand.

Theo spürte wieder die Wut hochkochen, der Krieg nahm ihm sein ganzes Leben. Er sehnte den Tag seiner Heimkehr herbei. Aber alles zog sich endlos hin. Seit Wochen wurden sie vom Russen zurückgedrängt, und doch befahl man ihnen immer wieder, die Stellung zu halten. Obwohl sie schon so oft eingekesselt worden waren, unglaublich viele Kameraden, Pferde und Panzer verloren hatten. Es war trostlos, aussichtslos, die Stimmung unter den Soldaten wurde täglich schlechter. Und sie hatten noch Glück mit ihrem verantwortlichen Offizier. Erst vor ein paar Tagen hatte dieser eigenmächtig beschlossen, sie abzuziehen, sie westwärts marschieren zu lassen. So waren sie dem sicheren Tod ein weiteres Mal davongelaufen. Theo hatte Respekt vor diesem Mann, der tat alles, um seine Leute zu schützen. Nicht das erste Mal hatte er sich einem Befehl widersetzt und Hunderte Soldatenleben gerettet.

Häufig fragte Theo sich auch, wer jetzt daheim seine Arbeit im Schloss verrichtete. Würde er seinen Arbeitsplatz wiederbekommen, nach dem Krieg? Er hoffte es sehr. Jetzt im Juni wären die Bienen im Schlossgarten am Fluss bereits fleißig unterwegs, die Wiesenblumen und Rosen stünden in voller Blüte. Gäbe es im Haus nichts zu tun, würde er die Wiesen mähen und das Gebüsch am Flussufer roden. Er würde die abgeblühten Rosen ausschneiden, damit sich neue Knospen bildeten. Sonntags könnte er mit Frida und den Kindern im Schlossgarten sitzen, Hanna könnte ein kleines Boot zu Wasser lassen, am Ufer sitzen, die Schnur in der Hand. Es wäre alles schön und unbeschwert. Er sah es deutlich.

Plötzlich fühlte er sich uralt und um die letzten vier Jahre betrogen. Bodenschätze und Kornkammer hin oder her, nur Verrückte könnten sich wünschen, hier zu leben. Kaum war der dreckig lehmige, eiskalt frostige und immer stürmische Winter abgezogen, kam der Sommer in den Sümpfen, aus denen sich Millionen Stechmücken erhoben, sobald die Dämmerung hereinbrach. Diese fraßen einen geradezu bei lebendigem Leib auf. Alles juckte, sie stachen durch die dickste Uniform.

Da ließ er sich viel lieber von den Mücken am heimatlichen Flussufer stechen, von denen es dort gar nicht so viele gab. Eigentlich hatte ihn bei seiner Arbeit im Schlossgarten selten eine Schnake gestochen. Das Heimweh kam. Schon wieder.

Theo wurde immer schwermütiger, und doch ließ er es sich nicht nehmen, hoffnungsvolle Briefe an seine Familie zu schreiben.

Auch jetzt setzte er sich in eine ruhige Ecke und schrieb an Frida einen liebevollen Antwortbrief. Er versuchte, zuversichtlich zu klingen, sprach vom Rückzug und davon, bald wieder bei der Familie zu sein. Malte mit Worten Bilder von gemeinsamen Besuchen bei der Mutter, Wanderungen im nahen Wald, Bootsfahrten auf dem Flüsschen und natürlich auch von dem kleinen Haus mit Terrasse, Balkon und einem wunderschönen Garten. Denn, so schrieb er, nach dem Krieg würden sie endlich ihren Traum wahr machen und ein Eigenheim bauen. Ja, sie würden sich ihr eigenes Paradies anlegen, vielleicht hätten sie sogar Hühner und Stallhasen.

»Was meinst Du, Frida?«, schrieb Theo. »Das wäre doch wunderbar, Hanna und das Oskarle würden die glücklichsten Kinder sein, die glücklichsten Kinder der Welt.«

Für seine Kleinen wünschte sich Theo nur das Beste. Er würde alles tun, um gesund nach Hause zu kommen. Aber das Gefühl, die Zeit laufe ihm davon, drängte immer mehr in seine Gedanken. Er spürte das Unheil näherkommen, als würde ein eisernes Band enger und enger gezogen. Theo hatte Angst vor jedem neuen Tag, aber das schrieb er nicht auf. So etwas konnte man nicht in Worte fassen, und es lag ihm fern, seine Frau noch mehr zu beunruhigen. Sie hatte längst begriffen, in welcher Gefahr ihr Mann ständig lebte. Das wusste er.

Es dauerte vier ganze Wochen, bis Frida endlich wieder Nachricht von Theo erhielt und von seinen Wünschen lesen konnte.

Dann begannen die Sommerferien. Hanna durfte jeden Morgen ausschlafen, nach dem Frühstück musste sie auf ihren kleinen Bruder Oskar aufpassen, die Mama war an vier Tagen mit ihren Putzstellen beschäftigt. Hanna hatte einen lieben kleinen Bruder, es machte ihr nichts aus, sich um ihn zu kümmern. Sie baute Türme aus Bauklötzen, und Oskar durfte sie zum Einsturz bringen. Und an manchen Tagen kam auch Hans vorbei, dann spielten sie zusammen mit Hannas Bruder.

Es kam der August mit heißen Sommertagen, und der erste Geburtstag des kleinen Oskar stand an. Frida buk Kuchen, und sie freuten sich schon auf das Gesicht ihres Nesthäkchens, wenn die Kerze brannte.

Hanna hatte sich alles genau ausgedacht, und so weckten sie den Kleinen morgens mit fröhlichem Gesang. Zum Geburtstag viel Glück! Seit einiger Zeit konnte Hanna einen Kopfstand machen, und so stand sie eine ganze Weile vor Oskars Bett auf dem Kopf. Kerzengerade.

»Anna, Anna!« und »Icht, Icht!«, Hanna und Licht konnte der Kleine schon sagen. Das »Oskarle« gluckste fröhlich.

Frida und Hanna hatten einen Teddybären ausgesucht. Aus kuschelweichem Fell.

Und jetzt freute sich das Brüderchen so arg über den Bären. Er hielt ihn die ganze Zeit fest umklammert, während die Mutter ihm von seinem Kuchen kleine Stücke in den Mund schob. Immer wieder schaute das Geburtstagskind dem Bären liebevoll ins Fellgesicht, kam ganz nah an dessen Augen heran und betastete diese mit seinem Mäulchen. Es sah putzig aus. Hanna war sehr zufrieden mit diesem ersten

Jahrestag für den kleinen Bruder. Es war Sonntag, sie hatten so viel Zeit. Das Wetter war wunderschön, so beschlossen sie, mit Oskar einen großen Spaziergang zu unternehmen. Sie setzten den Kleinen in sein Nestchen im Leiterwagen und zogen ihn in Richtung Flussufer. Auf der Brücke beim Gymnasium schauten sie lange den Booten zu, die übers glitzernde Wasser glitten. Oskar freute sich an den Schwänen und Enten, die gemütlich dahinschaukelten. Langsam zogen sie den Wagen zur Brücke. Die steile, kopfsteingepflasterte Gasse hinauf musste Hanna die Mutter unterstützen und von hinten schieben. Oben bei der Kirche angekommen, warteten sie bis zur nächsten vollen Stunde und hörten gemeinsam das schöne Geläut. Oskar rief: »Bim, Bam, Bim, Bam!«, und fuchtelte im Takt mit seinen Speckhändchen durch die Luft. Frida und Hanna mussten arg lachen, sie freuten sich über das glückliche Baby, und Frida schloss für einen Moment die Augen. Sie stellte sich vor, Theo wäre auch dabei, fühlte dessen warme Hand in der ihren und hörte das glockenhelle Lachen ihres kleinen Mädchens und das immer euphorischere »Bim, Bam, Bim, Bam« ihres Geburtstagskindes. Oskar mochte es so gerne, wenn die große Schwester lachte und Spaß hatte.

Warum die Mama weine, ob ihr was wehtue? Hannas besorgte Stimme holte Frida zurück, schnell wischte sie sich die Tränen von den Backen und tätschelte Hannas erschrockenes Gesicht. Das seien nur die Freudentränen, log sie – und log doch nicht. Denn sie freute sich wirklich über die glücklichen Kinder, aber Theo fehlte ihr.

Frida wusste es noch nicht, aber zu diesem Zeitpunkt war das Unglück bereits geschehen.

Später fragte sie sich immer wieder, warum sie nichts gespürt hatte. Am Tag zuvor war sie wohl so sehr mit den Vorbereitungen für Oskars ersten Geburtstag beschäftigt gewesen. Gegen Abend war sie noch mit den Kindern zum Stückle geradelt, hatte Salat und Bohnen geerntet. Auch Hans war dabei. Er fuhr mit seinem Fahrrad neben Hanna.

Da so eine friedvolle Sommerabendstimmung herrschte, ließ sie die Kinder noch im Gras sitzen. Hing ihren Gedanken nach. Saß auf der warmen Holzbank, den Blick auf die untergehende Sonne gerichtet, und einzig das Summen der Hummeln, das sanfte Rauschen der Abendbrise und ein gelegentliches Lachen der Kinder im Ohr.

Hatte sie wirklich gar nichts gespürt? Nein, sie hatte nichts gespürt, obwohl sie sehr an Theo dachte, in diesen ruhigen Minuten im letzten Sonnenlicht. Um diese Zeit war er wohl schon einige Stunden tot, von einem Querschläger getroffen.

Theo

Tatsächlich war Theo an einem eher ruhigen Tag gestorben. Kein Kampf. Keine Einkesselung. Keiner ahnte einen Hinterhalt. Im Nachhinein wurden auch nur wenige Schüsse gemeldet, nicht der Rede wert, wahrscheinlich ein Heckenschütze aus der Bevölkerung.

Am Mittag saß er mit zwei guten Kameraden hinten auf der Pritsche eines Militärlastwagens, die Sonne schien, niemand sprach. Froh, einmal fahren zu dürfen, anstatt zu marschieren, schaute er sich um. Seit Tagen wurde die Landschaft lieblicher, weicher. Und bei Sonnenschein sah sowieso alles viel besser aus. Das Gefühl, der Heimat näherzukommen, breitete sich in Theo aus und machte ihn glücklich. Wenngleich ihm klar war, dass dieser Rückzug kein endgültiger war. Der Krieg war immer noch im vollen Gange, und schon morgen konnte es wieder in die entgegengesetzte Richtung gehen.

Theo dachte an zu Hause. Morgen würde der kleine Oskar ein Jahr alt werden. Bestimmt war Frida dabei, einen Kuchen zu backen. Hanna hatte Fridas letztem Brief ein Bild beigelegt, darauf hatte sie sich selbst gemalt, wie sie einen Kopfstand machte, direkt vor Oskars Stubenwägelchen, sein Köpfchen schaute raus. Frida berichtete, Hanna könne schon ganz lange und kerzengerade auf dem Kopf stehen, sie übe für den Geburtstag des kleinen Bruders. Theo fand, dass Hanna für ihr Alter bereits sehr gut zeichnen konnte, die fröhliche Stimmung war deutlich im Bild eingefangen. Morgen würde Hanna das Kunststück dem kleinen Bruder vorführen, da wäre er gerne dabei.

Plötzlich ein Sausen an seinem linken Ohr, nur ein kurzes Stechen. Jetzt wurde es ganz warm an seinem Hals. Er fasste sich ans Ohr, da wurde es ihm schon schwindelig. Sein Kamerad hielt ihn fest und sagte etwas, aber er konnte ihn nicht verstehen. Fest drückte der Kamerad seinen Hals und schaute panisch umher. Theo wurde ruhig und unendlich müde.

* * *

Mit einem Mal war er angekommen. Endlich zu Hause. Es war ihm, als läge er in seinem warmen Bett, im lichtdurchfluteten Schlafzimmer. Als glitzerte die Sonne herein zu den Fenstern, und er schlüge, aus schönen Träumen erwachend, gerade langsam die Augen auf. Und bemerkte nun, dass er selbst wieder zum kleinen Kind geworden war. In der Kammer bei seinen großen Schwestern lag, die Melodie des Abendliedes in die kleinen Ohren hineinsaugend. Glücklicher denn jemals zuvor, geborgen und behütet von den Geschwistern. Gesine hielt seine kleine Hand in der ihren und bedeckte den Handrücken mit warmen Küsschen, während Marie gerade bei der letzten Strophe anlangte. Er wollte einfach für immer so liegen bleiben, glücklich und gewärmt. Dies Gefühl nahm er mit, als er zurückwechselte in sein Zimmer, sein Bett. Noch einmal lag er zwischen den sauberen, gestärkten Kissen. Morgen würde er mit Frida und den Kindern Geburtstag feiern …

* * *

Der junge Soldat war außer sich. Das durfte nicht sein! Theo, der einzige Freund, war am Sterben. Aber das konnte er nicht zulassen. Mit zitternden Fingern presste er die Hand auf dessen Hals. Das Blut schoss förmlich unter seinen Fingern hervor. Panisch rief er, Theo solle bleiben. Nicht einschlafen! Es gehe doch jetzt endlich in Richtung Heimat. Heimwärts.

»Hör auf, es bringt nichts mehr, er wird verbluten. Wir können ihm nicht helfen«, hörte er leise, sanft gesprochene Worte an seinem Ohr. Und da blieb mit einem Mal die Welt stehen, er blickte hinunter auf Theos Gesicht, die entspannten Gesichtszüge. Als ob er schliefe.

Der Wagen brauste weiter in hohem Tempo, man wollte den schützenden Waldrand erreichen.

Der junge Mann fühlte nichts. Keinen Fahrtwind, kein Geruckel, wenn der Wagen durch die Schlaglöcher fuhr, und er bemerkte nicht, wie heiß die Sonne brannte, nicht, wie einer neben ihm zu weinen begann. Sein Blick bohrte sich in Theos Gesicht, auf dem sich eine tiefe Ruhe ausgebreitet hatte.

* * *

… von oben sah Theo zu, wie die Kameraden versuchten, die Blutung an seinem Hals zu stoppen, aber es war aussichtslos. Am Ende gaben sie auf. Lange hielt ihn der eine, so unglaublich junge Kamerad noch im Arm. Während der andere weinte. Sie hatten sich gemocht. Seit seine Pferde gestorben waren, hatte er nur noch mit diesen zwei Kameraden zusammengesessen. Vor allem der jüngere der beiden war ihm ans Herz gewachsen, hatte er ihn doch so an seinen kleinen Bruder erinnert. Die anderen waren ihm egal. Proleten. Jetzt hatte er für immer seinen Frieden. Langsam löste er sich von dem Geschehen auf dem Pritschenwagen und schwebte dem hellen Licht entgegen. Gleißend und unsagbar warm fühlte er es in Strahlen auf sein Gesicht scheinen. Es begann bereits, seinen ganzen Körper einzuhüllen, sich um ihn zu bauschen wie eine weiche Wolke. Er hatte es geschafft. Nichts konnte ihn jetzt noch aufhalten.

Seine Seele flog hinein ins Licht, endlich nach Hause.

* * *

Auf dem Pritschenwagen blieb ein wütender junger Mann zurück. Plötzlich schwitzte er in der Uniform, bemerkte, wie gnadenlos die Sonnenstrahlen herabfielen, aus einem wolkenlosen Sommerhimmel. Wie kann es sein, fragte er sich, dass es einfach weiterging, die Sonne weiter schien, obwohl man ihm den besten aller Kameraden soeben für immer genommen hatte?

Erst spät am Abend schlugen sie ein provisorisches Nachtlager auf. Sie befanden sich in der Nähe eines kleinen Bergdorfes am Fuße des Karpatenbogens. Wahrscheinlich hätte es Theo hier sogar gefallen, denn die Landschaft glich ein wenig der Schwäbischen Alb, wenn die Felsen hier auch rauer waren und die Luft zugiger schien. Im letzten Tageslicht half er dabei, ein tiefes Loch zu schaufeln und den toten Kameraden behutsam hineinzubetten. Das Bild seiner geliebten Familie legte er Theo in die gefalteten Hände, dann schob er vorsichtig die erste Schicht Erde auf den Leichnam. Er arbeitete langsam und mit bloßen Händen. Müde und niedergeschlagen ließ er es sich nicht nehmen, in der nahen Umgebung Felssteine zu suchen, um damit die Grube abzudecken. Einige Kameraden halfen ihm dabei, und sie beschwerten gemeinsam die ganze Ruhestätte mit diesen schroffen Felsbrocken, damit keiner auf die Idee käme, das Grab zu schänden. Die Nacht verbrachte der junge Soldat direkt neben diesem Felshügel, er bewachte Theos Grab und sprach ihm ein Gebet. Es war eine sternklare Augustnacht, und der schwarze Himmel ließ die Sterne millionenfach zu ihm herunterscheinen, sodass er sich dem Himmel näher fühlte als jemals zuvor.

Er erinnerte sich an die erste Begegnung mit Theo.

Ebenfalls eine sternklare Nacht war es gewesen, allerdings im späten Winter. Er selbst war gerade erst angekommen, ein Frischling. Er kotzte sich die Seele aus dem Leib, denn er hatte das Grauen gesehen! Als das Würgen endlich nachließ, klopfte ihm jemand von hinten auf die Schulter und reichte ihm ein Taschentuch. Es sei immer der Alkohol. »Nochher drehad se faschd älle durch«, sagte Theo in die Stille hinein. Er erinnerte sich, wie er antwortete, man könne solch widerliches Benehmen nicht auf den Alkohol schieben, denn so besoffen könne man gar nicht sein, dass man derart durchdrehe.

Theo sagte, dass man sich hier fügen und Dinge tun müsse, die einen in Gewissenskonflikte brächten. Befehl sei Befehl. Aber bei so etwas mitzumachen, könne einem niemand befehlen, das dürften sie nicht von einem verlangen. Denn die Kameraden würden dort drinnen gerade eine Schuld auf sich laden, das könnten die im Leben nicht mehr gutmachen.

Diese schlimmen Schreie! Er hielt sich die Ohren zu. Theo zog ihn weg. Obgleich sie sich niemals von der Truppe entfernen durften, bogen sie nun doch um die Hausecke, damit sie Abstand bekamen. Abstand zu der Scheune, in der im Moment die Unmenschen am Werk waren.

Am Spätnachmittag waren sie in dieses Dorf hineingefahren, um nach Proviant zu suchen. Widerwillig hatte man ihnen Brot und Getreide ausgehändigt. Plötzlich waren ein paar Kameraden um die Ecke marschiert, sie trieben einen russischen Bauern vor sich her. Dieser hatte offenbar nichts hergeben wollen von seinen Vorräten. Er schrie und spuckte einem Soldaten vor die Füße. Dieser tickte aus, schlug dem Bauern mit dem Gewehrkolben ins Gesicht und erschoss ihn. Da kam eine junge Frau brüllend herangelaufen, warf sich über den Bauern und weinte. Sie schrie die Soldaten an. Jammerte. Tobte. Brüllte Schimpfworte. Die ganze Frau, so voller Hass!

Da sich manch Kamerad bereits am Nachmittag die Wut mit Schnaps betäubt hatte, eskalierte die Situation innerhalb von Sekunden. Viele Dorfbewohner wurden umgebracht, denn einige Soldaten schossen willkürlich in die Menge. Am Ende lagen unzählige Leichen auf der staubigen Dorfstraße.

Als der Proviant auf der Pritsche des Lastwagens verstaut war, stand bereits der Vollmond am Himmel. Aber es war noch nicht vorbei. Einige Burschen wollten noch ihren Spaß haben. Und sie nahmen die Frischlinge mit. Damit diese sich amüsieren konnten. Sagten sie.

In der Scheune angekommen, verstand der junge Soldat erst gar nicht, was sie hier drinnen wollten. Junge Mädchen und junge Mütter mit kleinen Kindern saßen verängstigt im Stroh. Was um alles in der Welt meinten sie mit »Spaß« haben? Aber da packte der erste Kumpan ein höchstens vierzehn Jahre altes Mädchen und schleifte es ein paar Schritte zur Seite. Die Schreie der Kleinen waren unmenschlich, er hielt es nicht aus, wollte wegsehen, raus aus der Scheune. Da packte ihn ein anderer, drehte seinen Kopf in Richtung Grauen, damit er dem Geschehen nicht entkam. Und da sah er, wie einer das Mädchen festhielt, damit der andere …

Ihm wurde schlecht. Im hohen Bogen schoss das wenige Essen, das er Stunden vorher zu sich genommen hatte, über den Soldaten. Der ließ ihn los und schubste ihn Richtung

Ausgang. Als er draußen in die kalte Luft tauchte, wurde ihm ein weiteres Mal übel, er erbrach sich ins Gras, und auch seine Uniform blieb nicht verschont. Aber das scherte ihn nicht, denn so war er dieser Hölle entkommen.

Der Kamerad habe die dünne Suppe vom Mittag nicht vertragen, sagte Theo knapp, als man sie kurz darauf nach ihrem Verbleib befragte.

Und von dieser Stunde an waren sie Freunde geworden.

Daran erinnerte er sich jetzt, unterm Sternenhimmel. Und noch einmal zog sich alles in ihm zusammen.

1975

Sissi

Die Oma kennt sich mit dem Wetter bestens aus. Sie sagt, die Wolken zeigen meistens schon morgens, was der Tag bringen wird. »Morgenrot, Dreck im Hof«, wenn es morgens bereits einen rosa Himmel gebe, könne man davon ausgehen, dass es bis zum Abend mindestens einmal regne. Darauf könne man wetten, meint die Großmutter. Sissi weiß es längst. Und auch, dass ein schönes Abendrot einen sonnigen nächsten Tag verspricht. Stimmt auch immer, sagt die Oma. Manchmal stimmt es auch nicht, aber meistens hat die Oma recht. Jedenfalls bei den Gewittervorhersagen.

Wenn nämlich die Wolken bauschig und schneeweiß hinter dem Wald hervorkommen und sich hoch auftürmen, zu riesigen Gebilden, dann gibt es sicher ein großes Gewitter.

Es ist also wieder so weit. Die Oma und die Sissi müssen sich arg beeilen. Sie holen ihre Ausrüstung. Regenmantel und Regenhut für die Oma, »Regenmäntele« für Sissi und die ältere Schwester. Regenstiefel für die Oma, »Gummistiefele« für Sissi und Katharina, schwarzer Knirps für die Oma, rotes »Kinderschirmle« für Sissi und ihre ältere Schwester, große Gewitterhandtasche für die Oma und Sissis kleines »Kinderköfferle«. Alles wird schnell und ordentlich im Esszimmer aufgereiht und noch mal kontrolliert, ob es auch vollständig ist. Wenn sie damit fertig sind, hören sie meistens schon das dumpfe Grollen. Die Oma hat sich nicht geirrt, das Gewitter ist bereits im Anmarsch. Die

Sonne ist weg. Der Wind braust auf. Sie machen weiter im Programm. Sissis ältere Schwester wird ermahnt, mitzuhelfen. Sie weigert sich meist, ihr machen Gewitter nichts aus. Sie mag Gewitter. Sissi und die Oma nicht. Sie haben Angst. Große Angst. Sie halten sich an der Hand, und die Oma sagt, dass Sissi keine Angst haben soll, denn man mache jetzt das Haus gewittersicher. Es wird schon nichts passieren. Gemeinsam gehen sie hektisch von Zimmer zu Zimmer und lassen alle Rollläden herunter, bis es im ganzen Haus dunkel und leise wird. Alles ist jetzt gedämpft. Dann beginnen sie damit, ihre Gewitterschutzkleidung anzuziehen, sitzen wenig später in Regenmänteln und mit Gummistiefeln am Esszimmertisch und halten sich ganz fest an den Händen. Oma und Sissi. Die Oma hat ihre Gewittertasche neben sich stehen, darin sind ihre wichtigsten Sachen, und Sissi hat ihr Köfferchen auch neben die Gummistiefelfüße gestellt. Sie rufen immer wieder die ältere Schwester. Aber die will ihre Ausrüstung nicht anziehen, sagt, sie würde im Regenmantel schwitzen, sagt, sie wolle den Regen aufs Dachfenster trommeln sehen und sagt, auf keinen Fall möchte sie bei ihnen im Dunkeln sitzen, während draußen das Gewitter tobe.

Die Katharina wird schon sehen, was passiert, Sissi solle noch mal nach ihr rufen, jammert die Großmutter, sagt, es sei wieder wie vor vielen Jahren, im Keller bei Frau Trapp, und dass sie sich nicht mehr bewegen könne. Genau wie damals. Im Krieg. Als die Bombe fiel.

Und Sissi ruft laut nach der Schwester, die müsse unterm Dachfenster weg, es könne Hagel kommen und das Fenster zerschlagen. Dann kriege Katharina Splitter auf den Kopf, und das könne bös enden. Sage die Oma.

Aber Katharina hört sie gar nicht.

Die Oma beginnt mit ihrer Veränderung. Sie sitzt ganz steif und schaut auf den Tisch, ihre Finger umklammern

Sissis Hand, aber es tut nicht weh. Jetzt steht Sissi auf und löst Omas Finger. Jeden Finger einzeln, ganz langsam.

Die ältere Schwester ist in Gefahr, sie könnte sterben, das muss sie verhindern. Draußen donnert und kracht es, Sissi hört den Sturm, den Regen und ihren Herzschlag in der Brust. In den Ohren rauscht es, wenn sie die Ohren zuhält, wird es nur noch ärger. Deshalb lässt sie das. Sie muss jetzt stärker sein als die Oma, muss die Schwester retten. Sie geht wie auf Eiern, ganz langsam betritt sie das Treppenhaus, steigt die Treppe hinauf, sieht die Schwester im Schneidersitz unterm Dachfenster hocken. Langsam geht sie auf sie zu, das Herz schlägt ihr jetzt bis in den Hals hinein, das Rauschen in den Ohren wird noch lauter. Die Schwester dreht sich zu ihr um und macht die ohnehin großen braunen Augen ganz weit auf.

Es donnert direkt über dem Haus. Sissi fährt übel zusammen. Langsam steht die Schwester auf, nimmt ihre Hand und führt sie die Treppe wieder hinunter. Sie kommen ins Esszimmer. Die Oma sitzt noch so, wie Sissi sie verlassen hat.

Langsam zieht die Schwester den Regenmantel an und stellt ihre Stiefel neben sich.

Sie halten sich nun alle an den Händen und sitzen still beieinander, bis die Donner weniger werden, bis das Gewitter vorüber ist.

Irgendwann bewegt sich die Oma wieder, zieht sich müde den Hut vom Kopf und sagt, man könne die Rollläden hochziehen.

Draußen ist alles nass und wüst, das Gewitter hat arg gewütet, aber sie dürfen jetzt die Balkontür öffnen und frische Luft ins Haus lassen. Die Oma sitzt immer noch am Tisch und hat die Augen geschlossen, atmet ganz langsam und tief, man kann es bis zur Balkontür hören. Sissi bemerkt, wie ihr Herzschlag sich beruhigt. Auch das Rauschen in den Ohren ist weggegangen.

Langsam zieht sie die frische Regenluft in ihre Nase und spürt, wie diese durch den Hals, am Herz vorbei, in den Bauch hineinfließt. Das tut gut. Noch einmal haben sie es überlebt, noch einmal sind sie davongekommen. Glück breitet sich in Sissi aus, die Schatten sind verflogen.

Wenn die Eltern auch zu Hause sind bei einem Gewitter, ist alles nicht so schlimm. Sissi und die Oma sitzen dann auch am Esstisch in voller Ausrüstung, aber um sie herum flattern die Eltern und die Schwester. Für die drei geht das Leben weiter, sie knipsen die Lichter an und machen, was sie immer machen. Schwätzen. Lachen. Diskutieren. Oder schauen fern. Solange es geht.

Und deshalb ist es harmlos. Sissi kann einfach sitzen und warten, muss die Schwester nicht schützen, das machen die Mama oder der Papa, und alles ist gut.

Aber Sissi weiß, man kann die Oma nicht allein lassen, wenn ein Gewitter droht. Deshalb versucht sie immer, nach Hause zu kommen, wenn die Wolken sich bauschen. Sie setzt dann alle Hebel in Bewegung.

Nur einmal ist sie gescheitert.

Sie geht nämlich wieder in den Kindergarten. Dort ist es eigentlich ganz schön. Er ist neu gebaut, wie das Haus, in das Sissi mit der Familie gezogen ist. Sie wohnen jetzt in ihrem eigenen Haus mit Garten. Gleich neben dem Kindergarten. In dem die hübsche Frau Böttlinger das Sagen hat.

Am Tag, an dem die Wolkentürme mal wieder hinterm Wald hervorkommen, erklärt Sissi der Mama, dass sie bei der Oma bleiben muss. Wegen dem Gewitter. Das kommen wird. Die Mama kapiert es nicht. Schiebt sie in den Kindergarten und will nicht diskutieren. Sissi diskutiert trotzdem mit ihr. Es nützt nur nichts.

Sie versucht dann noch recht hinterhältig, die Frau Böttlinger mit stöhnenden Hinweisen auf starke Bauchschmerzen zu manipulieren. Sagt ihr, sie müsse zur Oma, nur die könne sie heilen. Frau Böttlinger schickt sie zurück in die Puppenecke, meint, demnächst sei das Bauchweh sicher weg. Aber Sissi watschelt kurze Zeit später schon wieder zur Kindergärtnerin. Hält diesmal mit beiden Händen ihren Bauch fest, sagt es werde immer schlimmer, demnächst würden solch starke Bauchschmerzen sicher nicht weggehen. Sie müsse heim. Dringend.

Da wird Frau Böttlinger unsicher. Sissi sieht es. Sissi solle mitkommen, sie werde mal bei der Oma anrufen, sagt sie dann. Bereitwillig nimmt Sissi die Hand der Aufsichtsperson und lässt sich hinausführen. Aus lauter Vorfreude, demnächst zur Oma abdampfen zu können, fängt sie an, ein Liedchen zu pfeifen.

Schwerer Fehler.

Frau Böttlinger zieht ihre blau angemalten Augendeckel nach oben und findet auf einmal, Sissi solle ruhig ein Weilchen auf der Pritsche im Büro Platz nehmen, in liegender Position, wegen dem Bauchweh.

Sie ruft auch nicht bei der Oma an. Und Sissi gibt sich geschlagen. Man muss wissen, wenn die Schlacht verloren ist. Den ganzen Vormittag liegt sie im Büro, sich langweilend und Löcher in die Luft starrend.

Am Ende ist nicht einmal ein Gewitter gekommen.

Deshalb findet Sissi, dass es mit den Erwachsenen schwierig ist. Sie glauben, alles zu wissen. In Wirklichkeit verstehen sie nichts. Außer die Oma.

1944, August

Einige Tage nach Oskars Geburtstag.

Hanna war gerade dabei, mit ihrem kleinen Bruder einen Ball durch die Stube zu kicken, als es an der Tür klingelte. Ein uniformierter Mann stand an der Haustür. Der Fremde übergab Frida einen Umschlag und sagte, er habe eine traurige Nachricht für sie und ihre Familie. Hanna spürte, wie die Mutter ganz wackelig wurde, sie begann zu zittern und hob ihre Hände an die Ohren. Langsam schüttelte sie den Kopf und hatte dabei die Augen weit aufgerissen. So hatte Hanna die Mutter noch gar nie erlebt, sie wurde zu einem anderen Menschen, und da bekam es Hanna gehörig mit der Angst. Ihr kleines Herz begann zu flattern, eine düstere Wolke schien durchs Treppenhaus zu ihnen heraufzuschweben, und alles um sie herum war plötzlich schattig. Kühle Luft legte sich auf ihre nackten Arme. Der kleine Bruder war ganz unbemerkt herangestiefelt und umfasste ihre Beine. Doch Hanna hatte nur Augen für die Mutter, wie zum Eisblock gefroren stand sie da und hielt den Blick geradeaus auf diesen Fremden gerichtet.

Der sagte, sie solle ihm doch zuhören, er habe den Auftrag von der Stadtverwaltung, sie in Kenntnis zu setzen. Aber Frida presste ihre Hände nur noch fester gegen die Ohren, als wolle sie auf keinen Fall hören, was dieser Mann zu sagen hatte. Hanna griff nach den Armen der Mutter und zog behutsam daran. Schon ließ diese ihre Hände sinken und fing sich ein wenig. Da kam die unfassbare Nachricht. Es legte sich eine Schwärze um diesen Unbekannten, eiskalt war die Luft im Treppenhaus. Als wäre der Sommer plötzlich zum Winter geworden.

Der Uniformierte ging, aber die dunkle Wolke blieb.

Dieser Mann hatte die Kälte und die Dunkelheit mit heraufgebracht, er nahm sie die Treppen aber nicht wieder mit hinunter.

Nie mehr vergaß Hanna diesen Nachmittag. Für immer brannte sich das fürchterliche Schluchzen der Mutter in ihre Seele. Denn dieser Mann war gekommen, ihnen mitzuteilen, dass der Vater nie mehr nach Hause zurückkehren werde.

Hanna war außer sich. Sie hockte jetzt schon mehrere Stunden neben der Mutter, und diese konnte sich gar nicht mehr beruhigen. Völlig verzweifelt saß sie am Küchentisch. Weinte und weinte. Immer wieder jammerte sie, dass das doch nicht sein könne, sie könne es nicht glauben. Und ihre Trauer und Verzweiflung übertrug sich auf die Kinder. Oskar jammerte und schluchzte. Er klagte: »Anna, Anna, Mama, Mama«. Aber Hanna war nicht in der Lage, den Bruder zu trösten. Sie hatte ihn auf den Schoß genommen, denn die Mutter war an diesem Nachmittag ganz woanders, unfähig, sich zu kümmern. In Gedanken hörte Hanna die Worte des fremden Mannes: »Leider muss ich Ihnen mitteilen, dass Ihr Ehemann am frühen Nachmittag des zwölften August im Kampf für sein Vaterland gefallen ist.« Nicht sofort hatte sie verstanden, was es hieß, der Vater sei gefallen. War er hingefallen, hatte er sich schwer verletzt und musste wieder ins Lazarett? Nein, nein. Dann würde die Mutter nicht so sehr weinen. Sie begann zu ahnen, dass es viel schlimmer war, denn die Mutter zitterte und schluchzte, es war kaum auszuhalten. Je näher der Abend kam, desto panischer wurde das Kind.

Hanna steigerte sich mehr und mehr in einen Angstzustand hinein, befürchtete, die Mutter werde niemals wieder die Alte, und brach ebenfalls in Tränen aus. Was den kleinen Bruder noch ärger aufregte.

Als Frida die Kinder so furchtbar weinen sah, wurde ihr bewusst, dass sie für die beiden da sein musste.

Frida nahm die Kleinen in die Arme. Sofort schmiegten sie sich an sie. Sie drückten sich an ihre Brust, und das tat ihr unendlich gut. Gemeinsam saßen sie auf der Couch, hielten sich aneinander fest, und der kleine Oskar fand endlich in den Schlaf. Leise redete Frida mit der Siebenjährigen, sagte, sie müssten jetzt einfach trotzdem weiterleben, zusammenhalten und füreinander da sein. Hanna war froh darüber, dass die Mutter endlich wieder sprach, obgleich sie spürte, dass nun eine neue Zeit, ein neues Leben begann. Denn die Hoffnung, dass der Vater irgendwann einmal wieder zur Familie zurückkommen werde, war für immer verloren.

Wie in Trance begann Frida später, den Tisch zu decken, eine kleine Abendmahlzeit herzurichten und eine Kanne Tee zu kochen. War sonst zu dieser Zeit die Küche erfüllt von Geplapper und Erzählungen, Gewusel am Boden, Kochlöffelgeschepper und freudigem Kleinkindgebrabbel, so herrschten an diesem Abend nur Stille und Trauer im Raum. Auch das Nachtessen schmeckte keinem so richtig. Der einjährige Oskar saß in seinem Stühlchen und blickte stumm zwischen Frida und der großen Schwester hin und her. Heute stimmte etwas ganz und gar nicht. Hanna hatte auch noch keinen Kopfstand gemacht, den ganzen Abend nicht. Und seine Mama war stiller als jemals zuvor. Immer wieder reckte er die Händchen in ihre Richtung, doch sie reagierte gar nicht. Da nahm ihn Hanna auf den Schoß, und er seufzte erleichtert, weil er endlich Aufmerksamkeit bekam. »Anna, Ball biela«.

Ob die Mutter das gehört habe, Oskar wolle mit ihr Ball spielen, rief Hanna.

Nun kam Bewegung in die Mutter, sie zog den Kleinen an sich, drückte ihn und lobte ihn für seinen ersten Satz. Sie gab ihm ganz viele Küsschen, was den Kleinen wohlig glucksen ließ. Die Leichtigkeit kam teilweise zurück, breitete sich mit den letzten Sonnenstrahlen des Tages auf drei erschöpften Gesichtern aus.

So begann eine neue Zeit.

Am nächsten Tag fuhr Frida mit den Kindern zu Theos Familie. Es brauchte nicht viele Worte. Als sie so unter der Woche den Hof heraufkamen, wusste Rosine, was geschehen war.

Kraftlos sank sie auf die Knie. Frida und die herangeeilten Töchter hoben sie auf, brachten sie ins Haus und versuchten, sie zu trösten.

Theos Schwestern schauten nun öfter einmal am Sonntagnachmittag nach Frida und den Kindern. Dann richteten sie eine Kaffeetafel, kochten Kakao für die Kleinen und schnitten den mitgebrachten Kuchen auf. Frida durfte jammern, sich beklagen, und die Schwestern hörten zu. Und sie erzählten den Kindern von Theo. Als sie alle noch klein waren. Und von Anton, wie eng er mit Theo war. Wie die beiden zusammen »gschafft hend« auf dem Hof. Denn geschafft wurde viel auf dem Hof der Familie. Damals wie heute.

1944, Erntedank

Rosine

Rosine saß versunken auf ihrem Platz im Pfarrgarten. Nach dem Gottesdienst lud die Kirchengemeinde noch zu einem Fest. Neben ihr hatte Marie Platz genommen, sie hielt ihr jüngstes Kind auf dem Schoß. Warm schien die Sonne auf die Wiese herunter. Eigentlich sollte man an solch farbenfrohen Spätsommertagen glücklich sein. Aber für Rosine waren alle Tage gleich, seit sie auch ihren Theo verloren hatte. Ständig musste sie an ihn denken. Nichts konnte sie ablenken, diese schwere Traurigkeit hatte sie fest im Griff. Als sie den Kopf hob, Maries Hand nahm, um ihr zu sagen, dass sie demnächst nach Hause wolle, fiel ihr Blick auf den Berghofbauern. Pfauenstolz saß er auf seiner Bank, schaute selbstgerecht in die Runde und amüsierte sich offenbar bestens. Bei seinem Anblick kamen die Bilder zurück. Schlagartig schien die Temperatur zu sinken. Wenngleich Rosine gerade noch die warmen Sonnenstrahlen auf ihren Unterarmen gefühlt hatte, bekam sie nun eine Gänsehaut.

Unvermittelt stand sie wieder zitternd im Hof und fühlte den kalten Dezemberwind im Gesicht.

Und sie dachte bei sich, wenn sie ihr goldenes Mutterkreuz noch besitzen würde, dann würde sie es ihm hier und heute um die Ohren hauen. Aber sie besaß es ja schon lange nicht mehr. Er selbst war damals gekommen, um es einzuziehen.

Noch an Erntedank 1939 hatte es ihr der stolze Kerl feierlich übergeben. Sie hatte die Auszeichnung erhalten, weil sie mehr als acht Kinder lebend geboren hatte. Und weil sie damit dem Führer eine große Freude bereite, hieß es.

Schon in diesem Moment hatte sie bei sich gedacht, dass die Regierung wahrscheinlich nur an ihre Söhne heranwollte, sie brauchen konnte, für den Krieg. Sie nahm das Mutterkreuz trotzdem an.

Gerade drei Jahre später kam derselbe Mann und forderte es zurück.

Um ihnen die Nachricht von Antons Tod zu überbringen, hatte man einen der Lakaien geschickt. Aber einige Tage später stand der Berghofbauer selbst im Hof.

An diesem kalten Dezembertag 1942 teilte er ihnen mit, dass Anton nicht ehrenhaft gefallen sei, sondern seine Waffe gegen einen ranghohen Offizier gerichtet und anschließend sich selbst erschossen habe. Das sei äußerst schändlich. Rosine solle das Mutterkreuz zurückgeben.

Und Rosine holte ihr Mutterkreuz samt Urkunde und Schatulle, schmiss es dem Parteifreundchen vor die Füße und holte tief Luft. Er solle es nur mitnehmen, das Mutterkreuz, könne es einer anderen Mutter geben. Sie brauche kein Mutterkreuz, sagte sie zornig, machte kehrt und verschwand im Haus. Mit einem lauten Knall fiel die Tür ins Schloss.

Wütend polterte sie die Treppe hinauf. Aber diese Wut war äußerst heilsam. Sie holte Rosine aus ihrer Erstarrung. Sie konnte nun ihre Arbeit wieder aufnehmen. Die Trauer um Anton ging weiter, sie schleppte sie von früh bis spät mit sich herum, aber die Tage, da sie unnütz im Sessel herumsaß, waren vorbei.

So war das gewesen, im Dezember 1942. Deshalb hatte der Bauer bei Matthias im Hof gestanden.

Und jetzt war noch der Theo gefallen. Sie hielt es nicht mehr aus, konnte nicht mehr im selben Garten hocken wie dieser Mann. Rosine erhob sich, hakte sich bei Marie unter, und gemeinsam gingen sie nach Hause.

Obgleich Rosine niemals an solch warmen Tagen einfach so ein Feuer im Herd entfachte, hielt sie nun ein Streichholz ins Ofenloch. Erst als die Flamme loderte, begann sie, sich zu entspannen, und ihr wurde wieder wärmer. Tief hinein in ihren Bauch sog sie die würzige Luft. Die Küche war erfüllt von einem Duft nach Holzfeuer und Kaffee. Mit Marie und deren jüngstem Kind saß sie lange am Küchentisch. Sie sprachen nicht viel, denn das Kind schlief im Arm der Mutter, und sie wollten es keinesfalls wecken. Rosine hätte ewig so dasitzen können. Die Finger um eine wärmende Tasse Kaffee gelegt und die Geräusche im Hintergrund. Das Knistern im Ofen, die leisen, pfeifenden Atemzüge des Säuglings und das weit entfernte Herumtoben der älteren Kinder.

Wahrscheins däant se wieder Fangerles em Stallgang, dachte Rosine, und ein feines Lächeln trat in ihr Gesicht: Die Kinder spielen Fangen und Verstecken. Wie immer.

Frida

Bereits Mitte Oktober begann es zu stürmen. Es regnete tagelang, und der Wind fegte die Blätter von den Bäumen. Frida tröstete sich damit, dass ihr Mann keinen weiteren Winter in Russland frieren musste. Längst hatte es die ersten Nachtfröste gegeben. War sie in den Gassen unterwegs, um zu ihren Putzstellen zu gelangen, zog sie den Hals ein, um dem kalten Wind zu entkommen. Es war ihr, als legte sich ein graues Tuch über die Stadt, alles sah schmutzig und trüb aus. Die Menschen begannen, ihre Hoffnung zu verlieren, denn der Krieg schien endlos. Auch dieser Winter würde ein Kriegswinter werden.

Zwei Tage vor Weihnachten passierte dann etwas ganz Unglaubliches. Frida stand in der Küche und war gerade dabei, »Gutsle« zu backen. Behutsam knetete sie den Teig, Butter war knapp, aber sie hatte noch genügend Mehl und Eier, nahm etwas Quark, um den Teig zu strecken. Der Kleine saß auf dem Küchenboden, unter sich eine warme Decke. Laut scheppernd schlug Oskar auf die Topfdeckel und hatte einen Riesenspaß dabei.

Plötzlich flog die Küchentür auf. Hanna stürmte herein, einen abgegriffenen Briefumschlag triumphierend in die Höhe haltend. Der Vater sei gar nicht gestorben, rief sie. Er habe einen Brief geschrieben, bestimmt stehe drin, dass er an Weihnachten heimkommen dürfe. Das Kind war ganz außer Atem. Vor Freude.

Frida stand wie erstarrt, den Blick auf den Umschlag gerichtet. Auch sie erkannte sofort Theos zackige Handschrift. Sie schluckte trocken, ihr Herz stach in der Brust, es war kaum auszuhalten. »Mama!«, rief Hanna und holte Frida aus der Erstarrung.

So setzten sie sich an den Tisch und öffneten den Brief. Als sie einen Blick aufs Datum warf, wusste Frida, dass kein Wunder geschehen war, dass nur ein Feldpostbrief verloren gegangen und wiedergefunden worden war. Sie nahm Hannas Hand und brachte ihr so schonend wie möglich bei, dass dieser Brief bereits einige Tage vor dem Tod des Vaters abgeschickt worden und wohl nur irgendwo nicht weitergekommen war, in dem ganzen Durcheinander der letzten Kriegsmonate. Mit zitternden Händen glättete sie nun die Seiten und las laut vor:

9. August 1944
Nachtquartier, Rückzug

Liebe Frida, liebe Kinder,

hoffe, der Brief erreicht Euch recht bald, denn es ist ein einziges Durcheinander mit der Feldpost. Hoffe, es geht

Euch gut, und Ihr könnt den ersten Geburtstag vom kleinen Oskar schön feiern! Wäre gerne bei Euch, fühle mich so weit entfernt von der Heimat, obwohl wir schon so viel näher sind als noch vor einer Woche. Liebste Grüße an Dich, kleiner Oskar, und alles Gute, Glück und Segen zu Deinem allerersten Geburtstagsfest! Die Mama wird Dir sicher einen Kuchen backen. Nicht wahr, liebe Frida? Ich sehe Dich vor mir, wie Du den Teig rührst und in die Form füllst, habe den Duft Deines Kuchens in der Nase. Wie geht es Hanna? Macht sie sich gut in der Schule, lernt sie fleißig? Das hoffe ich sehr!

Mir geht es ordentlich, alle Tage sind halt gleich. Immer marschieren. Hoffe nur, es geht nicht noch einmal in die andere Richtung.

Wenn ich überlege, wie weit unsere Division schon marschiert ist, in den letzten Monaten, unglaublich! Wir haben hier keine Wahl, was uns befohlen wird, müssen wir tun …

Aber lasst uns an die Zeit nach dem Krieg denken, wenn wir alle wieder zusammen sind. Wie geht es der Familie? Bestimmt ist die Sommerwiese schon gemäht. Bald können wir gemeinsam bei der Mutter vorbeischauen, da bin ich ganz sicher.

Morgen geht es sehr früh weiter, will mich jetzt hinlegen und schlafen.

Seid ganz herzlich gegrüßt von Deinem Mann.
Auf Wiedersehen!

Theo

Das Lesen des Briefes hatte Frida arg angestrengt. Am liebsten hätte sie sich jetzt einfach in ihr Bett gelegt. Aber Hanna musste beschäftigt werden. Sie durfte nun die Ausstechformen in den Teig drücken und die »Bredle«, der Kinder liebstes Weihnachtsgebäck, auf das Blech legen.

Spät am Abend wurde Frida klar, dass ihr Mann den Brief drei Tage vor seinem Tod verfasst hatte. Das allerletzte Lebenszeichen von Theo. Es war wie ein Schlussstrich, der unter ihre Geschichte gezogen wurde. Hatte sie längst erkannt, dass sie allein zurechtkommen musste, wurde dies nun zur endgültigen Gewissheit.

Als der Heilige Abend kam, wurde es still und gemütlich in der Stube. Zur Feier des Tages war Frida am Morgen mit ihren Kindern zur Metzgerei gegangen, um Aufschnitt, Würstchen und sogar ein Stück Schweinebraten zu kaufen. Den Braten würde es am ersten Feiertag geben, aber die Würstchen lagen für den Heiligen Abend bereit. Der Kartoffelsalat war schon fertig und wartete in Fridas wertvollster Aussteuerschüssel.

Um fünf Uhr abends machten sie sich in die Kirche auf. Frida trug ihr bestes Kostüm und hatte ihren Feiertagsmantel angezogen, die blaue Handtasche passte perfekt zu ihrem Hütchen. Sie fühlte sich gut.

Auch die Kinder waren hübsch gekleidet. Hanna trug ein Röckchen zum leuchtend roten Wollpullover, und dem kleinen Oskar hatte Frida ein niedliches Jäckchen gestrickt.

Es war ein feierlicher Gottesdienst, und am Ende wurde im Stehen noch »O du fröhliche« gesungen. Oskar schaute die ganze Zeit staunend zum reich geschmückten Christbaum, war fasziniert von den vielen Lichtern und glänzenden Kugeln.

Froh gestimmt machten sich die drei auf den Heimweg durch die winterlichen Gassen. Am Nachmittag hatte es zu schneien begonnen, alles sah sauber und glänzend aus. Zu Hause zündete Frida die Kerzen an ihrem Weihnachtsbäumchen an.

Eine Woche zuvor war sie mit den Kindern in den Wald gewandert. Dort hatten sie eine Minitanne ausgegraben und in eine Decke eingeschlagen nach Hause transportiert. Nach Weihnachten würde sie das Tännchen auf dem Stückle im Wiesental einpflanzen. Aber jetzt strahlte der kleine Baum auf dem Tischchen in der Stube so märchenhaft.

Oskar war außer sich vor Freude, lachte und strampelte. Sie hatte es doch wirklich gut mit ihren zwei Kleinen, hier in der festlichen Stube am reich gedeckten Tisch, empfand Frida zufrieden. Die Würstchen und der Kartoffelsalat dufteten. Wie sich die Kinder über dieses Festmahl freuten, sie konnte sich nicht sattsehen an ihren roten Bäckchen.

Nach dem Abwasch sangen sie noch ein Weihnachtslied, dann durften die Kinder ihre Geschenke aufmachen. Hanna bekam endlich eine Ziehharmonika, und für Oskar hatte Frida ein großes Holzauto gekauft. Die Freude war riesig. Hanna war ein musikalisches Kind, bald spielte sie recht gut »O Tannenbaum«, griff talentiert in die Tasten und fand sofort den richtigen Rhythmus. Oskar spielte mit seinem neuen Auto, ganz in seine eigene Welt versunken. Sie blieben lange auf, bis nach Mitternacht. Am Feiertagsmorgen ließ sich auch Frida Zeit. Nach dem Frühstück würzte sie den Braten und richtete den Spätzlesteig her.

Und am nächsten Tag fuhren sie mit der Eisenbahn zu Theos Familie.

Als Frida mit den Kindern durch die Gasthaustür kam, umfing sie eine warme Wolke. Es roch so gut nach Holzfeuer, Braten und Kerzenwachs, dass ihr beinah schwindelig wurde. Der Raum war angefüllt von leisem Gemurmel. Die Basen und Vettern, also Gesines und Maries Kinder, standen bereits andächtig vorm prächtigen Christbaum. Selbst die recht aufgeweckten Mühlenkinder sprangen einmal nicht wild umher.

Rosine hatte darauf bestanden, dass alle den zweiten Feiertag bei ihr begingen. Und Theos Schwestern waren fleißig gewesen. Die Gaststube strahlte eine Festlichkeit aus, Frida war überwältigt. Matthias hatte eine große Tanne geschlagen. Die Glaskugeln der Mutter glänzten in sattem Rot und leuchtendem Gold, es baumelten Strohsterne und Walnüsse an den Ästen, die Baumspitze zierte der Stern, den die viel zu früh verstorbene Emma einst gebastelt hatte. Luise zündete soeben die letzte Kerze an. So versammelten sich alle um den Baum herum. Hanna und Oskar bekamen vor Aufregung ganz große Augen, und das Mädchen begann vor Freude zu hüpfen.

Nach dem Essen saß die Familie beieinander. Sie unterhielten sich, tätschelten die Kinder und waren alle glücklich, auch wenn der Schmerz um die verlorenen Brüder den ganzen Tag mit in der Stube zu hängen schien. Frida musste alle paar Minuten an Theo denken: Wie schön wäre es, könnte er heute mit dabei sein. Er würde seinen schwarzen Anzug tragen, ein weißes Hemd und die dunkelgrüne Krawatte, die immer so gut zu seinen sanften grünen Augen gepasst hatte. Fesch würde er aussehen. Auch er würde die heimelige Wärme der Stube genießen.

Aber sie konnte sich auch über die Ausgelassenheit der Kinder freuen, Hanna und die Basen zogen den fröhlich glucksenden Oskar in einem Puppenwagen um den Christbaum herum und sangen ein Weihnachtslied. Wie froh die Kinder waren, welch glückliche Stunden.

Eine Schwester fehlte. Marie erzählte, Hedwig habe ihr einen Brief geschrieben. Sie würde nicht kommen, weil sie einen Mann kennengelernt habe, man wolle sich verloben, und deshalb müsse man bei dessen Familie Weihnachten feiern. Außerdem habe sie auch Dienst, denn neuerdings sei sie im Hospital in der Wundversorgung angestellt.

»Jesus Chrischdus!«, ob es der Hedwig in der Brauerei

nicht gepasst habe, rief Matthias. Er war immer noch nicht so gut auf Hedwig zu sprechen, stichelte, sie werde immer wunderlicher. Deshalb protestierten jetzt die Schwestern. Und Rosine. Die Hedwig sei schon vernünftig, sie werde ihren Weg gehen. Da hielt Matthias den Mund. Denn er wollte nicht streiten – und wusste, die Mutter und die Schwestern hatten eigentlich recht.

Viel zu schnell verging die Zeit, aber es war trotzdem schön, mit Gesine, Marie und den Kindern zum Bahnhof zu spazieren. Die Kleinen zappelten durch die verschneiten Feldwege, stoben hintereinander drein und bewarfen sich mit Pulverschnee, man hätte ewig weitermarschieren mögen. Hanna mittendrin. Das wilde Mädchen.

So ein feines »Mädle«, und dennoch robust. Die Hanna sei dem Theo ähnlich, trotzdem, dass sie ein Mädchen sei, lachte Gesine, und schob hinterher, sie mache sich da um ihre Margit schon Sorgen, denn die wäre »halt bloß wild«. Sie hoffe, dass sie sich jetzt endlich in der Schule zusammenreiße und nicht immer nur die Buben ärgere.

Da hatte Frida Glück mit ihrer Hanna: glänzende Locken, grüne, fröhliche Augen wie der Vater. Und sie sah goldig aus in ihren Kleidchen und Mäntelchen. Dennoch ließ sie sich nichts gefallen, wehrte sich, auch gegen die Buben. Sie langte auch mal zu. Richtig so! Auch die Mädchen mussten sich verteidigen können, fand Frida.

Vom Geschrei der Kinder wurde Frida aus ihren Gedanken gerissen, denn die wilde Margit machte ihrem Namen alle Ehre und seifte einen der Mühlenvettern ein. Der ließ sich das natürlich nicht gefallen, und jetzt musste man dann doch eingreifen.

Am Schluss beeilten sie sich, dass sie ihren Zug in die Stadt nicht verpassten, und verabschiedeten sich rasch von den anderen. Während der Fahrt war für Fridas Kinder an Schlaf nicht zu denken, sie waren ganz aufgedreht, schauten in den verschneiten Abendhimmel und wirkten glücklicher denn je.

Am Abend, als Frida allein in ihrer Wohnstube neben dem Christbäumchen saß, ließ sie den Tag noch einmal an sich vorbeiziehen. Die guten Gerüche, nach Bratensoße und Rotwein, nach Kaffee und Stollen, Gutsle, Sahne und Wachskerzen. Die Gesichter der Familie und der Glanz des Weihnachtsbaumes mit flackernden Kerzen. Ein gelungenes Fest.

* * *

Im neuen Jahr nahm Frida eine zusätzliche Putzstelle an, aber an zwei Tagen in der Woche hatte sie frei. So konnte sie alles gut unter einen Hut bekommen: Geld verdienen, den Haushalt und ihr geliebtes Grundstück im Wiesental.

Tag um Tag verstrich. Der Schmerz um Theo wurde nicht kleiner. Aber sie wurde immer stärker, hielt vieles aus. Denn es blieb turbulent: Der Krieg ging in die letzte Runde, und es gab noch etliche Male Bombenalarm. Gemeinsam mit Frau Trapp und allen Kindern saß Frida häufig zitternd im Keller.

Dann war der Krieg vorbei.

Die Besatzer kamen, und einige Tage lang war die Stadt im Ausnahmezustand. Frida konnte ihre Putzstellen nicht immer erreichen.

Sie war äußerst vorsichtig geworden, da man munkelte, die Fremden würden wahllos Frauen schnappen und weiß Gott was mit ihnen anstellen. Frida verließ das Haus nur, um auf dem Stückle einzusäen und um zu ihren Putzstellen zu gelangen.

Zu ihrer aller Glück war Herr Trapp bereits zurückgekehrt. Er war ein außergewöhnlicher Mann, mit einem Furcht einflößenden Äußeren. Riesige Füße, klobige Hände und ein Stiernacken. Sein großes, eckiges Gesicht hatte etwas

Brutales. Dazu maß er beinah zwei Meter und seine Stimme war laut und durchdringend. Von jeher ein Muskelpaket, hatte dieser Mann gleich drei Arbeitsstellen. Tagsüber Bierkutscher und am Abend Kohlebumser, er schaufelte angeblich schneller als alle anderen die Kohle auf die Pritschen. An den Wochenenden arbeitete er noch für einen Wach- und Schließdienst. So hatte er es schon vor dem Krieg zu Mietshäusern gebracht. Noch dazu war Herr Trapp alles andere als ein Feigling. Das sah man ihm aus zehn Meter Entfernung an. Kurzum, zu Hause am Rand der Stadt war Frida mit den Kindern absolut sicher. An Herrn Trapp kam niemand vorbei.

Als Frida eines Abends in der Dämmerung mit dem Fahrrad auf dem Heimweg war, begegneten ihr ein paar wüste Kerle. Sie floh die nächstbeste Gasse hinunter, aber die Kerle setzten ihr nach und waren erstaunlich schnell. Einer packte den Gepäckträger und griff nach ihren Haaren. Frida wehrte sich, aber sie zerrten sie vom Fahrrad und schmissen sie auf den Boden. Schon lag der Erste über ihr, sie starb fast vor Angst.

Da wurde der Bursche von ihr heruntergerissen, sie rappelte sich auf und schnappte sich ihr Rad. Ihr Vermieter, der übellaunige Herr Trapp, mit schwarzem Gesicht vom Kohleschaufeln, hatte den Verbrecher am Schlafittchen, schlug den Mann windelweich und holte immer wieder von Neuem aus. Mit voller Wucht traf seine Faust das Gesicht des anderen, der blutete, schrie und zappelte. Aber gegen die Attacken des riesengroßen schwarzen Mannes konnte er rein gar nichts ausrichten.

Sie solle schauen, dass sie fortkomme, er werde schon fertig mit dem »Kaschper«, rief Herr Trapp. Und Frida trat in die Pedale. Stehend fuhr sie die Gasse hinauf.

Auch wenn sie entkommen war, fühlte sich Frida beschmutzt und besudelt, da konnte sie sich noch so lange mit heißem Wasser die Haut schrubben. Obgleich sie wusste, dass eigentlich gar nichts passiert war. Andere Frauen hatten nicht so viel Glück gehabt, ihnen war keiner zu Hilfe gekommen. Man hörte schreckliche Geschichten. Als sie am nächsten Tag einen Kuchen als Dankeschön bei den Trapps vorbeibrachte, war der riesengroße Vermieter zu Tränen gerührt. Sie solle die nächsten Tage zu Hause bleiben, es sei nicht sicher auf den Straßen. Das versprach Frida, sie wartete geordnete Zeiten ab und war wirklich froh, einen Mann im Haus zu haben.

Aber bald konnte sie wieder Geld verdienen und mit den Kleinen aufs Stückchen radeln. Die Kinder sausten über die Plattenwege, während Frida hackend und erntend in den Beeten werkelte.

1948

Oskar

Er fühlte sich nicht wohl. Die Leute glotzten ihn belustigt an, er kam sich so blöd vor in dieser Montur. Außerdem fror Oskar in seiner dünnen Fransenjacke. Dass Hanna immer so stur war, immer musste er machen, was seiner älteren Schwester so ins Gehirn kam. Das regte ihn gehörig auf. Die Mama war schon sehr früh aufgebrochen. Heute musste sie noch zusätzlich den Schnee wegschippen bei der Frau Professor. Und so hatte die ältere Schwester genügend Zeit, Hans ins Haus zu lassen. Gemeinsam taten sie dann alles, Oskar ihren Willen aufzuzwingen. Mehrmals hatte er beiden gesagt, dass die Schwestern im Kindergarten ausdrücklich verboten hatten, verkleidet zu kommen, auch wenn gerade »Fasnet« war. Aber nein, die große Schwester und ihr Kumpel Hans wussten mal wieder alles besser:

Oskar werde schon sehen, wenn er als Häuptling der Apachen gehe, fänden das alle lustig.

»Dene zeiga mir mol, was Fasnet isch!«

Von wegen, alle fänden es lustig! Kinderschwestern wussten, was Fasnacht war. Das brauchte man denen nicht erst zu zeigen.

Aber Oskar hatte sich ergeben. War nun auf dem Weg durch die Siedlung. Ließ sich angaffen, schaute die ganze Zeit auf den Boden und fühlte sich blamiert. Zu Hause hatte Hanna sein Gesicht mit Streifen bemalt, »Kriegsbemalung!« Das müsse sein, Oskar sei schließlich ein Häuptling. Danach hatte sie den tollen Federschmuck des besten Freundes auf Oskars Haar gesetzt und ihn in die dünne Fransenjacke gesteckt.

Er schlotterte schon am ganzen Körper, obwohl sie noch gar nicht weit gekommen waren. Bockig ließ er sich von seiner großen Schwester und ihrem eigentlich sonst wirklich netten Kumpel beinahe in den Kindergarten ziehen.

Es war ja nicht so, dass Oskar nicht gerne der Häuptling der Apachen war. Nein. Hätten sie ihm in Aussicht gestellt, in dieser Ausrüstung mit ihnen durchs Dickicht zu pirschen, er hätte sich »gottsallmächtig« gefreut. Er wäre zu jeder Zeit und ohne Gemecker mit dabei gewesen. Aber doch nicht in dieser Aufmachung in das »Kenderschiale«. Denn in seinem Kindergarten waren solche Verkleidungsspiele nicht erlaubt. Niemals. Das hatten die Schwestern mehrmals gepredigt.

Sie brauchten lange, die Zeit wurde knapp, und es war Hans, der ihn hineinschob, durchs Gartentürchen, damit er selbst mit Hanna schnell weiterrennen konnte. Zur Schule.

Kurz war Oskar stehen geblieben, unsicher, ob er überhaupt reingehen sollte zu den strengen Weibern. Aber dann stellte er sich einfach vor, er sei wirklich der Häuptling der Apachen, und reckte sein Kinn. So marschierte er durch den Eingang. Die Sommersprossen übermalt, die halbe Federsammlung des besten Schwesterfreundes auf dem Kopf und die kleinen Hände zu Fäusten geballt.

Kaum hatten ihn die Aufpasserinnen erblickt, brach der Sturm los. Zu zweit packten sie den schmächtigen Häuptling und stellten ihn auf einen Stuhl. Dann wurden alle Kinder herbeigerufen und mussten sich im Kreis um ihn herumstellen. Da dachte Oskar noch bei sich, es würde vielleicht gar nicht so schlimm werden. Vielleicht müsste er nur zur Strafe ein Weilchen auf dem Stuhl stehen und danach dann noch in der Ecke. Das kannte er längst, sie hatten es ihm schon öfter einmal befohlen. Jeder kam mal in die Ecke.

Beispielsweise, wenn man einem anderen Kind ein Spielzeug aus der Hand riss, was man auf gar keinen Fall tun sollte. Er war auch schon einmal in die Ecke gekommen, weil er zur Schwester nicht Danke sagen wollte, als sie ihm einen runzligen Apfel in die Hand gedrückt hatte.

Der besagte Apfel war eigentlich schon gar kein Apfel mehr gewesen. Als er ihn genommen hatte, stieß ihm ein saumäßig fauliger Geruch in die kleine Nase, es war kaum auszuhalten. Unter der zerfurchten Haut dieses Apfels schien es bereits zu gären, er fühlte es noch heute an seinen Fingerkuppen. Von außen einfach ein verhutzeltes Äpfelchen, aber unter der ledrigen, faltigen Haut derart weich und matschig, und dann der schreckliche Geruch, süß und mostig zugleich. Es hatte alles gebraucht, um nicht zu würgen. Er musste die Augen schließen, um den Duft heraufzubeschwören, den die Äpfel seiner Oma für gewöhnlich verströmten. Die Äpfel, die ihm die Oma gab, dufteten nämlich nach Sommerwiese und Sonnenschein. Sie schmeckten saftig, süß und leicht säuerlich zugleich. Die Äpfel von Oma Rosine waren jedes Mal ein köstliches Geschenk.

Daran musste er krampfhaft denken an diesem furchtbaren Morgen, als ihm die falsch-freundliche Schwester den unsäglichen Schrumpelklumpen gab. Damit der Würgereiz den Hals wieder hinunterrutschte, damit er nicht spucken musste mit dem stinkenden Ding in seiner Hand.

Hans hatte die Schwester dann noch eine faule Apfeltante genannt. Deshalb sah Oskar immer faule Äpfel um ihren Kopf herumschweben, wenn er sie erblickte, und ein faulig-gäriger Geruch schien stets mit ihr gemeinsam in die Zimmer zu wehen. Deshalb fand er vor allem diese Schwester überhaupt nicht nett. Wenngleich er seit Hans' Namensfindung sogar immer ein feines Lächeln fühlte, das sich in seinem Gesicht ausbreiten wollte.

Auch jetzt.

Tatsächlich war es ausgerechnet die faule Apfeltante, die ihn endgültig auf den Stuhl gestellt hatte. Mit einem Mal wusste Oskar: Es würde schlimm werden.

Und es wurde sogar richtig schlimm. Denn die Schwestern kannten sich bestens aus mit psychologischer Kriegsführung. Von wegen in der Ecke stehen. So leicht kam Oskar an diesem Tag nicht davon.

Als sich endlich alle um den aufgestuhlten Oskar herum platziert hatten, befahlen die Schwestern den Kindern, den Häuptling ganz laut auszulachen. Das ließen die sich nicht zweimal sagen. Wie auf Kommando lachten und kreischten sie alle, ihre Stimmen überschlugen sich geradezu und sie zeigten gehässig mit dem Finger auf Oskar.

Oskar vergaß, zu atmen, schwankte auf dem Stuhl. Eine der Schwestern sah ihn besorgt an, öffnete mit einem Ruck das Fenster und ließ kalte Luft hereinwehen.

Da sah er seinen Ausweg. Er sprang vom Stuhl herunter und hinauf auf den Sims.

Wer an diesem Morgen im »Schulsträßle« unterwegs war, konnte beobachten, wie ein kleiner Kerl mit flatterndem Federschmuck buchstäblich aus dem Fenster flog, hart auf dem Boden landete, um sogleich noch einmal Anlauf zu nehmen und über den Gartenzaun in die Freiheit zu springen.

Am Mittag dann Diskussionen mit der älteren Schwester.

Hanna hatte Oskar vorm Haus gefunden. Er sah elend aus. Die Kriegsbemalung tränenverschmiert, das ganze Kind ein einziger Vorwurf. Sofort meldete sich ihr schlechtes Gewissen. Sie verstand den Bruder durchaus, wusste aber auch, die Mutter durfte nicht aufgeregt werden. Schließlich hatte sie am vorigen Abend ein Verkleidungsverbot ausgesprochen. Würde sie erfahren, dass Hanna mal wieder ihren Kopf durchgesetzt und der kleine Bruder sich dadurch auch noch eine Menge Ärger eingehandelt hatte, täte ihr das gar nicht gut. Das war beiden klar. Deshalb wurde eine Vertuschungsstrategie ausbaldowert. Das ging erstaunlich lange glatt. Hanna marschierte morgens mit Oskar im Schlepp die Straße hinunter. Sie bog mit ihm um die Ecke, und an der nächsten Kreuzung trennten sie sich. Ein bisschen mulmig war Hanna schon dabei, wusste sie ja nicht, was der kleine Bruder den ganzen Morgen so treiben würde, aber man musste die Mutter einfach schützen.

So begann für Oskar die große Freiheit. Jeden Morgen konnte er tun und lassen, was er wollte, es war herrlich. Er sprang durch die Gassen, es gab ja immer was zu sehen und zu entdecken. In der Vertriebenensiedlung waren stets Kinder unterwegs, mit denen konnte er spielen. War es einmal sehr kalt, durfte er auch mit seinen Kameraden nach Hause gehen und dort weiterspielen. Ihre Mütter waren freundlich zu ihm. Manchmal bei schönem Wetter wollte Oskar aber auch alleine sein und schnürte den Hang hinauf. Dort schlich er dann durchs Unterholz und spielte, er wäre ein Förster. Die Kinderschwestern schienen ihn nicht zu vermissen, und die guten Bekannten der Mama mied er, denn die hätten ihm vielleicht ja dumme Fragen gestellt. Nur in die Gärtnerei Staudinger ging er doch ab und zu. Sein Freund Heiner war immer in den Gewächshäusern zugange, und dort hielt sich auch Oskar sehr gerne auf. Gerade die Besuche bei Staudingers waren es, die ihn letztendlich verrieten.

Frida durfte hin und wieder übrig gebliebenes Gemüse, das für den Verkauf nicht mehr taugte, mit nach Hause nehmen. Bei der Gelegenheit unterhielt sie sich dann eine Weile mit Heiners Vater. Dieser fragte eher nebenbei, ob ihr Jüngster denn nicht mehr in den Kindergarten gehe. Da war die Sache dann gelaufen.

Frida fackelte nicht lange und nahm ihren kleinen Sohn zur Seite. Oskar solle ihr mal erklären, weshalb er morgens öfter in der Gärtnerei unterwegs sei und nicht im

Kindergarten. Oskar erschrak, aber Frida wollte jetzt die ganze Tragödie brühwarm erzählt bekommen.

Da hatten sie den Salat! Wohin mit dem Buben, wenn sie zur Putzstelle musste? Frida war ratlos, aber auch sie wollte ihren Jüngsten nicht mehr in die Obhut dieser Frauen geben. Es musste eine andere Lösung her.

Als die Fasnachtsspezialistin aus der Schule nach Hause kam, musste sie sich erst einmal arge Vorwürfe anhören. Hanna schlug ihrer Mutter vor, diese solle ihre Arbeitszeit wieder auf den Nachmittag legen, dann könne sie, Hanna, auf den Bruder aufpassen.

Und so kam es auch. Morgens war Frida mit dem kleinen Oskar zu Hause, machte ihren eigenen Haushalt, radelte mit ihm aufs »Stückle« oder erledigte die Einkäufe gemeinsam mit ihrem Jüngsten. Am Nachmittag musste sich dann Hanna um den Bruder kümmern, konnte sich halt nicht immer mit den Kameraden treffen, weil man so einen Knirps nicht überallhin mitschleppen konnte. Aber sehr oft war Oskar mit dabei, wenn die Schwester mit Hans und seinen wilden Gefährten auf Tour ging. Dem Kleinen gefiel das. Von nun an wurde sein Leben regelrecht abenteuerlich und aufregend. Klar, oft genug hatte er Mühe, den älteren Kindern hinterherzukommen, seine Beinchen waren dünn und kurz, seine Ausdauer noch nicht so groß. Aber obwohl alle sechs bis sieben Jahre älter waren, ließ er sich kein einziges Mal abhängen. Oskar verlor niemals den Anschluss.

An einem warmen Nachmittag im Juni spielten sie Eroberer der Welt. Mühselig waren sie den steilen Hang hinter der Siedlung hochgekrabbelt und oben durch den Birkenwald gesaust. Es gab dort einen Turm, und der wurde nun bestiegen, um die gute Aussicht über die Stadt zu bestaunen. Hanna und ihre Kumpane hatten Steine mit hinaufgetragen und ließen diese von oben hinunterfallen. Im Unterholz hatte einer der Jungs einen Schirm gefunden, den spannte er jetzt auf und kam auf eine tolle Idee. Man könne den schmächtigen Oskar an den Schirm binden, so könne dieser einen wunderschönen Gleitflug vom Turm hinunter genießen. Hanna und Hans waren arg dagegen, schließlich wisse man nicht, ob der Kleine vielleicht doch zu schwer sei.

Nach langem Hin und Her wurde der Bub samt Schirm auf die Brüstung gestellt. Hanna wurde schlecht. Da hörten sie gellende Schreie von unten aus dem Wald. Eine Spaziergängerin hatte die Bande entdeckt. Ihr war klar, was gleich passieren würde. Sie schrie und tobte. Da wurden die Buben unsicher und holten Oskar von der Brüstung herunter. Zitternd fiel er seiner großen Schwester um den Hals, diese hielt ihn ganz fest. Aber der ärgste Verfechter des Gleitflugprojekts wollte es allen beweisen, nahm einen großen Stein und band diesen an den Schirm. Jetzt würden gleich alle sehen, wie gut so ein Gleitflug funktioniere, rief er noch siegessicher, und ließ den Schirm los. Der Schirm klappte sofort nach oben zusammen und sauste raketenmäßig in die Tiefe, dumpf hörten sie den Stein am Boden aufschlagen. Das reichte Hanna jetzt. Man könne machen, was man wolle, rief sie, »mir Englers kommat nemme mit auf den blöda Turm mit nauf«. Um ein Haar hätte sie nämlich keinen kleinen Bruder mehr gehabt. Sie nahm Oskar bei der Hand und sie stapften die Treppe hinunter. Oskar fragte die Schwester ängstlich, ob er auch sicher weiterhin mitspielen dürfe. Denn nach diesem Vorfall hätte es ja sein können, die Schwester nähme ihn nicht mehr mit. Aber Hanna sagte, dass man ja nicht immer nur daheimbleiben könne, das wäre ja todlangweilig! Man dürfe nur der Mutter nichts erzählen. Und Oskar hielt dicht. Es war schön, mit seiner großen Schwester unterwegs zu sein, mit ihr zusammen konnte ihm gar nichts passieren, da war er sicher. Und wie Hanna gesagt hatte: »Mir Englers«, sein kleines Herz hatte einen regelrechten Hüpfer gemacht, so stolz war er gewesen.

So zogen die beiden am Nachmittag immer wieder zusammen mit Hannas Freunden los, um Neues zu entdecken und die Wiesen und Wälder unsicher zu machen.

Ein paar Monate später entschied Frida, man könne den Kleinen auch alleine zu Hause lassen, für ein paar Stunden am Morgen. Es gab in der Nachbarschaft einige nette Frauen, die immer ums Haus waren. Allen voran Frau Haller, die ebenfalls im Trapp-Haus wohnte, sie hatte Frida versichert, ein Auge auf den Buben zu haben.

Oskar bekam am Morgen einige Aufträge, die er für die Mutter zu erledigen hatte. Mit dem Leiterwagen zog er los, zum Bäcker oder zur Metzgerei. Danach hatte er dann frei. Das war großartig. Häufig hüpfte er schnurstracks in die nahe Gärtnerei.

Tauchte er ein in die Gewächshauswelt, wurde ihm stets ganz heimelig zumute. Es war einfach wundervoll, wie gut es in einem Gewächshaus roch, fand Oskar. Die feuchte Erde verströmte einen würzigen Duft, der wie Wasser durch seine Nase bis hinunter in den Bauch floss. Nirgends sonst konnte Oskar so ruhig und tief einatmen, nirgends sonst wurde er so froh. Die kalte Welt blieb einfach draußen vor der Eisentür zurück. So stand er meist eine Weile am Eingang und schloss die Augen, spitzte die Ohren, um zu orten, wo sein Freund Heiner an diesem Tag zu finden war. Vernahm er dessen Stimme, machte er sich auf, ihn zu suchen, hüpfte über die Plattenwege, flog geradezu durch die schwerwarme Treibhausluft. Jedes Glashaus hatte seinen eigenen Geruch. Je nachdem, was dort aus dem Boden spross. Ganz beseelt sprang er seinem Freund und dessen Großvater entgegen. Gerne halfen die beiden dem Großvater beim Pikieren der Jungpflänzchen. Der alte Staudinger war ein ruhiger Mann, der immer eine Aufgabe für die zwei Buben fand. So überreichte er jedem ein Pikierhölzchen und zeigte ihnen, wie sie vorsichtig die jungen Austriebe aus der Blumenerde lösen mussten. Anschließend bekam jedes Pflänzchen einen neuen Platz im Triebkasten. Mit Gießkännchen bespritzten sie hernach sorgfältig alle Jungpflanzen und beobachteten genau, wie diese sich nach dem Wasserguss langsam wieder aufrichteten und in ihrem neuen Töpfchen strammstanden. Am großen Holztisch auf Schemeln stehend, waren die beiden Freunde fleißig und konzentriert bei der Arbeit und wurden von Tag zu Tag routinierter im Umgang mit den Sämlingen. War ein Arbeitsschritt abgeschlossen, wurde der Großvater herbeigerufen, und dieser kontrollierte die Ergebnisse äußerst penibel. So manche Pflanze musste dann noch einmal neu getopft oder der ein oder andere Salatsetzling noch besser festgedrückt und bei frischer Aussaat öfter einmal nachgegossen werden. Man müsse seine Arbeit immer sorgfältig erledigen, es dürfe kein Fehler passieren, die Leute wollten schließlich nur die beste Ware, belehrte der Großvater die Buben. Auf dem Markt könne man nur die Elite unter den Pflanzen an den Mann bringen. Also sollten die Buben sauber arbeiten.

Bei so viel Geschäft verging die Zeit wie im Fluge, und wenn Heiner mit dem Großvater zum Mittagessen gerufen wurde, war auch schon Fridas »Oskar, Mittagessa!« zu hören. Fröhlich verabschiedete sich Oskar von Heiner und dem Großvater und rannte glücklich nach Hause.

1976

Sissi

Die Oma steht auch sonntags früh auf. Sie wartet dann, bis die anderen ebenfalls aus den Betten krabbeln. Wenn die Familie ins Esszimmer kommt, ist der Tisch für das Sonntagsfrühstück schon gedeckt, und die Oma ist sichtlich froh, dass man endlich anfangen kann.

Wenn die Eltern am Sonntagnachmittag eine Wanderung machen, darf Sissis Schwester Katharina mit. Sissi nicht. Sie sagen, dass sie bei der Oma bleiben soll, weil ihre kleinen Füße noch nicht so weit gehen können. Das findet sie traurig, sie steht auf dem Stuhl im Esszimmer und schaut den anderen durchs Fenster nach, bis sie nicht mehr zu sehen sind. Es ist dann immer dasselbe. Oma Frida kommt mit zwei glänzenden Äpfeln aus der Küche.

Auch heute essen sie Äpfel. Sie sprechen gar nicht, beißen rein in das saftige Apfelfleisch und kauen gemütlich, essen auch den Butzen. Sie legen die Kernchen behutsam nach draußen, sitzen bewegungslos auf ihrem Stuhl, das Kinn auf dem Fenstersims, die Backen aneinandergeschmiegt. Da kommen sie auch schon. Blaumeise, Rotkehlchen, Grünfink. Sie lassen sich auf dem Sims nieder und picken sorgfältig die Apfelkernchen auf, bleiben noch einen Moment sitzen, bis sie wieder davonflattern.

Die Oma denkt dabei immer an den Großvater. Sie hat dann ganz wässrige Augen, das bemerkt Sissi jedes Mal, heute ist es nicht anders. Bevor die Oma noch trauriger guckt, macht Sissi den Vorschlag, ihre Schlagerplatte aufzulegen. Die Oma ist einverstanden.

Man ist jetzt erst mal alleine, kann ja machen, was man will.

Vor ein paar Wochen hat Sissi von der anderen Oma eine neue Schlagerplatte mitgebracht, es ist ein tolles Lied von Peter Maffay drauf. Aber das hören sie immer ganz am Schluss, zuerst kommt Dancing Queen. Ihr Lieblingslied. Die Mama sagt, das heißt Tanzkönigin und sie sind ja die Tanzköniginnen, die Oma und Sissi, es weiß bloß sonst keiner. Es ist ihr Geheimnis.

»You are de Dänsing Quien! Yang an swiet, only säventien«. Sissi brüllt durchs Wohnzimmer und dreht sich um sich selbst. Die Oma hält sie an der Hand und wiegt ihren kleinen rundlichen Körper hin und her. Ein bisschen tanzt sie mit, auch sie hat Spaß an der ganzen Sache.

Sissi zappelt und hüpft, wirft die Arme in die Luft und kaspert wild um die Oma herum. Sie sind die Tanzköniginnen. Sie sind ABBA!

»Ich war sechzehn und sie einunddreißig« … Langsam lassen sie das Lied von Peter Maffay auslaufen, mittlerweile trägt Sissi nur noch Unterhemd und -hose, so sehr muss sie schwitzen. Es ist das letzte Lied der neuen Schlagerplatte, und Peter Maffay singt so wunderschön. Am Ende plumpsen sie aufs Sofa, und die Oma wickelt Sissi in ihren Kuschelteppich.

Erschöpft lässt die kleine Tanzkönigin den Kopf sinken und wird ganz schläfrig. Die Oma sagt sanft, Sissi habe arg herumgetobt und müsse jetzt die Äuglein für ein Weilchen zumachen, um auszuruhen.

Später richten sie den Tisch für das Nachtessen. Die Familie kommt durch die Tür. Sie haben ganz rote Nasen von der kalten Luft und sind immer noch ins Gespräch vertieft. Die Oma und Sissi werden gar nicht beachtet. Die beiden sind ja sowieso immer da, das wissen alle. Wir sind wie das Sofa und der Esstisch. Gehören hier herein und gehen niemals weg. Wir sind die, die immer da sind. Wir sind die, die immer warten, bis alle wieder heimkommen, denkt Sissi und schaut der Oma in die Augen, und die schaut zurück, ganz tief hinein in ihre Augen. Sie sehen genau, was die andere gerade denkt, das können sie ausgesprochen gut. Da braucht es keine Worte.

1948

An einem Spätsommertag geschah, wovor Frida sich häufig fürchtete. Eines ihrer Kinder verschwand. Spurlos. Oskar.

Als Frida am Mittag dieses denkwürdigen Tages ihr »Oskar! Mittagessa!« zum Fenster hinausrief, war sie noch guter Dinge. Oskar kam nicht, das hatte es bereits öfter gegeben, sie sorgte sich kein bisschen. Schon etwas säuerlich nahm sie das Mittagessen mit Hanna zusammen ein. Diese wurde dann losgeschickt, sie solle erst einmal in der Gärtnerei nach dem Bruder schauen. Hanna kam zurück und berichtete, dass Oskar nicht dort sein könne. Sein Freund Heiner sei am Morgen mit dem Vater nach Freiburg hinabgefahren. Also begann das Warten und am Nachmittag die Suche. Sie klapperten die Straßen ab. Vielleicht hatte der umtriebige Oskar die Zeit vergessen und spielte mit einem Freund. Je näher der Abend kam, umso besorgter wurde Frida, und auch Hanna bekam ein ganz mulmiges Gefühl. Noch einmal hatten sie in der Gärtnerei vorbeigeschaut und genauer nachgefragt, ob Oskar am Morgen in den Gewächshäusern unterwegs gewesen war. Aber man hatte den kleinen Engler an diesem Tag gar nicht gesehen und sowieso seien alle schon am frühen Morgen aufgebrochen.

Hanna äußerte den Verdacht, der kleine Bruder sei mitgefahren. Aber Frida meinte, nie und nimmer hätte der Herr Staudinger ihren Jüngsten einfach so mitgenommen, wisse er doch, wie sehr sie sich sorgen würden.

Also fragten sie einige Leute, ob sie helfen könnten, den Abtrünnigen zu suchen. Ein Suchtrupp wurde zusammengestellt. Zügig machten sich alle auf. Es ging hinauf in den Wald bis zur Hochebene, durch die Wiesen, immer nach dem kleinen Oskar rufend. Hanna und Hans hatten die Kameraden zusammengetrommelt, und nun marschierte die Gruppe in Richtung Nachbarort davon. Kleine Brüder kamen schließlich weit, wenn sie sich vergaßen und verträumt durch die Gegend strolchten. Ohnehin war seit dem Mittag viel Zeit vergangen.

Aber Hanna kehrte ohne Oskar nach Hause zurück und fand die Mutter weinend am Küchentisch sitzend. Die Suche war abgebrochen worden. Man hatte den kleinen Oskar nirgends gefunden. Am nächsten Morgen wollten sie weitermachen.

So saß Frida mit Hanna traurig beisammen. Wusste weder ein noch aus und war schon am Verzweifeln, als sie das Schnappen der Wohnungstür hörte. Sie sprang hinaus in den Flur. Oskar stand mit ängstlichem Gesicht vor dem Schuhschrank. Zitterte. Aber da schlang Frida ihre Arme um den Buben und zog ihn an sich.

Dann kam das Verhör. Abwechselnd wurde Oskar von Frida und Hanna befragt. Wo war er denn gewesen? Sie erfuhren, dass er tatsächlich mit nach Freiburg gefahren war. Was hatte er sich dabei gedacht? Warum hatte er nicht Bescheid gegeben? Warum hatten die Staudingers ihn einfach so mitgenommen?

Oskar sagte erst einmal gar nichts mehr. Saß schluchzend auf dem Stuhl. Dann gab er ohne Umschweife zu, Heiners Vater angelogen zu haben. Der habe wohl gefragt, ob Frida Bescheid wisse. Und ob sie erlaube, dass Oskar mit nach Freiburg komme. Heiners Vater traf ja keine Schuld. Er selbst sei schuldig. Aber er habe halt unbedingt auch einmal nach Freiburg gewollt. Mit dem Freund.

Dann hörten sich Frida und Hanna den Ausflugsbericht an. Von Anfang bis Schluss. Oskar erzählte alles ganz genau, begann beim Besteigen des Gärtnereilastwagens, beschrieb eindrucksvoll die holprige Fahrt über Schotterpisten des Südschwarzwalds und ließ auch das erbrochene Frühstück nicht aus. Denn es habe arg geruckelt hinten auf der Pritsche. Er erzählte von den Ständen rund ums Münster, dem geschäftigen Treiben in den Gassen Freiburgs am Markttag und von dem goldenen Sonnenschein, der sie den ganzen Tag begleitet hatte. So farbenfroh und lebendig beschrieb der jüngste Spross der Familie seinen Ausflug in die große Stadt, dass alle die Zeit komplett vergaßen.

Als die Kinder endlich in den Betten lagen, konnte Frida nicht anders, als immer wieder die Bilder der letzten Stunden vor ihrem inneren Auge vorbeiziehen zu lassen. Wie der kleine Oskar dagesessen hatte, ganz aufgeregt, mit glänzenden Augen und wild gestikulierend. Dieses dürre Kerlchen hockte zart und zerbrechlich auf dem großen Stuhl und ließ die Beine baumeln. Als er den Münsterturm beschrieb, reckte er die Ärmchen in die Luft, um das Ausmaß des Turmes zu zeigen. Während er die Rückfahrt schilderte, wurde er immer kleiner, krümmte seine ohnehin zierliche Gestalt und wirkte so bedauernswert. Sagte, er habe sich Sorgen gemacht, weil es schon dunkel wurde. Sagte, er habe erbärmlich gefroren hinten auf der Pritsche des Lastwagens. Sagte, es sei ihm furchtbar reingefahren, als der Wagen hielt und sie einen Umweg machen mussten. Weil er bereits sicher wusste, dass sich Frida und Hanna große Sorgen machten. Und sagte, er wisse, dass er nicht so hätte lügen dürfen.

Da konnte Frida nicht anders, als ihren Jüngsten einfach noch einmal in die Arme zu nehmen, ihn fest an sich zu drücken und zu sagen, wie froh sie war, dass er wieder da sei, wo doch vor Jahren ein anderer nicht zurückgekehrt war.

Hatten sie sonst immer auf eine angemessene Strafe bestanden, wenn Oskar etwas ausgefressen hatte, beschlossen Frida und Hanna diesmal, beide Augen zuzudrücken.

Außerdem war es gar nicht so einfach, den Jüngsten zu bestrafen. Schlagen konnten und wollten sie ihn nicht. Hausarrest hielt man höchstens einen Tag aus. Denn kam der Bub nicht an die frische Luft, zappelte und kasperte er derart geräuschvoll durch die Wohnung, dass es einem nach kurzer Zeit schrecklich auf die Nerven ging. Und Herr Trapp mit dem Besenstiel von unten gegen die Decke klopfte.

Letztens waren sie auf die Idee gekommen, Oskar in die Besenkammer zu sperren. Aber nach minutenlangem Rufen und Klopfen hörte man von einem Moment auf den anderen rein gar nichts mehr. Sie wurden unruhig und öffneten die Tür. Gott sei Dank! Denn Oskar war schon ganz blau angelaufen. Vor Angst hatte er die Luft angehalten. Das war eine Aufregung gewesen. Seither fiel auch die Besenkammer weg.

Das Beste wäre ja, man müsste die Kinder gar nicht bestrafen, fand Frida. Aber hin und wieder kam man einfach nicht drum herum.

* * *

Wochen später erwachte der kleine Oskar und fand, dass es im Zimmer außergewöhnlich hell war. Als er aus dem Fenster schaute, sah er die großen weißen Flocken herunterschweben. Alles war bereits dick eingeschneit. Die Mauer vor dem Haus, der Gehweg, die Straße und die Gewächshausdächer. Schnell trippelte er in die Küche, wo Frida bereits den Frühstückstisch gedeckt hatte. Ob er nachher raus dürfe in den Schnee? Es habe ja geschneit, brüllte er in die Sonntagmorgenstille hinein. Frida fand, man solle jetzt erst einmal gut frühstücken und danach könne Oskar hinaus in den Schnee. Hanna kam hereingewirbelt, unterbreitete der Mutter, dass sie später mit Hans und den Kameraden Schlitten fahren wolle. Da komme er aber mit, man habe schließlich nur einen Schlitten, rief der Knirps entschieden. Hanna verdrehte die Augen, denn eigentlich wollte sie auch mal was mit den Kameraden unternehmen, ohne den kleinen Zappelzwerg hinter sich herzuziehen. Und heute war Sonntag, da könne Oskar eben bei der Mutter bleiben. Frida schlug vor, zum Grundstück zu wandern. Vielleicht gebe es noch Rosenkohl zu ernten. Und Hanna versprach, dass Oskar am nächsten Tag mitdürfe zum Schlittenhang.

Am Abend saßen sie alle drei wieder am Küchentisch, aßen belegte Brote, tranken süßen Tee und hatten sich viel zu erzählen. Hanna gab die rasanten Schussfahrten zum Besten, die sie mit den Kameraden am Nachmittag den Hang hinunter unternommen hatte. Kein einziges Mal sei sie vom Schlitten gefallen, und der Schlitten laufe einfach prima.

Frida beobachtete glücklich ihre Kinder, wie sie dasaßen, kichernd und erzählend. Später spielte Hanna ein Abendlied auf ihrer Ziehharmonika, »uff dr Quetschkommod«, und Frida las Oskar noch eine Geschichte vor. So durchwanderten sie wie jeden Abend ihr Gutenachtprogramm, wurden ruhig und ausgeglichen. Der Tag rollte langsam aus, hinein in die Nacht.

Am nächsten Tag nahm Hanna den kleinen Bruder mit zum Schlittenhang. Wie abgemacht.

»Hanna! Ich will heut au amol alloi den Buggel nonderfahra!« Er sei ein guter Schlittenfahrer, und sie habe ihm das versprochen, zischte Oskar seiner großen Schwester hinterher, die sich gerade wieder abgestoßen hatte und den Hang hinunterflitzte. Oskar war schlecht gelaunt. Sie waren den Buckel jetzt schon so oft hochgeschnauft, aber er durfte nur jedes zweite Mal mitfahren. Das ärgerte ihn ganz gehörig. Er sah überhaupt nicht ein, hier oben herumstehen zu müssen, während die anderen, allen voran die ältere Schwester, ihren Spaß hatten. Man sorge sich um seinen Kopf und seine Beinchen, alles könne passieren, wenn so kleine

Knirpse den Berg hinunterschossen, erklärten sie ihm. Aber er würde sich schon noch durchsetzen. Mit Erpressung kam man bei seiner Schwester immer weiter, das wusste Oskar.

Die Mutter würde nicht erfreut sein, wenn sie erführe, dass Hanna ohne die dicke Jacke unterwegs sei, raunte er der Schwester zu, als diese eben wieder bei ihm ankam.

Hanna blaffte den Kleinen an, er solle ja sein Mundwerk, »seine Schlabbergosch«, halten. Aber da wurde Oskar erst recht bockig und zog sein Ass aus dem Ärmel: Was Hanna mache, wenn er der Mutter das mit der Lampe im Esszimmer erzähle, fragte er scheinheilig. »Wa dätsch no macha?«

Unglaublich! Der kleine »Saukerle« schreckte auch vor gar nichts zurück. Fand Hanna.

Ein paar Wochen zuvor hatten die beiden aus Schlechtwettergründen in der Wohnung bleiben müssen. Etwa eine Stunde hatte es gedauert, da war es ihnen langweilig geworden. Es war Hannas Vorschlag gewesen, einmal zu versuchen, wie lange der jeweils andere es schaffe, den Boden nicht zu berühren. Immer kühner wurden die Sprünge von Stuhl zu Stuhl, von Tisch auf Stuhl, auf Anrichte und wieder zurück. Vor allem Hanna wurde zunehmend waghalsiger. Und dabei auch unvorsichtiger. Als sie den Tisch überspringen wollte, blieb sie mit dem Kopf an der Lampe hängen. Krachend schlug diese auf der Tischplatte auf und zerbrach, dem Himmel sei Dank, in nur drei große Stücke.

Da war dann der Spaß vorbei.

Hektisch holte die große Schwester den Alleskleber, ihren »Spezialbepp«. Gemeinsam fügten sie die Lampe vorsichtig wieder zusammen. Die beiden mussten sich sehr anstrengen, aber mit viel Geduld und geschwisterlichem Zusammenhalt schafften sie es, die Leuchte wieder aufzuhängen. Man sah tatsächlich keinen Kratzer. Selbst Frida hatte nichts bemerkt. Bis zum heutigen Tag. Und das sollte auch so bleiben. Bisher hatte Oskar den Mund gehalten, denn Hanna hatte ihm an jenem verhängnisvollen Nachmittag einen großen Teil ihrer Federnsammlung überlassen.

Nachdem sie den kleinen Bruder noch einmal an diese Schenkung erinnert hatte, setzte sie ihn auf den Schlitten und schob ihn extra heftig an.

Wie ein Pfeil schoss der nervige Bruder über die Hangkante, und es begann die rasende Fahrt.

Für Oskar wurde diese Schusspartie zum Verhängnis.

Erschrocken musste er feststellen, dass er keineswegs der gute Schlittenfahrer war, der zu sein er angeberisch behauptet hatte. Schon bereute er seine Großspurigkeit. In hohem Tempo raste er den Berg hinunter und konnte mit seinen verzweifelten Bremsversuchen die Fahrt kaum verlangsamen. Hinter ihm die Rufe der Schwester und von deren Freund: Er solle doch bremsen, seine Füße in den Schnee drücken, brüllten sie im Chor. Aber der Schlitten wurde immer schneller, und zu Oskars Entsetzen nahm er Kurs auf den einzigen Baum, der überhaupt auf diesem Hang wuchs. Mit einem Riesenwumms krachte der kleine Dickkopf gegen den Baumstamm und sah für kurze Zeit nur noch Sternchen. Sekunden später trafen Hans und Hanna an der Unglücksstelle ein. Sie hoben den blutenden Knirps auf den Schlitten und begannen, den schlaffen Körper abzutasten. Die Glieder schienen allesamt heil geblieben zu sein. Sorgen machte sich Hanna allerdings um den Kopf, denn es klaffte eine große Wunde auf der Stirn des Rennfahrers. Sie begaben sich hektisch auf den Heimweg.

Es half nichts, Oskar musste in die Klinik. Frida packte den Verletzten in den Leiterwagen. Dort saß er mit bleichem Gesicht, während Frida und Hanna über die Gehwege hetzten. Sie schoben und zogen, schauten Oskar besorgt an, fragten ständig, ob es ihm gut gehe und ob er arge Schmerzen habe. Endlich waren sie da.

In der Klinik hieß es erst einmal zu warten. Oskar kam in den Verbandsraum, da durfte niemand mit hinein.

In dem kalten, weiß gekachelten Saal brach über den kleinen Bruchpiloten die Hölle herein. Von zwei Schwestern gehalten, lag er auf einer Pritsche. Ein Arzt kam mit Nadel und Faden, wollte die Platzwunde am Kopf nähen, die zuvor mit einer brennenden Lösung betupft worden war. Dieses Abtupfen war für Oskar bereits höchst schmerzhaft gewesen, gefühlt war die ohnehin sehr niedrige Raumtemperatur schlagartig um einige Grad gesunken.

Die Nadel stach so schlimm an seiner Stirn, es war nicht auszuhalten. Oskar schrie und zappelte, die Schwestern packten ihn noch gröber. Da ließ der Arzt die Nadel sinken und sprach von einer Betäubung. Oskar solle in einen nassen Lappen hineinatmen und auf zehn zählen. Und der kleine Patient zählte und zählte, er zählte laut bis zehn, bis zwanzig und noch weiter, denn Hanna hatte ihm das beigebracht. Zählen konnte er schon bis hundert, die Schwester war eine gute Lehrerin. Oskar kam gerade bei fünfundsiebzig an, als der Arzt an den Tisch zurückkehrte und vollends die Nerven verlor.

Offenbar war der Mediziner so spät am Abend komplett überfordert mit dem kleinen Patienten. Seit dem Vortag war er im Dienst, versorgte Menschen mit Knochenbrüchen und sonstigen Verletzungen. Keiner war mal wieder auf den ersten Schnee, rutschige Gehwege und glattes Pflaster vorbereitet gewesen. Und er musste das jetzt ausbaden.

Ungehalten brüllte er nun Oskar an, er solle gefälligst einschlafen, das sei ja unverschämt! Aber sosehr dieser es auch versuchte, er blieb wach. Der Arzt rüttelte an Oskars Krankenliege, schimpfte, so etwas habe er noch nie erlebt. Das verschreckte den lädierten Buben erst recht. Entsetzt blickte er in die Augen des Klinikpersonals und vergaß dabei das Zählen. Das brachte den Arzt noch mehr gegen ihn auf, und nach weiteren Vorwürfen brach er seinen Einsatz abrupt ab und hastete davon.

Währenddessen saßen Frida und Hanna hilflos vor der Tür, hörten den Knirps drinnen weinen und schreien. Frida stach es ins Herz, sie bekam kaum noch Luft und kämpfte mit den Tränen, während Hanna neben ihr schluchzte und jammerte, sie allein sei schuld. Nie im Leben hätte sie den Bruder über die Hangkante stoßen dürfen, das werde sie sich nie verzeihen, wisperte sie ein ums andere Mal. Oskars Schmerz wurde zu Fridas und Hannas Schmerz.

Es fehlte nicht viel, und Frida hätte mitgeheult, so sehr fühlte sie mit dem Kleinen. Dennoch riss sie sich zusammen, hielt die Hand ihres älteren Kindes, um es zu trösten.

Am Schluss wurde ein bleicher Oskar von einer der Schwestern aus dem Verbandsraum geführt, Tränenspuren im Gesicht und einen wahrlichen Riesenturban auf dem Kopf balancierend. Als Frida und Hanna ihn so sahen, wurde ihnen beinah schwindelig vor Mitgefühl und Kummer. Frida solle ihn gut beobachten, bei Erbrechen oder starken Kopfschmerzen müsse sie auf alle Fälle noch einmal mit ihm herkommen, klärte die Schwester sie auf.

Jedenfalls verbrachte Oskar die nächsten zwei Tage im Bett, ruhig liegend und unter strenger Beobachtung. Er bekam nur dünne Suppe und lauwarmen Tee. Diesmal blieb er aber brav, begehrte nicht auf, denn auch er war froh, wieder zu Hause zu sein. Nicht auszudenken, was ihm sonst noch im Krankenhaus geschehen wäre. In diese weiße Hölle wollte er auf keinen Fall noch mal hinein.

Nachdem er zwei Tage lang weder gespuckt noch über Kopfschmerzen geklagt hatte, ließ man Oskar wieder aufstehen. Das war gerade noch mal gut gegangen, Frida konnte aufatmen.

Bei nächster Gelegenheit würde Hanna ihm auch das Bremsen und Lenken beibringen. Man müsse froh sein, dass er bei dieser Karambolage keinen Dachschaden bekommen habe, belehrte ihn die Schwester.

Als der nächste Schnee kam, war Oskar krank. Ein weiteres Mal lag er mit Mittelohrentzündung im Bett. Das Fieber stieg und stieg. War Frida bei der Arbeit, musste Hanna die Krankenpflege übernehmen. Mittlerweile war sie durchaus geübt beim Wadenwickelanlegen, Zwiebelsäckchenerwärmen und dem Einflößen von Tee. Aber wenn Oskar hohes Fieber hatte, neigte er zum Fantasieren. Das machte Hanna Angst, da wusste sie einfach nicht, wie sie dem kleinen Bruder helfen konnte. Gut, der Bruder war jetzt älter, man konnte ihn wachrütteln, mit ihm sprechen, und das alles war weitaus weniger beängstigend als früher. Mit Grausen dachte sie an die Stunden zurück, als sie wartend am Fenster gestanden hatte, den winzigen Säugling im Arm. Dessen jammernde Stimme am Ohr. Und sie selbst am Rand der Erschöpfung. Noch heute fuhr eine große Furcht in sie hinein, wenn der Bruder mal wieder eine Erkältung bekam. Für Hanna war das meist schlimmer, als wäre sie selbst die Patientin. Wo sie sowieso nicht so häufig krank wurde.

Am Sonntag war Oskar aber wieder gesund genug für eine praktische Schlittenfahrübung. Dick eingepackt und doppelt bemützt wurde er von Hanna penibel unterwiesen, die Füße rechts oder links neben die Kufen in den Schnee zu drücken, um Kurven zu fahren, und beide Füße zum Bremsen mit viel Kraft in den Schnee zu rammen. Brav traten sie nach einer Stunde den Heimweg an, damit Oskar keinen Rückschlag bekam. Bei heißem Holunderblütentee saßen sie dann mit Frida am Tisch, und Oskar gab mit seinen Leistungen an. Auch Hanna war stolz auf den Bruder, er hatte sich gar nicht schlecht geschlagen, er kapierte ja immer recht schnell.

1976

Sissi

Heute essen sie keinen Apfel. Die Eltern sind mit der Schwester in den verschneiten Winterwald gewandert. Es ist der erste Schnee in diesem Jahr. Obgleich Sissi Schnee sehr mag, hat sie nicht mit den Eltern diskutiert. Sie wollte sowieso nicht mit. Nicht heute. Ihr ist nämlich komisch. Schon beim Mittagessen hat die Oma zur Mama gesagt, wenn sie die Mama wäre, würde sie heute nicht in den Wald hineinlaufen. Denn sie habe das Gefühl, Sissi werde krank.

Die Oma muss es ja wissen.

Jetzt fühlt sich Sissi noch schlechter. Sie friert, und in ihren Ohren drückt ein Schmerz. Der wird immer schlimmer.

Die Oma macht warme Zwiebelsäckchen für Sissis Ohren und wickelt das ganze Kind in eine warme Decke. Mehr kann sie nicht tun. Dann warten sie. Und Sissi jammert. Da erzählt die Oma, dass ihr ältestes Kind, Sissis Patentante, häufig auf ihren kranken Bruder aufpassen musste, wenn sie zum Putzen war. Das war für ihre Hanna nicht einfach. Denn der Bruder war noch sehr klein und Hanna selbst ja auch noch ein Kind. Außerdem war der Jüngste öfter einmal krank.

Die Oma sagt zu Sissi, da hätte sie damals sehr viel verlangt von ihrer Tochter, und wird ein bisschen traurig.

Sissi legt sich auf die Couch und hört ihre »Geschichten vom Sandmännchen«-Schallplatte. Die Oma setzt ihre Brille auf und stopft Socken. Trotz Ohrenweh und Schüttelfrost wird es ein recht gemütlicher Nachmittag.

Endlich kommen die Eltern mit der Schwester wieder. Sissi ist froh. Die Oma ist auch froh, fragt die Eltern, wo sie denn so lange gewesen seien. Ob sie bis in die Stadt hinab gewandert seien.

Die Mama träufelt Sissi Tropfen in die Ohren. Schon nach einer Stunde werden die Ohrenschmerzen besser. Aber Sissi wird für eine Woche nicht in den Kindergarten gehen. Das weiß sie. Denn kranke Kinder gehören nicht in den Kindergarten. Kranke Kinder gehören ins Bett. Bei der Oma.

Zwei Wochen später fahren sie zum Gasthaus. Ins Dorf des Großvaters. Es gibt ein Familientreffen. Sissi sitzt brav bei der Oma. Und bei der Oma sitzen die Schwestern des Großvaters, die Tanten von Sissis Vater Oskar. Es ist warm und gemütlich.

Immer die gleiche Reihenfolge: Mittagessen und Nachtisch. Danach dann Kaffeetafel. Es gibt die tollsten Kuchen, und während Sissi ihren Kuchen in sich hineinschaufelt, lauscht sie den Erzählungen der Tanten. Oh, wie sie sich alle mögen, denkt sie, und wie ich sie alle mag!

Sissi schaut in die Gesichter und sieht die Liebe. Verwandtschaftsliebe. Vermisstenkummer.

Denn sie vermissen Sissis Großvater, den lieben Theo, ganz schrecklich. Das sagen sie immer wieder. Und klopfen der Oma dabei auf die Hand, streicheln ihre Schulter und fahren ihr über die Backen. Da muss die Oma aufpassen, dass sie nicht anfängt zu weinen. Sissi sieht es. Und die Opaschwestern sehen es auch. Deswegen fangen sie gleich an, von anderen Sachen zu erzählen.

Und später machen sie sich daran, Sissis Vater Oskar zu mästen. Tante Gesine, Tante Luise, Tante Johanna und Tante Marie. Die hartnäckigste unter ihnen ist Tante Hedwig. Denn sie alle haben ständig Angst, der Vater käme zu kurz. Sie sagen jetzt, er solle doch ruhig ein weiteres Stück

Zwetschgenkuchen essen. Außerdem habe man noch so viele Reste vom Mittagessen, sie könnten ihm gerne was warm machen. Hedwig ruft, Oskar wisse doch, wie es heiße: »Lieber den Magen verrenken, als dem Koch etwas schenken!« Es ist lustig. Sie lachen alle. Selbst die Oma ist jetzt wieder fröhlich. Sie sagt, es sei wie früher. Schon damals hätten sie ihrem Oskar andauernd zu essen gegeben. Anscheinend war er so ein zartes Bübchen, man habe ihn bereits früher immer ärger verhätschelt als die anderen.

Es ist so schön mit allen. Sissi trinkt sehr viel Sinalco. Das ist sie nicht gewohnt. Sie bemerkt, dass sie aufstoßen muss, da ist es aber schon zu spät. Lautstark rülpst sie über den Tisch. Und alle schauen ganz erschrocken, bevor sie loslachen. Die Mama findet das arg peinlich. Leise sagt sie zu Sissi, wenn sie noch mal aufstoßen muss, soll sie doch bitte vor die Tür gehen. Schleunigst!

Was soll man sagen? Sissi versucht es. Aber jedes Mal, wenn sie draußen ist, kommt einfach kein Rülpser. Sosehr sie sich auch bemüht. Kaum ist sie wieder drinnen, im Gastraum, kommt die Luft aus ihrem Bauch. Es ist zum Davonlaufen. Der Vater sagt, man könne sich bald nicht mehr bei der Verwandtschaft blicken lassen, mit ihren Verdauungsstörungen, die Schwester findet es »saulustig«, und die Mutter blickt streng in Sissis Richtung.

Nur die Oma macht sich mal wieder Sorgen, meint, das sei nicht ganz normal. Aber Tante Marie bringt Sissi einen Kamillentee, und davon geht die Rülpserei dann endlich weg.

Solch schöne Tage haben die Angewohnheit, viel zu schnell vorbeizugehen.

Am Abend gibt es die immer gleiche Verabschiedung. Die Schwestern vom Großvater kommen ganz nah an Sissi heran. Sie streicheln ihre Bäckchen und sagen, das sei furchtbar gewesen damals. »Wie dein Großvadder zom letschda Mol en den Zug nei ischt!« Denn die Oma und die

Opaschwestern können diesen Tag nicht vergessen. Den Tag, als der Opa zum letzten Mal in den Zug stieg. Und auch Sissi steht jedes Mal mit dabei, auf dem zugigen Bahnsteig. Sieht, wie der Großvater sein jüngstes Kind nicht hergeben will. Sieht, wie Theos Schwestern ihn bedrängen, ihm das Baby abnehmen und ihn in den Zug hineinschieben müssen. Denn wäre er nicht eingestiegen, hätte man ihn erschossen! Furchtbar.

Wenn nur der Theo nicht gehen hätte müssen, sagen sie immer wieder.

Wenn Theo, der Opa, nicht in den Zug gestiegen wäre, dann wäre vielleicht alles anders gekommen.

Denkt Sissi. Weiß die Oma. Glauben die Tanten.

1949

Oskar

Gleich würden sie kommen und ihn aus dem Bett holen, die Mama und die Hanna. Oskar hatte sie schon auf dem Gang flüstern und herumrascheln hören. Lange dauerte es bestimmt nicht mehr, dann würden sie singend ins Zimmer kommen. Ach, war er aufgeregt. Und endlich sechs Jahre alt. Die beiden hatten so geheimnisvoll getan in letzter Zeit, und neulich musste er lange allein bleiben, weil sie mit dem Leiterwagen loszogen, sein Geschenk abzuholen. Das muss ja ein großes Geschenk sein, wenn sie den Leiterwagen brauchten, überlegte er freudig.

Frida und Hanna hatten am Vorabend noch lange die Schienen zusammengesteckt und die Märklin-Eisenbahn ausprobiert. Jetzt füllte die Bahnstrecke die ganze Stube aus, und sie hatten die Lok und die Wägen schon platziert. Der Frühstückstisch war gedeckt. Und es brannte eine Geburtstagskerze. Singend kamen sie in die Schlafkammer, Hanna trug den Kuchen mit den sechs Kerzen. Schnell hüpfte Oskar aus dem Bett. Er ließ sich umarmen, blies die Kerzen aus, und die Karawane zog in die Küche. Das Geburtstagsfrühstück begann. Oskar stopfte Kuchen in den Mund und schaute glücklich in die Runde.

Das Beste würde ja noch kommen. Die zwei taten recht geheimnisvoll, blinzelten sich immer wieder zu und waren mindestens genauso aufgeregt wie das Geburtstagskind selbst.

Als Oskar die Stubentüre öffnen durfte und die Schienenlandschaft vor sich liegen sah, war er sprachlos. Damit hatte er nicht gerechnet. Glänzend stand die Lok mit den Waggons auf den Gleisen. Hanna hatte aus Papier Figuren gebastelt, sie winkten zu den Fenstern heraus. Ein Soldat lehnte sich weit aus dem Fenster und hielt die Arme ausgestreckt. Oskar konnte den Blick nicht von ihm abwenden, und Hanna bemerkte das. Das sei der Vater, am letzten Tag. Als er davongefahren sei, erklärte sie. Oskar setzte sich neben den Waggon und streichelte die papierene Soldatenfigur.

Fridas Herz zog sich zusammen.

Das habe Hanna aber toll gemacht, sagte Oskar. Sie könne so schön basteln. Wenn er nur auch so gut Papier falten könnte. Sie hatte ihm den Vater gebastelt.

Immer wieder hatte Oskar in letzter Zeit seine große Schwester nach dem Vater gefragt, wollte sich ein Bild machen von dem Soldaten. Manchmal erzählte ihm Hanna dann am Abend in der Schlafkammer leise flüsternd von Papa Theo. Beschrieb ihm, wie schön das gewesen sei, als der Soldat in Uniform die Straße hochmarschiert kam. Für kurze Kriegsurlaube, in denen dennoch genügend Zeit blieb, kleine Ausflüge oder Spaziergänge zu unternehmen. Das mussten herrliche Tage gewesen sein. Er selbst konnte sich gar nicht erinnern, war ja noch ein Baby gewesen zu dieser Zeit. Und dann erzählte ihm seine Schwester von dem großen Ausflug.

Hanna beschrieb diese drei Tage, die sie mit dem Vater und dessen Freund auf der Alb verbringen durfte, als die wundervollste Zeit, die es jemals für sie gegeben habe. Bereits die Fahrt mit der Bahn sei ein großes Abenteuer gewesen. Und dann unterwegs mit den zwei Freunden, Berge besteigen und Felsen erklimmen. Es musste großartig gewesen sein. Immer wieder die Frage, ob man auch einmal einen Ausflug machen könne. Nur Hanna und er. Aber die Schwester sagte jedes Mal, er müsse noch wachsen. Außerdem würde die

Mutter ihr als zwölfjährigem Mädchen noch nicht erlauben, den kleinen Bruder auf eine Tour mitzunehmen.

Am Tag nach seinem Geburtstag spielte Oskar mit der Eisenbahn, zog sie mit dem Schlüssel immer wieder auf und ließ sie über die Schienen sausen. Längst hatte er auch die zwei Menschen entdeckt, die im Zug saßen. Ein Vater und eine Tochter, beide mit Rucksäcken, saßen dicht beieinander auf der Bank im Abteil. Als er dann einmal genauer in den Waggon hineinschaute, erkannte er, dass das kleine Mädchen einen anderen Rucksack hatte als der Vater. Der Rucksack des Vaters war einfach ausgeschnitten, ein flaches Bild, während der Rucksack des Kindes gefüllt schien, er war regelrecht ausgebeult. Man konnte den Rucksack herausnehmen und das Papier auffalten. Schon erkannte er Hannas akkurate Schönschrift. »Lieber Oskar«, das konnte er schon lesen. Es war ein kurzer Brief und die Worte waren mit kleinen Bildern versehen, da stand: »Wir zwei«, zwei Kinder waren gezeichnet, »werden mit dem Fahrrad«, zwei Fahrräder, »zum Dorf der Oma fahren«, er erkannte den bewaldeten Berg und den kleinen Ort, »und die Oma«, alte Frau mit Dutt, schwarzer Kittelschurz, »besuchen«. »Deine Schwester Hanna«, sie hatte sich selbst gezeichnet auf dem Fahrrad sitzend.

Oskar. War. Glücklich.

Als Hanna am Mittag aus der Schule zurückkam, traf sie ihren kleinen Bruder auf dem Mäuerchen vorm Haus sitzend an. Die blonden Haare leuchteten in der Sonne, und überhaupt ging von dem kleinen Kerl ein Strahlen aus.

Hüpfend und lachend kamen sie zu Frida in die Küche. Sie war bereits informiert, hatte mit Hanna die Route besprochen und die Auflagen erteilt. Zum Beispiel müsste Hanna sofort den Rückweg einleiten, sollte der kleine Kerl schlappmachen oder gar vom Rädle stürzen. Regelmäßige Pausen müssten eingehalten werden, damit Oskar sich nicht überanstrengte. Aber Frida wusste, es würde klappen. Denn das Radfahren hatte Oskar im Handumdrehen gelernt. Er fuhr schnell und sicher durch die Straßen, und gelegentliche Schlaglöcher umkurvte er bereits geschickt.

Gut, Frida würde sich sorgen. Aber sie wollte den beiden den Spaß nicht verderben.

Diesen Sommer waren sie schon häufig lange Touren gefahren. Meistens in den Wald hinein. Sie hatten ihre Lieblingsstrecken. Und ihren Lieblingsweiher. Dort vesperten sie am Holztisch. Danach blieb Frida sitzen, während die Kinder die Füße im kühlen Wasser des Weihers baumeln ließen. Ganz dicht saßen sie, Oskar schob sich eng an die Schwester heran. Sie hörte die zwei murmeln und lachen. Hanna hatte im Biologieunterricht aufgepasst und belehrte gerne ihren kleinen Bruder.

Ach, könnte man diese Momente teilen. Und die Zeit anhalten, wünschte sich Frida dann.

Als Hanna vor einigen Wochen ihre Geburtstagsüberraschungsidee vorgebracht hatte, musste Frida zwar schlucken, aber ihr war klar, dass sie die beiden langsam von der Leine lassen musste. Und deshalb hatte sie zugestimmt.

So kam der große Samstag. Hanna und Oskar klemmten ihre Rucksäcke auf die Gepäckträger ihrer Fahrräder und verabschiedeten sich von der Mutter. Noch mal Ermahnungen. Letzte Befehle.

»Alles klar, Mama!«, man müsse jetzt losfahren, rief der kleine Blondschopf und schwang sich auf sein Fahrrad. Hanna war schon mit ernster Miene ganz in die Rolle der Anführerin geschlüpft, umrundete ihre Mutter im großen Bogen und hob die Hand zum Gruß.

Also radelten sie los, einmal quer durch die Stadt, am Bach entlang, immer weiter zwischen Bahngleis und Landstraße. Sie mussten gehörig strampeln, denn es ging stetig bergauf, aber Oskar hatte bereits richtig erkannt, morgen ginge es ja dann den Berg hinab. Er lächelte glücklich.

Sie fuhren vorbei an sonnigen Obstwiesen und gelben Stoppelfeldern. Oft säumten den Weg hohe Bäume, in deren Schatten eine angenehme Kühle herrschte. Nebenher brachte Hanna dem kleinen Bruder das Pfeifen bei. Das fand er prima, schon konnte er mit Hanna ein Sommerliedchen fiepen. Und so waren an diesem Samstagmorgen ein heranwachsendes Mädchen samt Knirps mit dürren Beinchen und strahlendem Gesicht auf dem Feldweg unterwegs. Lachend und pfeifend strampelten sie ihrem Ziel entgegen.

Als die beiden in der Wirtshausküche auf der Bank Platz nahmen, merkten sie, wie anstrengend die Fahrt gewesen war. Bei kühlem Saftschorle berichteten sie der Oma von ihrer Reise, und Hanna bemerkte stolz, dass sie nur knappe drei Stunden gebraucht hätten. Zum Geburtstag hatte sie eine neue Uhr bekommen, sie glitzerte und glänzte an ihrem Handgelenk, Oskar war ein bisschen neidisch. Da musste er wohl noch lange warten, bis auch er eine Armbanduhr bekommen würde.

Mit der jüngsten Schwester ihres Vaters, der quirligen Tante Luise, durften die beiden am Nachmittag den bewaldeten Berg besteigen. Nach der anstrengenden Radtour war das für die Kinder eine echte Herausforderung. Aber da die selbstbewussten Basen und Vettern mit dabei waren, konnten sie sich keine Schwäche erlauben. Gesines Kinder waren wirklich aufgedreht. In den Wind gingen die Anweisungen von Tante Luise, obwohl diese eine zähe und durchaus strenge Persönlichkeit war. Vor allem die älteste Base Margit war derart frech und draufgängerisch, sie hielt sich nicht an eine einzige Regel, schoss »vornedrauß« den Berg hinauf, und oben ging es weiter mit dem Blödsinn. Kaum auf der Hochebene angekommen befahl sie ihren kleineren Geschwistern, die aufgesammelten Steinbrocken den Hang hinunterzuwerfen. Schon gings los! Die ganze Schar ließ große Steine den Buckel hinunterkullern und warf Stöcke und ganze Äste hinterher. Luise tobte, man solle aufhören. Wenn weiter unten Leute wären, würden sie die Steine auf den Kopf bekommen. Dann wären die Vettern und Basen schuld, wenn einer einen Dachschaden erleide. Es war ein Geschrei! Die arme Tante Luise war bereits ganz heiser, und Oskar als jüngstes Anhängsel immer noch fest an Luises Hand bemerkte die schweißnassen Finger seiner Tante. Er bekam echtes Mitleid mit ihr. Erst als Luise damit drohte, Margits Vater alles brühwarm zu erzählen, wurde die Bande ruhiger.

Am späten Abend saßen Hanna und Oskar mit der Oma und ihrem Onkel Matthias auf der Eckbank in der Gaststube und spielten Karten. Die Oma spielte sehr gerne Schwarzer Peter. Oskar weniger, da er häufig die unbeliebte Karte zog und es nicht mehr schaffte, diese loszuwerden. Wenn er doch nur auch dieses unbekümmerte Gesicht machen könnte wie sein Onkel, wünschte sich Oskar. Matthias brachte den schwarzen Peter meist sofort wieder an den Mann, hatte er ihn ausnahmsweise doch einmal erwischt – was selten geschah, denn ihm wurde nachgesagt, schlechte Karten riechen zu können. Er verlor eigentlich nie beim Kartenspiel. Auch Oma Rosine spielte mit Hingabe. Es war so schön für Oskar, hier auf der Eckbank zu sitzen und mit Matthias, der immer fröhlichen Oma und der großen Schwester diesen Abend zu verbringen. Irgendwann fielen dem Buben wiederholt die Karten aus der Hand und die Augendeckel zu, da schickte Oma die Kinder ins Bett.

Am nächsten Morgen wurde Oskar vom Scheppern der Tassen geweckt. Er war sofort fidel, schlich zum Nachtla ger des Schwesterchens und hielt ihr vorsichtig die Nase zu. Ganz nah kam er ihrem Gesicht und beobachtete, wie ihr die Luft ausging. Hanna fuhr aus dem Kissen, und Oskar kicherte schelmisch. »Na wart, du kloiner Störenfried!«, sie scheuchte ihn zur Waschschüssel.

Schnell spritzte sich Oskar ein paar Tropfen Wasser ins Gesicht, putzte sich die Zähne und zappelte die Treppe hinunter zur Oma in die Küche. Dort duftete es wunderbar nach Kaffee. Rosine hatte dicke Scheiben vom Hefekranz geschnitten, und Oskar durfte sich recht viel Gsälz draufschmieren. Er fühlte sich wohl. Gemütlich auf der Eckbank neben seiner Schwester Hanna, plapperte er fröhlich mit der Oma. Ob die »Bäsle« und Vettern heute nicht kämen, fragte er scheinheilig. Aber heute hatten sie die Oma nur für sich. Der Morgen verging viel zu schnell, und Hanna rief alsbald: »Oskar, mir satteln die Hühner«, denn es wurde allmählich Zeit, nach Hause zurück zu radeln. Oskar schnappte sich seinen Rucksack und wuselte hinter Hanna in den Stall, damit man sich von Matthias verabschieden konnte.

Die Oma stand im Durchgang zur Wirtshausküche, Matthias' erst vor kurzer Zeit geborenen Sohn auf dem Arm und freudig mit dem Ärmchen des Babys winkend. Die beiden winkten zurück und schwangen sich auf ihre Fahrräder. Es ging zügig voran, man konnte es jetzt ja einfach rollen lassen. Schon am frühen Nachmittag kamen sie zu Hause an.

So folgten noch viele Ausflüge mit dem Fahrrad zur Oma, es waren die schönsten Fahrten, ganz auf sich gestellt. Jedes Mal kamen sie gut hin und noch besser wieder zurück. Im Winter durften sie mit dem Milchlaster mitfahren. Er fuhr am Samstagmorgen stets zur selben Zeit. War man rechtzeitig im Hof der Molkerei, nahm er die Kinder gegen einen geringen Betrag mit. Einige Male wurde der kleine Oskar auch allein losgeschickt. Er genoss diese Touren immer ganz außerordentlich.

Aber sobald die Wiesen grün wurden, der Löwenzahn seine gelben Köpfchen aus dem Gras heraus leuchten ließ, radelten sie wieder gemeinsam drauflos, waren froh, unabhängig zu sein.

Hanna wurde zur Jugendlichen, während Oskar das Schulalter erreichte. Frida war mulmig zumute, denn ihr Jüngster war noch sehr verspielt.

Die ersten Tage hüpfte Oskar fröhlich neben seiner großen Schwester und Hans in Richtung Schulhaus, verabschiedete sich und flitzte hinter den anderen die Treppe hinauf. Aber bereits nach einigen Wochen brachte er einen Brief des Lehrers mit nach Hause. Der bat Frida, sich am nächsten Tag zur sogenannten Sprechstunde einzufinden.

Vom Lehrer erfuhr sie, dass Oskar sich nicht gut machte im Schulbetrieb. Anstatt Buchstaben zu üben, würde er ins Heft klecksen, dieses geräuschvoll zusammenklatschen, um danach die Schmetterlinge zu bewundern, die sich auf den Heftseiten aus den Tintenklecksen gebildet hatten. Als zappelig und unruhig beschrieb er den Jungen, aber auch als durchaus fantasievoll, da er häufig lustige Geschichten erzähle. Aufgeweckt und ausschweifend erfinde er die tollsten Abenteuer und gebe sie zum Besten. Und doch solle sich Frida überlegen, ihn aus der ersten Klasse zu nehmen, um ihn im nächsten Jahr noch einmal neu einzuschulen. Frida überlegte nicht lange und nahm ihren Sohn gleich mit nach Hause.

Zwar hatte Oskar darauf gehofft, seine Freiheit zurückzubekommen, doch schämte er sich dafür, so Knall auf Fall ausgeschult worden zu sein. Noch für mehrere Monate konnte er nun herumstreunen und sein altes Leben wieder aufnehmen. Aber so richtig freuen konnte sich Oskar darüber nicht. Ja, er vergaß hin und wieder sein Versagen und ließ sich gerne durch die Gassen treiben oder den bewaldeten Hang hinauf, ganz in seine Fantasie versunken, Förster oder Räuber spielend. Dennoch fühlte er sich nicht so recht wohl in seiner Haut. Vor allem, weil er wusste, dass seine Mama sich um ihn und seine schulische Laufbahn Sorgen machte.

Und dann kam noch ein amtliches Schreiben ins Haus. Dieses trieb der Mutter erst recht die Tränen in die Augen.

Still und traurig saß Frida am Küchentisch, las den Brief wieder und wieder. Das Schulgeld für Hannas Gymnasium wurde erhöht. Drastisch. Sie hatte ihrem Theo doch versprochen, dass Hanna die beste Schulbildung bekommen werde. Frida fühlte sich ohnmächtig und hilflos. Irgendwie musste sie die richtigen Worte finden, um ihrem ältesten Kind die Botschaft zu vermitteln. Sie hoffte, es werde Hanna nicht ganz aus der Bahn werfen.

Zuerst fragte Frida noch eine ihrer Arbeitgeberinnen um Rat. Als diese hörte, wie viel mehr Schulgeld Frida künftig zu bezahlen hatte, war sie sprachlos. Diesen Betrag könnte ihre fleißige Haushaltshilfe nicht einmal durch eine weitere Stelle aufbringen. Aber sie telefonierte mit ihrer Bekannten, die in der Waldorfschule unterrichtete. Es gab dort immer auch Plätze für Kinder aus Familien, die sich das Schulgeld nicht leisten konnten. Und so kam Hanna dort unter. Bis zur Mittleren Reife.

So schlimm es war, das Gymnasium abbrechen zu müssen, so würde Hanna dennoch das Ziel, das ihr vorschwebte, weiterverfolgen können. Denn sie wusste: Auch die Mittlere Reife erlaubte ihr, Technische Zeichnerin zu werden.

Nur dass sie Hans als Nebensitzer für immer verlieren würde, war eine mittlere Katastrophe. Seit der ersten Klasse waren die beiden durchgängig nebeneinandergesessen, hatten die Pausen zusammen verbracht, waren gemeinsam zur Schule und wieder zurückmarschiert. Dass ihr Miteinander nun enden sollte, war arg. Wenngleich sie wenigstens den Schulweg weiterhin zusammen hinter sich bringen konnten, denn die Waldorfschule lag nicht weit vom Gymnasium entfernt.

Mit dem Eintritt in die Waldorfschule wurden die Herausforderungen nicht kleiner. Hanna kam prima mit im Mathe-, Deutsch- und Biologieunterricht. Was sie verwirrte, waren Fächer wie Eurythmie oder auch Bildende Kunst. Das war ihr manchmal einfach zu exotisch.

Zu Hause sperrte sie die Wohnzimmertür zu, wenn sie als Hausaufgabe Eurythmie-Übungen machen musste. Oskar fand es lustig, er spickelte durchs Schlüsselloch, um Hanna dabei zuzusehen, wie sie ihre Verrenkungen machte. Sie fand diese Übungen lästig, das sah man ihr an. Oskar lachte über Hanna, und sie »bruddelte« zu ihm heraus, er solle sich um seine eigenen Sachen kümmern und schleunigst verschwinden.

Am Nachmittag kam Hans häufig zu Besuch. Dann hatten sie Oskar meist im Schlepp, die Schottersträßchen entlang, in den Wald hinein. Sie hatten weiterhin viel zu bereden und blieben einfach unzertrennlich.

Hanna wäre ja eigentlich gerne Försterin oder Polizistin geworden. Aber für Frauen kamen solche Berufe nicht infrage. Hans wollte ebenfalls Förster werden, deshalb überlegten sie, dass Hanna ihn ja dann ganz oft begleiten könnte. Sie wäre einfach seine Aushilfsförsterin, befand das Mädchen. Und am allerliebsten wäre Oskar selbstverständlich dann der zweite Aushilfsförster, ließ er Hans wissen.

Wobei Hans meinte, dafür müsse er aber auch endlich erst einmal Schulkind werden, denn selbst zweite Aushilfsförster müssten einen Schulabschluss vorweisen.

Also, manchmal regte sich der kleine Oskar schon über die Klugscheißerei der Großen auf. Aber wirklich nur manchmal, denn er liebte die Schwester und er mochte auch Hans sehr.

Als es dann für Oskar zum zweiten Mal auf die Einschulung zuging, musste er sich von den beiden eine Predigt in Sachen Fleiß, Ordnung und Aufmerksamkeit anhören.

Ach! Er hatte sich längst selbst vorgenommen, ein einwandfreier Schüler zu werden. Noch einmal ließe er sich nicht ausschulen. Da könnten sie Gift drauf nehmen, schwor er.

Und tatsächlich wurde aus dem zappeligen Oskar ein braver, fleißiger Schüler. Es gab keinen Grund mehr für den

Lehrer, Frida zur Sprechstunde einzuladen. Ganz im Gegenteil, das Zeugnis der ersten Klasse fiel so gut aus, dass die große Schwester zur Belohnung mit Oskar eine große Radtour unternahm.

Aber immer wollte Hanna den kleinen Bruder nicht dabeihaben, öfter einmal stritten sich die zwei aufs Ärgste. Hanna hatte durchaus ihren eigenen Kopf, und überhaupt konnte so ein kleiner Bruder schon auch mal recht lästig werden.

An einem sonnigen Tag Mitte September war Hanna gerade dabei, das Fahrrad zu beladen, denn sie plante eine ihrer Waldfahrten mit dem besten Freund. Oskar wollte mit, und das sagte er der Schwester auch. Hanna wurde sofort ungehalten, zischte den Kleinen an, er solle schauen, dass er fortkomme. Man plane eine große Tour, da könne man so kleine Knirpse nicht mitschleppen. Zudem sei er viel zu langsam, hätte zu dürre Beinchen, um ihr und ihrem Kumpel hinterherzukommen. Das wäre eben was für Ältere und nichts für so zarte Bürschchen. Aber so schnell ließ sich Oskar nicht abspeisen, denn er sah sich bereits mit den zweien lustig durch den Wald fahren.

Wieder drohte er, der Mutter etwas zu erzählen. Die würde sich gar nicht freuen, wenn sie erführe, warum Hanna und Tante Luise sich in letzter Zeit aus dem Weg gingen. Wo Hanna doch sonst so eng mit Luise war.

Das war ja wohl das Letzte! Wenn Oskar das erzählen würde, müsste sich die Mutter schrecklich aufregen, schimpfte Hanna.

Und Hanna schämte sich sowieso. Sie hätte nicht so stur sein sollen.

Es war im Frühsommer passiert. Hanna und Oskar besuchten die Oma. Diesmal sollte Oskar aber alleine übernachten, denn Hanna durfte zu einer Veranstaltung des CVJM. Sie blieb nur bis zum Mittagessen, danach hatte sie es sehr eilig, zurückzukommen in die Stadt. Bereits am Morgen hatte Luise Hanna befohlen, ein paar Dinge aus dem Keller zu holen. Bis jetzt war sie nicht dazugekommen. Die Aufgabe war nämlich, Garbenseile heraufzuholen und zu entwirren. Die Seile stanken aber laut Hanna nach Katzendreck. Das fand sie scheußlich. Sie fand die ganze Aufgabe unnütz. Als sie jetzt loswollte, erinnerte Luise sie an ihre nicht erledigte Aufgabe. Bestand auf deren Erfüllung. Oskar saß am Tresen und beobachtete Hanna, wie sie einige Stufen hinunterging. Luise war zufrieden und drehte sich um. Hanna schoss die Kellertreppe wieder herauf und raus aus dem Gasthaus. Oskar saß mit offenem Mund. Und Tante Luise schimpfte wie ein Rohrspatz über derartige Arbeitsscheu und Aufmüpfigkeit.

Da musste jetzt mal der kleine Bruder ein Wort für seine Schwester einlegen. Oskar erklärte der Tante, dass Hanna sich schon so lange auf diese Veranstaltung gefreut habe. Da wollte sie doch nicht zu spät kommen. Hernach beschwor er Luise, nichts der Mutter zu erzählen, denn die würde sich sonst arg aufregen.

Die Tante hatte versprochen, Frida nichts zu sagen, und war wieder freundlich geworden.

Allerdings hatte die innige Beziehung zwischen Nichte und Tante einen gehörigen Knacks seit dieser Begebenheit.

Jetzt erinnerte Hanna den kleinen Bruder daran, dass man die Mutter schonen musste.

Als sie ein Flackern im Blick des Bruders sah, wusste sie, dieses Mal hatte sie gewonnen.

Sie drehte sich um und stieg auf ihr Rad. Denn manchmal brauchte Hanna eine Pause. Große Schwestern mussten auch einmal allein losziehen. Mit den Kameraden und Freundinnen. Sie brauchten Zeit für sich. Und den Wald.

1951

Weihnachten

Diesmal hatte Frida beschlossen, am Heiligen Abend nicht mit in den Gottesdienst zu kommen. In aller Ruhe wollte sie den Baum schmücken und das Essen vorbereiten. Für den ersten Feiertag war Oma Rosine eingeladen, deshalb musste sie auch noch einiges für das Weihnachtsessen herrichten. Am Nachmittag hatte sie schon einen Kuchen gebacken. Also sollten die Kinder ohne Frida in die Kirche gehen.

Sie waren noch nicht einmal bis zur Molkerei gekommen, da war Hanna bereits auf hundertachtzig. Vor lauter Weihnachtsvorfreude hüpfte der kleine Bruder ganz ausgelassen durch die Straßen. Lachend und Blödsinn machend strapazierte er ein weiteres Mal die Nerven seiner Aufpasser. Hans war selbstverständlich auch dabei. Der meinte nun in recht strengem Ton, Oskar solle sich jetzt schnellstens mal beruhigen, sonst falle man im Gottesdienst unangenehm auf. Da fuhr ein Zorn in den kleinen Zappelphilipp hinein, seine gute Laune schlug von einer Sekunde zur nächsten in boshaftes Schimpfen um. Hans solle doch mal selbst aufpassen, dass er sich beruhige, denn sonst bekäme er nur wieder seinen feuerroten Kopf, und dann würde man erst recht unangenehm auffallen, mit so roten Rüben. Außerdem finde er, dass Hans mal nicht so den Aufpasser spielen solle, denn er sei ja schließlich nicht sein Vater, legte Oskar nach.

Zack! Da hatte sich Oskar eine gefangen. Denn Hanna neigte ebenfalls zu unüberlegten Handlungen, wurde der kleine Bruder zu frech. Und wenn Oskar zu Hans frech war, dann sowieso.

Kurz bevor sie bei der Kirche ankamen, begann Oskars Nase zu bluten. In kürzester Zeit war sein sommersprossiges Gesicht völlig verschmiert, außerdem leuchtete auf seinem Hemd ein roter Fleck. Schon tat ihr der Bub wieder leid. Warum um alles in der Welt hatte es so weit kommen müssen?, fragte sich Hanna. Noch dazu an Weihnachten. Sorgfältig tupfte sie ihrem Bruder das Blut aus dem Gesicht, aber es kam in immer neuen Schwallen aus der Nase heraus. Das Taschentuch blutgetränkt. An einen Kirchenbesuch war nicht zu denken. Sie setzten sich im Pfarrgarten auf eine Bank, Hanna befahl Oskar, den Kopf in den Nacken zu nehmen. Hans kühlte seine Hand an der gusseisernen Armlehne und hielt sie Oskar ins Genick. Endlich versiegte der Blutstrom. Da saßen die drei, konnten weder hinein in die Kirche noch zurück nach Haus. Am Heiligen Abend wollte man die Mutter nicht traurig sehen. Deshalb verabredeten sie, später zu erzählen, Oskar habe während des Heimwegs einfach so Nasenbluten bekommen. Gemeinsam warteten sie das Ende des Gottesdienstes ab. Dann machten sie sich auf den Rückweg. Sie verabschiedeten sich von Hans an dessen Gartentörchen und rannten schnell nach Hause.

Als sie an der Wohnungstür ankamen, waren sie so gut gelaunt wie eh und je. Frida stand im Flur, trug ihr Festtagskostüm und die Lieblingskette. Die Nasenblutengeschichte nahm sie weihnachtlich gelassen. Oskar bekam ein frisches Hemd, und der Fleck wurde mit Seifenlauge eingeweicht.

Der Tisch war festlich gedeckt. Man aß, was man schon immer am Heiligen Abend gegessen hatte: Würstle und Kartoffelsalat.

Bereits im November waren Hanna und Oskar im Modegeschäft gewesen. Ganz gerührt holte Frida nun den warmen

Schal aus der Geschenkverpackung, legte ihn um den Hals und war sehr glücklich.

Hanna wünschte sich seit Langem einen Globus. Eigentlich hatte sie damit gerechnet, etwas anderes zu bekommen, denn so ein Globus war recht teuer. Deshalb freute auch sie sich riesig, als sie ihn unterm Baum erblickte.

Und dann schickte Frida die Tochter in den Keller. Hanna kam mit einem Päckchen zurück. Im Paket raschelte und fiepte etwas, Oskar wurde ganz aufgeregt. Vorsichtig löste er das Papier und öffnete den Karton. Drinnen saß ein Hamster und schaute ihn mit großen Augen an. Sein Herz begann zu rasen vor Glück. So sehr hatte er sich ein Haustier gewünscht. Dass die beiden das erlaubten. Das war großartig. Er bedankte sich überschwänglich bei Frida und Hanna, deren Freund Hans ihm auch noch einen kleinen Stall gebastelt hatte. Jetzt konnte der Hamster bei ihm im Zimmer wohnen.

Frau Trapp hatte man eingeweiht, ihr Mann dürfe das halt nicht wissen, meinte sie.

Als am nächsten Morgen Oma Rosine zu Besuch kam, ließ Oskar den Hamster erst einmal im Stall sitzen, denn die Oma war ja gegen solche Haustiere. Onkel Matthias hatte sich ein Auto gekauft, brachte die Oma am Morgen und würde sie am Abend wieder abholen. Oskar durfte neben Rosine sitzen und war das glücklichste Kind auf Erden. Immer wieder blickte er in die Runde, sein Herz wurde ganz warm, so sehr freute er sich, dass die Oma heute bei ihnen zu Gast war.

Auch Rosine hatte Geschenke besorgt. Für einen langen Nachmittag war sie in die Stadt gefahren, um ihre Einkäufe zu machen. Frida bekam einen dieser Schirme, die man ganz klein zusammenklappen konnte, worüber sie sich sehr freute. Für Hanna und Oskar war Rosine in der Buchhandlung fündig geworden. Sie hatte für Hanna ein Buch über den Wald und einen Liebesroman ausgewählt. Oskar bekam seinen ersten Kriminalroman. Außerdem gab es Schokolade, Äpfel, Nüsse und das leckere Quittengelee, das die Oma auch in diesem Jahr gekocht hatte.

Nachdem sie eine kleine Runde durch die Gassen gedreht hatten, machten sie sich wieder auf den Heimweg, um die Kaffeetafel zu eröffnen. An der Straßenecke blieb Rosine stehen, nahm Fridas Hand und flüsterte mit belegter Stimme, sie müsse hier, an dieser Ecke, immer so arg an den lieben Theo denken, habe noch genau vor Augen, wie sie alle miteinander zum Bahnhof gegangen seien. Damals. Als sie das letzte Mal mit Theo zusammen waren und sich für immer von ihm verabschiedet hatten. Noch heute rieche sie den guten Geruch seiner krausen Locken, habe die allerletzte Umarmung noch so deutlich in Erinnerung. Wenn er doch nur wieder heimgekommen wäre, wenn er doch nur niemals fortgemusst hätte!

Frida hakte sich fest bei ihrer Schwiegermutter unter, und gemeinsam weinten sie ein weiteres Mal um Theo. Aber als sie zurück in der weihnachtlichen Stube waren, die Kinder damit begannen, den Tisch zu decken, war die Trauer verflogen, und auch sie freuten sich auf Kuchen mit Schlagsahne. Oskar berichtete Rosine vom Adventsfest beim CVJM und zeigte ihr das Fahrtenliederbuch, das jeder bekommen hatte. Und Rosine erzählte, wie schön es am Heiligen Abend in der Kirche und später bei Marie und deren Familie in der Mühle gewesen war.

Marie wohnte schon viele Jahre in der außerhalb des Ortes liegenden Mühle. Frida war mit den Kindern bereits mehrmals dort eingeladen gewesen, das waren immer heitere Stunden, denn Marie war stets ausgesprochen gut gelaunt. Sie hatte einen sehr netten Mann geheiratet, und die Mühle lag idyllisch am Bach, inmitten von Wiesen, weit weg vom nächsten Hof. Theos älteste Schwester zog eine fröhliche Kinderschar auf, die in absoluter Freiheit umgeben von Natur und Weite lebte. Kam man an Sonntagen im Mühlenhof an, sprangen die Kinder meist laut brüllend um die Hausecken, Verstecken oder Räuber und Gendarm spielend. Die Gesichter rußverschmiert, glücklich, laut und frech, aber niemals unverschämt, sondern immer freundlich und bereit, die Base und den Vetter einzubeziehen in ihr Spielen und Herumtoben. Und die beiden ließen sich nicht lange bitten, rannten hinter den wilden Kerlen her und verschwanden sogleich hinter dem nächsten Schuppen. Pünktlich zur Kaffeetafel schlugen alle in der Stube auf. Mit lautem Geschnatter kamen sie an ihre Plätze, Stuhlbeine quietschten über den Boden, Rückenlehnen ächzten, Tassen klirrten auf ihren Untertassen, bis endlich alle saßen. Hernach schaufelten die Kinder wahrliche Riesengabeln Zwetschgen-, Träubles- oder Käsekuchen in sich hinein, um kurze Zeit später polternd, schwätzend und lauthals lachend die Treppe wieder hinunterzutoben. Hanna und Oskar liebten diese Sonntagsbesuche bei der Verwandtschaft in der Mühle. Dort gab es fahrbare Untersätze in Hülle und Fülle. Mit und ohne Motor. Und die Vettern durften einfach alles. Mit dem großväterlichen Moped beispielsweise schossen sie nur so durch die Gassen, um sogar auf einer Rampe nach oben zu sausen und mit viel Schwung über die Miste zu schanzen. Oskar wollte unbedingt einmal mitfahren und genoss diesen Flug über den Misthaufen derart, er konnte es später im Zug gar nicht in Worte fassen, um Frida diese großartige Misthaufenüberquerung zu beschreiben. Auch mit den Traktoren fuhren die Mühlenvettern in hohem Tempo durch die Wiesen rund ums Haus, nahmen die Verwandten aus der Stadt bereitwillig mit, und so jagte eine Rundfahrt die nächste.

Sie verließen die Mühlenverwandtschaft meist spät und nie, ohne zuvor noch ein reichhaltiges Vesper eingenommen zu haben. Die Tante tischte stets üppig auf. So saßen sie alle am Tisch und ließen sich Wurstbrote, gekochte Eier, Essiggurken und Räucherschinken schmecken. Noch Tage danach lief den Kindern das Wasser im Mund zusammen, wenn sie sich erinnerten an die wundervollen Vesperveranstaltungen. Nach diesen Besuchen brachte Oskar kaum die Kraft auf, die völlig verdreckten Kleider aus- und seinen Schlafanzug anzuziehen, bevor er ins Bett und direkt in den Tiefschlaf fiel.

Als am Abend des Weihnachtsfeiertages Matthias vorfuhr, um Rosine abzuholen, waren alle traurig, dass die Zeit so schnell vergangen war. Oskar umarmte die Oma zum Abschied überschwänglich und gab ihr einen Kuss aufs Haar, was Rosine ganz sentimental werden ließ. Gerührt bedankte sie sich noch einmal für den schönen Tag und stieg müde in den Wagen.

An Neujahr erwachte Frida, und die Welt lag unter einer zarten Schneedecke. Die Sonne schien. Das Jahr 1952 begann verheißungsvoll.

Für Hanna endete die Schulzeit, und sie bekam den ersehnten Ausbildungsplatz als Technische Zeichnerin.

Wenn es Zeit und Wetter zuließen, unternahm sie Radtouren oder Wanderungen mit dem kleinen Bruder. Hans war weiterhin dabei. Der hatte sich nun doch für eine Ausbildung in einer Steuerkanzlei entschieden, denn mit der Aufnahme an der Forsthochschule hatte es nicht geklappt. Hans war dennoch zufrieden. Hauptsache, er konnte mit Hanna und den Kameraden an den Wochenenden weiterhin im Wald unterwegs sein, Tiere beobachten und lange Märsche absolvieren.

1953

Oskar und Heiner waren mal wieder auf den Dächern der Gewächshäuser unterwegs. Man konnte gut auf ihnen herumgehen. Vorausgesetzt, man achtete darauf, nicht auf dem Glas, sondern auf den Metallstreben zu balancieren. Oskar und sein bester Freund waren echte Profis. Beide recht schmale Kerlchen, flink und sicher im Halten der Balance, hüpften sie wie zwei Pingpongbälle über die Bedachungen. Waren sie ganz mutig, versuchten sie sich sogar im Hüpfen von Haus zu Haus. Am Ende eines Glashauses angekommen, ließen sie sich wahlweise in weiche Kompostmieten oder einen der Berge aus fluffiger Blumenerde fallen. Das machte den beiden einen Heidenspaß, sie wurden immer schneller und waghalsiger.

Es war einer dieser schier endlosen Sommersonntage. Oskars Schwester war morgens von einem ihrer nächtlichen Waldausflüge zurückgekommen. Die Sonne ging schon auf, als sie leise zur Wohnungstüre hereinkam.

Gemeinsam saßen sie gemütlich beim Frühstück, während draußen vor dem Fenster die Amseln sangen. Später holte die Schwester ihren Schlaf nach. Frida und Oskar radelten derweil zum Stückle, gossen die Setzlinge, die Tomatenstöcke, die Radieschen und die Aussaaten. Gemütlich vor ihrer Hütte sitzend, fingen sie die Sonnenstrahlen mit ihren Gesichtern auf, und jeder hing seinen Gedanken nach. Zurück zu Hause wurden Kartoffeln gekocht für ein einfaches Mittagessen. Verschlafen saß Hanna am Tisch und erzählte von ihrem Waldabenteuer, vom Rudel Rehe, das am frühen Morgen auf einer Lichtung taufeuchtes Gras gefressen hatte, von Käuzchen, die ihr unheimliches Rufen in die Dämmerung gehaucht und ihnen Gänsehaut gemacht hatten. Und im Morgennebel war sogar ein Hirsch aus dem dunklen Wald herausgetreten, habe sein Geweih ins Licht gehalten, was ihn aussehen ließ, als sei er der Sonnengott höchstpersönlich. »Des wenn du g'säha häddescht, Oskar. Unglaublich!«, schloss Hanna ihren Bericht. Und Oskar war klar: Das hätte er wirklich gerne gesehen. Nach dem Mittagessen durfte er zu seinem Freund abdampfen.

So waren sie nun schon eine gute Stunde auf den Dächern unterwegs, hüpften von einem Giebel zum nächsten und hatten eine Mordsgaudi. Vom Toben müde und verschwitzt saßen sie im Schatten eines Geräteschuppens, als der Sohn des Sonntagsbesuchs um die Ecke kam. Heiner verdrehte die Augen, wollte nichts mit diesem Städter zu tun haben. Der um einige Jahre ältere Besucher kam aus Stuttgart und gab damit an, stellte blöde Fragen über das Leben in dieser Kleinstadt und ging einem auch sonst einfach auf die Nerven. Gerade meinte er, es sei doch recht langweilig so auf dem Land. Also, ihnen sei gar niemals langweilig, sie wüssten sich immer zu beschäftigen, gaben die Landeier zurück. Und Heiner schlug dem Bürschchen vor, er könne ja zurück zur Kaffeetafel gehen, man werde ihn sicher bereits vermissen. Aber der winkte nur großspurig ab, er wolle auch mal was mit den jüngeren Provinzlern unternehmen, vielleicht könne er eine kurze Führung durch die kleine Gärtnerei bekommen.

Das wurde den beiden aber zu unverschämt. Was hieß da kleine Gärtnerei? Dieser Großkotz sollte mal sehen, wie abenteuerlich so eine Gärtnereiführung überhaupt sein konnte! Heiner schlug dem Jungen vor, eine Besichtigung von oben herab vorzunehmen. Geschickt zogen sich die zwei provinziellen Kletterer aufs Dach hinauf und hießen den Besuch, es ihnen nachzutun. Oben angekommen ruhte der

Gast noch ganz in seiner Überheblichkeit. »Ach, welch grandiose Aussicht übers kleine Städtchen! Wie niedlich. Und ihr habt ja auch ein Schlösschen, wie putzig«, rief er.

Da platzte den Freunden tatsächlich der Kragen. Er solle doch einfach heimfahren in seinen Stuttgarter Kessel hinab, man habe ihn schließlich nicht gezwungen, aus seinem Loch hier heraufzukommen, putzten sie ihn herunter. Auf die Frage, was man jetzt hier heroben anzufangen gedenke, zischte ihm Heiner zu, er könne ja versuchen, ihnen hinterherzukommen. Und damit begannen die zwei Buben einen wilden Ritt über die Dächer, sprangen nur so über die Eisenstreben und hüpften, am Giebel angelangt, aufs nächste Glasdach hinüber. Da rannte der lange Lulatsch genauso schnell los, trat hinein wie ein Gaul und brach bereits nach einigen Metern durchs Dach.

»Ha«, jetzt sei der »Halbdackel« auf eine Glasscheibe getreten! Wenn der »Seggel« doch bloß daheimgeblieben wäre, zeterte Heiner, »goschte« weiter, jetzt werde er garantiert wegen diesem dummen August heute noch »da Ranza voll« kriegen. Oskar hoffte, dass Heiner nicht recht behielt. Man sollte seine Kinder nicht schlagen, fand er.

Schicksalsergeben trotteten sie ins Gewächshaus hinein, um sich den Schaden anzusehen, den dieser Unglücksrabe angerichtet hatte. Es sah verheerend aus. Überall Splitter, das Dach hatte ein Loch, und die Blumen lagen zerdrückt am Boden, nicht mehr zu gebrauchen für den Verkauf auf dem Wochenmarkt. Mit hängenden Köpfen, den blutenden Jungen im Schlepp, machten sie sich auf, ihre Moralpredigt zu kassieren.

Am Kaffeetisch breitete sich gleich eine Riesenpanik aus. Die Mutter des Unfallopfers schlug bestürzt die Hände vors Gesicht und begann, erschüttert zu schluchzen. Was denn bloß passiert sei, wollten Heiners Vater und Großvater wissen. Die zwei Freunde gaben einen kurzen Abriss vom

Unglücksfall und ernteten strenge Blicke. Aber geschimpft wurde eigentlich überhaupt nicht, denn der Sohn des Besuchs war schließlich um einiges älter als Oskar und Heiner. Da wäre es ja an ihm gewesen, der Überlegtere zu sein. Wenn er in seinem Alter den kleinen Buben aufs Dach hinauf folgte, obwohl er zu unsportlich für dieses Abenteuer war, musste er jetzt halt mit seinen Verletzungen zurechtkommen. Das fanden die Buben und auch die gesamte Gärtnerfamilie.

Heiners Großvater sagte sogar, dass die Eltern des Suppenkaspers den Schaden am Gewächshausdach bezahlen sollten, denn die Scheibe müsse ersetzt werden und die Blumen könne man nicht mehr verkaufen, die seien sicher zerdrückt. Der Vater des Verunglückten meinte, er werde sich darum kümmern, und blies dann zum Aufbruch. Man wolle schließlich heute noch nach Hause kommen. Also setzten sie sich in ihren Mercedes, der Sohn wurde auf die Rückbank gebettet. Man hatte ihn mehr schlecht als recht verbunden, die Arme waren aufgeschürft, aber am Schienbein klaffte ein langer Schnitt, der immer noch blutete. Wie sie den ehemals so stolzen Pfau derart lädiert und traurig aus der Wäsche schauend im Auto sitzen sahen, tat er den zwei Freunden schon fast wieder leid.

Als sie dann zusammen mit dem Großvater die Unglücksstelle aufräumen mussten, schlug das Mitgefühl in Selbstmitleid um, denn es gab eine Menge zu tun. Vorsichtig sammelten sie die Scherben in einen Blecheimer und trugen sie zur Mülltonne. Danach wurden die zerdrückten Blumen auf den Kompost gebracht und die Plattenwege gekehrt. Als das Beet wieder glatt gezogen war, wurde der Großvater auf einmal gesprächig. So einen blöden Lulatsch habe er in seinem ganzen Leben noch nicht gesehen, schimpfte er. Mit dem würden die Eltern noch ihre Freude haben. Haselnusssteckenbeine, zwei linke Hände und dann auch noch recht eingebildet, dieses Freundchen. Durchs Glasdach krachen, das sei ja der Gipfel. Wie man nur so »dubbelig« sein könne! Wunder was meinen, bloß weil man aus der Großstadt sei. Auf Besuch kommen und alles kurz und klein schlagen, eine Sauerei hinterlassen, das sei doch unverschämt, regte er sich auf. Und die zwei Buben waren ganz bei ihm, denn auch sie fanden, dass man sich so nicht benehmen sollte.

Oskar erzählte seiner großen Schwester am Abend alles haarklein, und Hanna musste arg lachen, als sie sich vorstellte, wie dieser Schnösel durchs Dach gekracht war. In einem fort machte Oskar der großen Schwester vor, wie der »Simpel« auf dem Rücken liegend mit Armen und Beinen gestrampelt hatte, während er sich heulend selbst bemitleidete. Vor lauter Fröhlichkeit liefen Hanna die Augen förmlich über, und Oskar stellte einmal mehr fest, wie sehr es ihn immer noch freute, seine große Schwester mit seiner Schauspielerei derart zum Lachen zu bringen.

Bei Frida erwähnten sie diesen Zwischenfall nicht, denn die würde sich gleich wieder große Sorgen machen. Auch der Vater von Heiner hatte gesagt, Oskar solle es erst gar nicht erzählen, man habe sich am Nachmittag schon genug geärgert, da müsse sich Oskars Mutter nicht auch noch aufregen, das sei nun wirklich nicht nötig. Insgeheim dachte Oskar auch, die Mutter werde ihm dieses Herumturnen verbieten. Aus Angst, er könne sich verletzen. Was natürlich niemals passieren würde. So dumm, auf Glas zu treten, konnten schließlich nur Großstädter sein.

1955

Mit seinem zwölften Geburtstag begann Oskar, sich mehr für die Schule zu interessieren. Er streunte weniger herum, kam seltener zu Heiner in die Gärtnerei.

Es war tatsächlich so, dass Fridas Jüngster wohl einfach erwachsen wurde. In letzter Zeit hatte er nur noch beste Noten nach Hause gebracht, was seine Mutter und die große Schwester mit Stolz zur Kenntnis nahmen. Aber auch er selbst war offenbar sehr mit sich zufrieden.

Ein Jahr zuvor hatte der Besitzer den Pachtvertrag für ihr »Wiesentalstückle« gekündigt und Frida ein Tauschgrundstück angeboten, das dem alten Garten niemals das Wasser reichen konnte. Dennoch hatte Frida zugestimmt, sie wusste sonst nicht, wo sie ihr Gemüse anpflanzen sollte. Gemeinsam bauten sie den Geräteschuppen ab und auf dem neuen Stückle wieder auf. Als die Umsiedlung vollzogen war, wurde Frida von einer kurzen, aber sehr heftigen Wehmut erfasst. Erschöpft setzte sie sich ins Gras und dachte an ihren Theo. Ihr war, als hätten sie eine der letzten Erinnerungen abgebaut, abgerissen, ja vernichtet.

Selbstverständlich wusste Frida, dass sie keinen Anspruch darauf hatte, für immer dieses paradiesische Stückchen Land zu bewirtschaften, dennoch war es ihr über die Jahre sehr ans Herz gewachsen. Schließlich hatte es hier in den entbehrungsreichen Jahren des Krieges einen Zufluchtsort für sie und die Kinder gegeben. Sie hatten viel Arbeit und Herzblut in den Garten gesteckt, und nun ließ man ihnen gerade mal zwei Monate Zeit, das Grundstück zu räumen.

Diese vermeintliche Ungerechtigkeit führte Frida wieder einmal vor Augen, wie wichtig es anscheinend war, eigenen Grund und Boden zu besitzen. So raffte sie sich auf und bewarb sich für einen Bauplatz im neu erschlossenen Baugebiet, nicht weit von ihrer Wohnung. Zugleich entschied sie, ihre Wiese im heimatlichen Dorf sowie einen Acker, den sie von Theos Familie geerbt hatte, zu verkaufen. Zusammen mit ihrem zurückgelegten Geld und den Ersparnissen ihrer Hanna könnten sie sich endlich ihren Traum vom eigenen Haus erfüllen.

Als sie nach recht kurzer Bauzeit im August 1956 in ihr neues Haus einziehen konnten, war die Freude riesengroß. Mit Tränen in den Augen saß Frida am Abend nach dem Einzug völlig abgekämpft in ihrer strahlend weißen Küche.

Frida hatte schon während des Hausbaus im Garten gearbeitet, das Hanggrundstück war bereits terrassiert, nur die Beete mussten noch angelegt werden. Direkt bei der Küchentür befand sich ein schöner Sitzplatz. Die Terrasse bestand aus einfachen Betonplatten, und im Herbst würden sie noch die Spalierbäumchen pflanzen. Nach Theos Plan direkt am Haus entlang.

Hanna und Oskar bekamen jeweils ein eigenes Zimmer.

Oskar schloss die Volksschule ab und trat eine Lehre als Zimmermann an. Mit dem Bauwesen fand er ein Thema, das ihn fesselte. Fleißiger denn je ging er seiner Tätigkeit nach.

Frida hatte nun alles erreicht, was ihr in ihrem Leben wichtig gewesen war. Und trotzdem schien ihr ständig etwas zu fehlen. Für immer blieb sie ein halber Mensch, ihre andere Hälfte war in Russland geblieben. Saß sie am Abend im Mondschein auf dem Balkon, wünschte sie sich, Theo säße neben ihr. Gemeinsam könnten sie die Sterne zählen, die Milchstraße bewundern und die Glühwürmchen bestaunen.

Theo war nun seit mehr als zehn Jahren tot, aber für Frida fühlte es sich an, als wäre er gestern erst gestorben.

1961

Heute feierte Oskar den achtzehnten Geburtstag. Endlich durfte er mit seinem Heinkel-Roller die ersten Runden drehen. Die Führerscheinprüfung hatte er bereits in der Woche davor bestanden. Was war alles passiert im vergangenen Jahr! Mit Auszeichnung hatte Oskar die Ausbildung zum Bautechniker abgeschlossen, dabei sogar noch die Fachhochschulreife erlangt, damit er sich an der Hochschule bewerben konnte. Vor zwei Wochen waren dann gleich zwei Briefe ins Haus geflattert. Zum einen gab es die Zusage der Hochschule in München, zum andern erhielt er den Musterungsbescheid. Die Mutter war außer sich. Wie konnten sie es wagen, eines ihrer Kinder mustern zu wollen. Ob es tatsächlich sein könne, dass ein Sohn zur Bundeswehr müsse, obwohl man dessen Vater im Krieg erschossen habe, fragte sie ihre Kinder empört. Die schlaue Hanna erklärte ihr, dass man kaum eine Bundeswehr aufbauen könne, ohne den Nachwuchs der im Zweiten Weltkrieg gefallenen Männer dafür heranzuziehen.

Hanna war verliebt. Frida war fast sicher gewesen, Hanna und Hans würden einmal ein Paar werden. Aber Hanna hatte sich im Frühling in Emil, einen Förster, verguckt. Und Hans in Emils Schwester. Emils Schwester arbeitete am Empfang der Steuerkanzlei, in der auch Hans angestellt war. So hatte sich das alles ergeben.

Als jetzt im Radio verkündet wurde, man habe in Berlin mit dem Bau einer Mauer begonnen, war die ganze Familie erst einmal sprachlos. Nach ein paar ruhigen Minuten meinte Oskar, es wäre ja dann vielleicht auch gut, wenn er zum Wehrdienst ginge, denn man wisse schließlich nicht, ob die Sowjets demnächst ihren Arm nach ganz Deutschland ausstrecken würden. Da müsse man seinen Teil zur Stärkung der Bundeswehr beitragen, könne sich nicht drücken.

Zwei Monate später begann Oskar mit der Grundausbildung. In Freudenstadt absolvierte er die einjährige Wehrzeit und dachte immer mal wieder sogar daran, sich für einen längeren Zeitraum zu verpflichten. Aber dann entschied er sich doch, den Platz an der Hochschule für Bauingenieurswesen anzunehmen.

Nachdem er sein Zimmer in München bezogen hatte, begann eine glückliche Zeit für Oskar. In der bayerischen Stadt fühlte er sich sehr wohl. Seine schon recht alte Zimmerwirtin schloss ihn sogleich ins Herz, begann, ihn zu bemuttern und zu verhätscheln.

Auch eine Handvoll alter CVJM-Kameraden studierte in München. Das war eine erfreuliche Fügung, denn das Nachtleben war durchaus spannend, und zu mehreren zog man durch die Kneipen.

Frida war froh, dass beide Kinder einen guten Beruf haben würden. Hanna liebte ihre Arbeit, verdiente gut und war bereits mit Emil verlobt. Demnächst würde der ein eigenes Revier bekommen.

Und wenn Oskar weiterhin fleißig war, dann hätte sie es doch noch geschafft, wenigstens ein Kind studieren zu lassen. Theo wäre stolz!

* * *

Als an einem späten Samstagabend die Polizei bei Frida klingelte, blieb ihr Herz beinah stehen.

Oskar hatte einen Unfall gehabt, war mit seinem Heinkel zu schnell auf eine Kreuzung gefahren, hatte scharf bremsen müssen und war im hohen Bogen zuerst über den Lenker und dann über ein Verkehrsschild geflogen. Jetzt lag er in München im Hospital. Viel mehr wusste der Polizist nicht zu berichten, er solle sie nur in Kenntnis setzen, damit man sich kümmern könne.

Auch Hanna war es gehörig reingefahren. Immer noch hing sie sehr an ihrem Bruder und war nun in großer Sorge. Aber jetzt musste sie die Mutter beruhigen, sie legte ihre ganze Kraft in das Organisieren einer überstürzten Fahrt nach München. Frida musste mit, das war klar.

Nicht einmal zwei Stunden später waren sie bereits auf der Autobahn. Emil war ein guter Fahrer, routiniert brauste er in Richtung Bayern. Sie sprachen nicht viel, waren alle in ihre jeweilige Gedankenwelt versunken.

Als sie spätabends vor dem Krankenhaus parkten, war die Besuchszeit schon vor Stunden zu Ende gegangen. Der Mann an der Pforte ließ die drei dennoch hinein, nachdem er ihre erschöpften und besorgten Mienen gesehen hatte.

Er wies ihnen den Weg in die chirurgische Abteilung. Frida kämpfte bereits mit den Tränen, als die Nachtschwester erklärte, man könne ihnen auf keinen Fall Zutritt gewähren. Da es aber auch für Hanna lebensnotwendig war, wenigstens einen kurzen Blick auf ihren kleinen Bruder zu erhaschen, bot sie der Schwester zwar sachlich, aber dennoch sehr hartnäckig die Stirn. Am Ende durften sie sogar in Oskars Zimmer hinein. Wie ein Häuflein Elend lag dieser mit bleichem Gesicht in den Kissen. Wenngleich er versuchte, seine Familie zu beruhigen, war ihm doch recht schwach ums Herz. Sie sahen es ihm an.

Der Arzt bestand auf eine weitere Woche im Krankenhaus, danach könne ihn die Schwester nach Hause holen.

Für mehrere Wochen musste Oskar die Gipsbeine ertragen. Aber bald war er wieder ganz der Alte.

Kurze Zeit später heirateten Hanna und Emil.

Während Oskar studierte und nur hin und wieder am Wochenende nach Hause kam, blieb Hanna bei Frida. Sie bekam zuerst ein Mädchen, dann einen Jungen. Katja und Thommi. Es war eine Freude. Emil übernahm ein Forstrevier, und Hanna kümmerte sich um die Kinder. Frida war da. Half. Und ging weiter zu ihren Putzstellen.

Und dann war auch der Bub verliebt.

Bei der Hochzeit seiner Base hatte er die schöne Elfriede kennengelernt, er nannte sie Elfi oder Elfe. Das war vielleicht eine Hochzeit! Die Familie des Bräutigams musste nicht ans Sparen denken, nein, sie richteten ein wahres Riesenfest für ihren Stammhalter aus. Alle waren da. Die ganze Verwandtschaft kam zusammen. Frida war glücklich – den ganzen langen Tag. Vor lauter Seligkeit bemerkte sie gar nicht, wie hingerissen Oskar von seiner Tanzpartnerin war.

Hanna war mit der ganzen Familie da. Die Kleinen sahen putzig aus. Katja, die Ältere, hatte ein süßes Kleidchen an, und ihre blonden Locken wurden von Spängchen gehalten. Thommi hatte einen neuen Kurzhaarschnitt bekommen und trug eine dunkelblaue Hose, weißes Hemd und Fliege, beide wurden sehr bewundert. Eine Vorzeigefamilie.

Auf Hanna war Frida stolz, denn obwohl die wirklich alle Hände voll zu tun hatte mit ihren kleinen Kindern, hatte sie am vorangegangenen Abend eine mordsmäßig aufwendige Torte zustande gebracht, Hut ab. Wo sie doch an drei Tagen die Woche vormittags schon wieder arbeitete und ihr eigenes Geld verdiente.

Später machten sie einen Spaziergang durch das Dorf. Der kleine Thommi hüpfte hinter seiner Schwester her, und Frida durchfuhr kurz die Erinnerung an längst vergangene Tage, als sie selbst mit ihren Kleinen durch die Dorfstraßen spaziert war. Auch ein kleiner Bruder und eine ältere Schwester, wenngleich der Altersunterschied viel größer gewesen war.

1968

Frida

Meine Güte, war dieser Mann lustig! Frida bemerkte gar nicht, wie die Zeit verging. Schon den ganzen Nachmittag erzählte der Gegenschwieger die tollsten Witze, zog Grimassen und ahmte derart detailgenau Politiker und andere bekannte Persönlichkeiten nach, dass es eine Freude war.

Elfi und Oskar feierten heute ihre Verlobung. Elfis Mutter Anna hatte ein richtiges Festessen gezaubert. Frida half, wo sie konnte. Mit Anna verstand sie sich sehr gut. Die Frau konnte schaffen. Hier im Dorf im Donautal führte sie ein kleines Geschäft für Drogeriewaren, während ihr Mann einen Frisörsalon betrieb. Das war ein Geschnatter und Lachen in dieser Familie. Den ganzen Tag. Der Gegenschwieger Konrad stammte aus dem Rheinland, und das merkte man sofort. Er war eine Frohnatur. Und obendrein geschäftstüchtig. Neben der Arbeit im Frisörsalon fuhr er noch als Möbelverkäufer durch die Gegend. Für jedes verkaufte Stück erhielt er eine Provision. Und er verkaufte viele Möbel. Durch sein einnehmendes Wesen verdrehte er den Damen den Kopf, und diese unterschrieben nach kurzer Zeit einen Kaufvertrag. Gut, es kam vor, dass einer der knausrigen Ehemänner den Vertrag am nächsten Tag wieder auflösen wollte, aber meistens konnte Konrad das durch einen kurzen Wiederholungsbesuch verhindern. Denn er verstand sich auch auf sauerpöttische Männer, wickelte auch sie regelrecht um den Finger. Andauernd verwendete Konrad solch lustige

Wesensbeschreibungen: Gilfstimmig, hängebackig, glubschäugig, kartoffelnasig, segelohrig, flachbusig, blähbauchig, watschelgängig, hennenhektisch oder piepsmäusig, waren häufig verwendete Wieworte.

Das erste Auto im Ort hatte selbstverständlich Konrad gekauft. Deshalb konnte die Familie öfter einmal die kleine Elfi im Internat besuchen. Mit gerade mal vierzehn Jahren war die ältere der beiden Töchter ins Internat gekommen, um das Abitur zu machen. Und zumindest am Anfang hatte sie großes Heimweh nach ihrer Familie. Mit der Zeit legte sich das aber, und Elfi hielt bis zu ihrem Schulabschluss durch. Sie kam im nächsten Monat ins Referendariat an die Grundschule ganz in der Nähe ihres Heimatortes. Frida fand es großartig, dass Elfi Lehrerin war, denn so konnte sie gutes Geld verdienen, war unabhängig. Für Frida war das sehr wichtig, denn auch sie hatte in den Kriegsjahren und danach schauen müssen, wie sie etwas dazuverdienen konnte, um ihre Kinder zu versorgen.

Mit ihrer jüngeren Schwester Lotte verstand sich Elfi blendend. Die beiden waren sehr eng miteinander, lachten und alberten herum. Auch jetzt hatten alle ihren Spaß. Elfi und Lotte lachten und lachten. Und rissen alle mit.

Nicht lange nach der Verlobungsfeier starb Konrad völlig überraschend an einem Herzinfarkt.

Und Elfi wurde schwanger. 1969 heirateten Elfi und Oskar. Elfi bekam in kurzem Abstand zwei Mädchen, Katharina und Sissi. Sie arbeitete weiterhin als Lehrerin.

Oskar war mittlerweile beim Bauamt in seiner Heimatstadt angestellt. Sie wohnten also wieder nah bei Frida.

Fridas Kinder fuhren gerne in den Urlaub. Hanna und Emil kauften sich einen Alpenkreuzer, einen zusammenklappbaren Wohnanhänger, während Oskar und Elfi gar gleich einen noblen VW-Bus brauchten.

Man fuhr ins Gebirge, an den Gardasee, zur Nordsee und ins Rhonetal. Die Kinder sollten etwas sehen von der Welt. Frida wollte nicht mit.

1971

Hanna

Die Mutter hatte ihr am Nachmittag unterbreitet, sie werde zu Oskar und dessen Familie ziehen. Ein bisschen traurig war Hanna schon. Sie würden mehr Platz haben, aber man hätte es auch so hinbekommen. Jetzt musste sie sich überlegen, wie sie das mit den Kindern regelte. Thommi ging zum Glück gerne in den Kindergarten und würde im Sommer ohnehin zum Schulkind werden, es gab dennoch einiges zu organisieren.

Hanna arbeitete im Technischen Rathaus, sie liebte ihren Arbeitsplatz, aber es wäre sicher kein Problem, vorübergehend ihre Arbeitszeit zu reduzieren. Für die Kinder wäre sie in jedem Fall dafür bereit, denn sie war gerne Mutter, und Emil verdiente sehr gut. Deshalb könnte Hanna auch für eine Weile ganz zu Hause bleiben.

Manchmal waren sie schon aneinandergeraten. Es war nicht immer einfach, wenn die Mutter sich ständig einmischte. Vielleicht würde ihnen der Abstand guttun.

Insgeheim glaubte Hanna zu wissen, warum Frida am Schluss so schnell entschieden hatte. So hatte sie jetzt einen Grund, zurück in ihr Heimatdorf zu ziehen, da lebten auch ihre Schwestern Lina und Käthe. Oskar war mit seiner Familie dort hingezogen. In eine Mietwohnung, vorerst. Oskar wünschte sich ein eigenes Haus. Deshalb traf es sich gut, dass seine Frau Elfi in der Dorfschule unterrichten konnte. Und Frida bei den Kindern blieb.

In den letzten Jahren war Frida weiterhin mindestens einmal im Monat zu Oma Rosine gefahren. Sie war immer noch sehr eng mit Theos Familie. Es gab regelmäßige Verwandtschaftstreffen, aber alle waren halt in ihren eigenen Familien eingespannt.

Vielleicht hatte die Mutter aber auch einen Grund gebraucht, ihre verbliebenen zwei Putzstellen endlich aufzugeben. Hanna fand sowieso, Frida habe wirklich lange genug anderer Leute Dreck weggemacht. Sie hatte ein sehr gutes Verhältnis zu ihren Arbeitgeberinnen. Diese waren stets froh über Fridas Arbeit, so wie Frida immer froh über ihre jeweiligen Stellen und den dazugehörenden Lohn gewesen war.

Aber vor Jahren schon hatte Hanna erkannt, wie manche Menschen über die Arbeit der Mutter dachten.

Es war eine ihrer besten Freundinnen, die ihr die Augen öffnete. Diese wohnte direkt neben einer Familie, bei der die Mutter einmal die Woche im Haushalt half.

Es sei wirklich schön, mit anzusehen, wenn Frida schaffe, denn diese tue alle Putzarbeiten mit einer solchen Würde, man müsse sich das einfach anschauen.

Hanna wusste gar nicht, wie sie das finden sollte. Ihre Mutter putzte also »mit Würde«. Mit Würde putzen, das hatte sie noch gar nie gehört! Aber aus dem Mund der Freundin kam es ihr schon ein wenig von oben herab vor. Sogar ziemlich von oben herab. Nur weil die Mutter der Freundin schon immer besser dran war, brauchte sie nicht so zu sprechen. Denn in ihrer Lage war es einfach. Ihr Vater hatte nicht in den Krieg ziehen müssen und verdiente sehr gut.

Seither war die dumme Kuh nicht mehr eine ihrer besten Freundinnen. Das hätte sie nämlich nicht sagen dürfen.

Und Hanna wusste, dass es ihr im Grunde am liebsten wäre, die Mutter hätte es leichter und weniger aufregend gehabt im Leben. Deshalb sollte es Frida wenigstens ab jetzt schön und sorgenfrei haben.

Frida

Sie saß recht verloren im neu eingerichteten Wohnzimmer und hing ihren Gedanken nach. Es hatte alles nichts genützt, all ihre Einwände waren vor allem an Oskar einfach abgeprallt. Er konnte schon stur sein. Für Elfi war es nicht so leicht gewesen, das hatte Frida bemerkt.

Vor einer halben Stunde waren sie dann davongebraust, in ihrem VW-Bus. Und die Kinder hatten sie mitgenommen. Beide.

Diese jungen Leute wollten einfach alles. Sie wollten studieren, ihre Berufe ausüben, auch die Frauen. Sie brauchten eine schöne, moderne Wohnung, schicke Kleider, eine Familie mit Kindern und allem Pipapo.

Und unterwegs sein, das wollten sie auch. Jedes Wochenende lange Ausflüge, und jetzt eben auch noch ins Gebirge für einen Wanderurlaub mit Freunden.

Sie sollte sich nicht einmischen, weder in die Erziehung der Kinder noch in die Angelegenheiten der frisch verheirateten jungen Leute. Das wusste Frida. Von Anfang an war es ihre Aufgabe gewesen, sich um die Kleinen zu kümmern, während die Schwiegertochter in der Schule war. Gerne versorgte sie den Haushalt. Und im Übrigen fand sie es großartig, dass Elfi so einen guten Beruf hatte. Sie sollte ruhig unterrichten. Für Frida und die Kinder war es so in Ordnung. Die kleine Katharina beschäftigte sich am liebsten selbst, und das Baby war gut zu haben. Es war schön, sich noch mal um so zwei kleine Mäuschen kümmern zu können.

Sie hing sehr an der sechs Monate alten Sissi. Das bemerkte sie deutlich. Schon den ganzen Morgen stach ihr das Herz in die Brust, die Sehnsucht nach der Kleinen war schier körperlich. Das hätten sie nicht tun dürfen. So ein kleines Kind aus der gewohnten Umgebung reißen, es war furchtbar.

Als ihr der Sohn vor einigen Wochen seine Montafonurlaubs- und die damit verbundene Babyzurücklassabsicht unterbreitet hatte, war sie erst einmal sprachlos gewesen. Wie konnten die jungen Eltern auf die Idee kommen, ihr sechs Monate altes Mädchen für ganze zwei Wochen bei der Oma zu lassen? Hatte man so etwas schon gehört?

Aber Oskar meinte es ernst. Frida konnte sich zum ersten Mal nicht zurückhalten. Argumentierte. Schimpfte. Schnappte ein. Und nicht wieder aus. Kurzerhand verweigerte sie sich.

Heute bereute sie diese Aktion zutiefst, denn ihr Sohn hatte am nächsten Tag gesagt, man dachte einfach, es wäre für sie und das Baby die beste Lösung. Sie wollten doch Katharina das Montafon zeigen, sie mit in die Berge nehmen, damit ihr Husten endlich besser werde. Der Arzt habe dazu geraten, eine Luftveränderung herbeizuführen.

Da fühlte sich Frida schlecht.

Wahrscheinlich hatte Oskar recht. Aber das sagte sie ihm nicht. Großer Fehler.

Am Schluss entschieden sie, das Baby zu Elfis Mutter und Schwester zu bringen und in deren Obhut zu lassen.

Mittlerweile war die Familie sicher schon angekommen. Frida mochte sich gar nicht ausmalen, wie die kleine Sissi gerade weinte. Denn Oskars Schwiegermutter und deren jüngere Tochter Lotte waren vor vier Wochen zum letzten Mal auf Besuch gewesen. Sicher konnte sich das kleine Mädchen an die Gesichter kaum noch erinnern. Ach, hätte sie doch nur nicht ihren Willen durchsetzen wollen, schimpfte Frida sich selbst. Bestimmt wäre sie gut zurechtgekommen mit dem Baby. Und die Kleine müsste jetzt nicht so leiden. Am liebsten wäre sie in den Zug gestiegen. Dem Enkelchen hinterhergefahren. Wie sollte sie nur diese zwei Wochen überstehen? Sie begann zu weinen, alles tat ihr weh, Frida wusste weder ein noch aus.

Als zwei Stunden später das Telefon klingelte, fuhr Frida wie der Blitz aus dem Sessel.

Es war klar, wer anrief.

Lotte war außer sich. Da kam Leben in die niedergeschlagene Frida. Mit fürchterlichen Herzschmerzen lauschte sie Lottes Ausführungen, während sie im Hintergrund die schrillen Schreie des geliebten Enkelkindes wahrnahm.

Sissi war im Auto eingeschlummert, die jungen Eltern hatten das schlafende Baby schnell übergeben. Schon eine Viertelstunde später verließen sie das Dorf im Donautal und fuhren ihrem Urlaub entgegen.

Das Baby habe nicht lange geschlafen, berichtete Lotte. Und seit es aufgewacht sei, tobe das Mädchen.

Frida trug den zwei besorgten Frauen auf, die kleine Sissi ins Wägelchen zu verfrachten und einen Spaziergang zu unternehmen. Sie war sicher, dass das Kind dann schlafen werde. Eine der beiden solle am Telefon warten. Sie werde versuchen, Hanna zu erreichen.

Und was für ein Glück! Hanna war zu Hause.

Eine Stunde später quetschte sich Frida zwischen Hannas Kinder auf den Rücksitz.

Auf ihre Familie war einfach Verlass. Man habe sowieso einen Sonntagsausflug geplant und könne mit Frida ins Donautal fahren, hatte Hanna am Telefon erklärt.

Der kleine Thommi saß glücklich neben Frida, erzählte vom Ausflug mit dem Kindergarten in der vorangegangenen Woche und hielt die Oma an der Hand. Katja war ein bisschen schlecht, sie hing mit bleichen Bäckchen im Sitz und schaute aus dem Fenster. Die Oma gab ihr ein Zitronenerfrischungstüchle. Das half meistens.

Sie kamen gut durch und stiegen nach anderthalbstündiger Fahrt aus dem Auto.

Das Baby im Arm saß Frida wenig später an Annas Esstisch. Mit ihren Kulleraugen blickte Sissi nun beruhigt tief in Fridas Augen hinein und begann, sich zu entspannen. Immer wieder fuhr ein schreckliches Seufzen durch den kleinen Körper, was Frida in der Seele wehtat. Wenngleich sich Anna viel Mühe mit dem Mittagessen gemacht hatte, konnte Frida kaum einen Bissen hinunterbekommen. So sehr war ihr das alles auf den Magen geschlagen.

Aber Hanna, Emil und ihre Kinder aßen mit Appetit. Gemeinsam unternahmen sie am Nachmittag noch einen langen Spaziergang im warmen Sonnenschein, bevor die vier wieder ins Auto stiegen.

Frida blieb, kümmerte sich ums Baby, das nach kurzer Zeit auch die Oma Anna samt Tante Lotte ins kleine Herz schloss. Jetzt, wo die Basisfamilie wieder beisammen war, konnte sich das Kind auf die anderen Gesichter einlassen. Bereits beim Nachtessen fühlte sich der Säugling pudelwohl. Vergessen war das Geschrei vom Vormittag. Die drei erwachsenen Frauen und das kleine Mädchen würden eine prima Wohngemeinschaft bilden, die nächsten Tage. Frida half noch beim Abwasch und richtete das Mäuschen fürs Bett.

Später saßen die drei vorm Haus, in der goldenen Abendsonne, herzten die Kleine und fühlten sich schon ganz verbunden. Von allen dreien wurde das Sissile verhätschelt, und das genoss sie außerordentlich. Man musste sich also keine Sorgen machen, der durchgebrüllte Vormittag hätte dem kleinen Kind ernsthaften Schaden zugefügt.

Immer wieder dachte Frida später an den schönen Abend zurück. Im Nachhinein sah sie diese gemütlichen Stunden als eine Art Gnadenfrist. Nach der ganzen Aufregung vom Morgen war sie in diesen Stunden einfach sehr glücklich und entspannt gewesen.

Denn sie erfuhren erst am anderen Morgen, welch Unglück die Familie am frühen Abend heimgesucht hatte. Nach einer ruhigen, traumlosen Nacht saß Frida mit Anna und Lotte bei einer Tasse Kaffee, aß gebutterten Toast und überlegte, später mit dem Kind eine kleine Runde durchs Dorf zu machen. Sissi liebte solche Spazierfahrten. Sobald die Kleine ihren Kinderwagen sah, packte sie für gewöhnlich die Ausgehlust. Frida musste dann regelrecht aufpassen, dass sie nicht versuchte, von ihrem Arm herunter im hohen Bogen ins Wägelchen zu hüpfen. Freilich konnte die Kleine noch nicht sprechen, aber sie zeigte mit ihrem ganzen Körper, wohin es gehen sollte: hinein in den Wagen und hinaus an die frische Luft. Und waren sie unterwegs, schaute sie neugierig in jeden Hof hinein, lächelte alle freundlich an und zeigte mit ihren zarten Fingerchen auf jedes noch so kleine Tierchen, das so durch die Luft schwirrte. So war am Anfang ihrer jeweiligen Fahrt für Sissi an Schlaf gar nicht zu denken, und Frida fand das gut. Es ging ihr nämlich jedes Mal das Herz auf, bei so viel Kleinkindfrohsinn.

Heute würde ein sonniger Tag werden, das sah man bereits jetzt, um sechs Uhr morgens. Frida wollte auf alle Fälle gleich nach dem ersten Fläschchen mit Sissi losziehen.

Aber dazu sollte es nicht mehr kommen, denn fünf Minuten später schrillte das Telefon, und alle wussten, es musste etwas passiert sein. So früh am Morgen hatte selbst bei Anna und Lotte noch nie jemand angerufen.

1975

Frida

Wieder ein Umzug. Elfi und Oskar hatten sich ein Haus gebaut. In dem Dorf, in dem ihr Theo so glücklich gewesen war, in den Sommern vor dem Krieg. Hier waren sie durch die blühenden Wiesen am Waldrand spaziert, und das Unheil schien damals weit entfernt.

Im neuen Haus hatte Frida ein großes Zimmer. Direkt daneben gab es ein Bad, nur für sie. Das war Luxus. Darüber hatte sie sich sehr gefreut. Sonst blieb natürlich alles beim Alten. Für den Haushalt war Frida zuständig, und das war ihr recht. Sissi wurde im Kindergarten angemeldet, und sie fühlte sich dort sogar wohl.

Frida war glücklich. Jedes ihrer Kinder hatte ein eigenes Zuhause, einen Platz für die eigene Familie. Das war gut und wichtig. Und dass sie selbst nun einen richtigen Rückzugsort hatte, genoss sie außerordentlich. Im Dachgeschoss waren bis jetzt nur Fridas Zimmer und Badezimmer ausgebaut, so konnte sie am Abend die Tür zum Treppenhaus schließen und sich zurückziehen. Das war auch gut für die junge Familie.

Um fünf Uhr morgens ging sie hinunter, um das Frühstück für die Familie herzurichten. Mit Sissi war sie immer noch sehr eng. Am allerliebsten wollte die Kleine als Erste bei der Oma in der Küche sein. Die beiden genossen diese frühe halbe Stunde der Zweisamkeit. Noch im Schlafanzug saß ihre Enkelin dann auf der Küchenarbeitsplatte und beobachtete genau, was die Oma so herumwerkelte. Meistens vesperte sie dabei schon das erste Butterbrot. Sie sprachen nicht viel, waren beide am Morgen eher still. Saßen sie dann später gemeinsam am Esszimmertisch, waren sie bereit für die anderen Gesichter.

Deshalb gab es auch großes Geplärr, wenn Sissi einmal nicht die Erste war bei der Oma in der Küche. Da war dann der Tag völlig aus der Spur, das wollte keiner erleben.

Dennoch kam es hin und wieder vor, dass die Kleine länger schlief und andere eben schon früher aufgestanden und in der Küche bei Frida angekommen waren. Das nahm Frida immer als ein schlechtes Omen, denn an solchen Sissi-Verschlaftagen war öfter einmal nicht gut Kirschen essen mit dem kleinen Wirbelwind.

An einem solchen Morgen gab es einen ohrenbetäubenden Knall im Kinderzimmer. Elfi hatte die Frechheit besessen, einen Gürtel in die Cordhose ihrer Tochter einzuziehen, wenngleich das Mädchen Gürtel überhaupt nicht leiden konnte. Sie bevorzugte Hosenträger, da war ihr Bauch nicht so eingeklemmt. Behauptete Sissi. Frida konnte keinen Bauch erkennen bei dem dürren Wicht, aber das Kind wusste es besser.

Da musste Frida jetzt mal schimpfen und der Kleinen Paroli bieten. So ging's ja auch nicht. Schließlich hätte durchaus die Scheibe zu Bruch gehen können. Sissi hatte offenbar ihre Hose samt Gürtel mit Schwung gegen die Balkontür geschleudert.

Als sie dieses Zappelzwergchen so erbost im Bett sitzen sah, kam ein Glucksen aus Fridas Bauch. Sie riss sich dennoch zusammen. Jetzt bloß keinen Fehler machen.

Da saß das Kind und blitzte seine Oma bitterböse an. Die kleinen Schultern bebten, das Schnütchen war fest zusammengepresst, und die Haare standen dem Mädchen in dicken Büscheln vom Kopf ab. Sie befand sich mal wieder kurz vor der Explosion.

Katharina stand neben Frida und schien bereits hinter ihr in Deckung zu gehen, wusste doch auch sie nur zu gut, was als Nächstes kommen würde.

»Sissi! Du bischd jetzt aber brav, gell!«, sagte Frida streng. Es könne niemand was dafür, wenn sie so lange schlafe. Und wenn Katharina auch mal allein mit ihr in der Küche sein wolle, sei das nicht so schlimm.

Tatsächlich wurde Sissis Blick weicher, und sie stieg aus dem Bett. Schnappte sich die Hose, zog mit einer kurzen schnellen Bewegung den Gürtel aus den Schlaufen und holte die geliebten Hosenträger. Wenig später saßen die drei gemeinsam am Tisch, und Sissi löffelte ihren Kaba mit Hefekranz. Sie war immer noch zornig, das sah man an der ganzen Körperhaltung.

Es könne sein, dass sie heute noch explodiere, das sehe sie schon. Man dürfe nicht immer gleich so böse werden, sonst komme man irgendwann noch mal in gehörige Schwierigkeiten, belehrte Frida die Enkelin. »Glaub mir des.«

Sissi tat, als habe sie nicht gehört. Aber Frida wusste: Man hatte sie verstanden.

1971

Frida

Anna kam in die Küche, schaute ängstlich zu Frida, und meinte, der Anruf sei für sie. Um Gottes willen!, durchfuhr es Frida, sie stand hektisch auf. Hanna schluchzte ins Telefon, es habe am vorangegangenen Abend einen schrecklichen Unfall gegeben. Ihr lieber Thommi hätte das nicht überlebt. Alle anderen hätten eigentlich gar keine Verletzungen. Aber Thommi war tot. Sofort tot. Niemand habe ihm helfen können, man hatte keine Chance gehabt. Denn ihr kleiner Thommi war auf der Stelle gestorben. Das erzählte Hanna, obgleich Frida solch eine Nachricht gar nicht hören wollte.

Als Hanna zusammenbrach, schreiend, schluchzend und völlig außer sich, schienen sich bei Frida alle inneren Organe zusammenzuknoten. Ihr Bauch. Ihre Brust. Ein einziger Schmerz! Sie bekam keine Luft, musste sich hinsetzen und hörte, wie Emil den Hörer übernahm. Er klang furchtbar, sagte, er müsse sich jetzt um Hanna kümmern, sagte, Katja sei auch ganz durcheinander, er werde später noch einmal anrufen. Dann legte er auf.

Still.

Die Ruhe, die sich jetzt ausbreitete, war erbarmungslos. Gestern war sie noch neben Thommi gesessen, er war doch so fröhlich gewesen. Was war nur passiert? Was hieß eigentlich »schrecklicher Unfall«? Zum Glück war Frida nicht allein. Lotte übernahm jetzt. Versuchte, ihre Schwester zu erreichen. Nach mehreren Telefonaten erfuhr sie endlich, dass Elfi und

Oskar zu einer zweitägigen Tour aufgebrochen waren. Mit den Freunden. Mit ihrem kleinen Kind. Sie würden erst am nächsten Tag auf den Campingplatz zurückkommen. Aber der Besitzer des Campingplatzes versprach, den Hüttenwirt anzurufen, bei dem sie übernachten wollten.

Hanna

Es war einer dieser goldenen Sonntage. Sie waren auf dem Heimweg. Emil fuhr in ruhigem Tempo durch die wildromantische Landschaft. Er hatte die Idee, an einem idyllisch gelegenen Spielplatz zu rasten. Schon einmal waren sie hier gewesen.

Die Kinder hüpften aus dem Auto, wollten zum Klettergerüst. Hanna und Emil saßen im Schatten. Die Sonne stand bereits tief und warf warm ihre Strahlen durch das frische Grün der Bäume. Im Hintergrund glitzerte die Donau. Es roch nach Walderde und dem nahen Fluss. Die Kinder spielten Fangen, sausten um die Holzhütten, preschten über die Kieswege und waren mal wieder äußerst fröhlich. Eine warme Welle des Glücks durchströmte Hanna. Gemütlich unterhielt sie sich mit Emil. Man sprach über die Besichtigung des Forsthauses in der vorangegangenen Woche. Endlich ging es los mit den Renovierungsarbeiten, aber es würde noch eine Zeit dauern, bis die Familie umziehen könnte. Deshalb hatten sie mit Oskar und der Mutter noch nicht gesprochen. Denn wenn sie ins Forsthaus zögen, müsste für das Reihenhaus in der Stadt eine Lösung her. Hanna wollte es unbedingt behalten, man könnte es an eine Familie vermieten. Aber da hatten Oskar und die Mutter auch ein Wörtchen mitzureden. Das konnte sie nicht selbst entscheiden. Vielleicht hätte sie es der Mutter sagen müssen, als diese Oskars Angebot angenommen hatte. Aber Anfang des Jahres war noch gar nicht klar gewesen, ob das Land bereit war, das heruntergekommene Forsthaus zu renovieren. In letzter Zeit hörte man hin und wieder auch von einem Verkauf solch alter Gebäude. In diesem Fall wären sie in der Stadt geblieben, Emil wäre es auch recht gewesen. Seit einigen Jahren fuhr er schon von dort aus in sein Revier, es war kein weiter Weg.

Katja kam weinend zu ihr, das Knie blutete, sie war vom Karussell gefallen. Hanna säuberte die Wunde und holte ein Pflaster aus ihrer Tasche.

Einen Moment noch saßen sie auf der Bank. Eine leichte Brise war aufgekommen und trug einen intensiven Flussgeruch zu ihnen herüber. Langsam packten sie zusammen, spazierten zu ihrem Auto und fuhren auf die Landstraße zurück.

Als Hanna fünf Minuten später nach hinten sah, schlummerte der kleine Thommi bereits selig auf der Rückbank, seinen geliebten Stoffigel im Arm. Katja saß müde daneben, hielt ihre Puppe ans Fenster, damit diese die Landschaft bewundern konnte. Kurz kam Hanna der Gedanke, nach hinten zu steigen. Denn sonst saß sie eigentlich immer zwischen den Kindern, damit sie sich gegen sie lehnen konnten, wenn sie wegdösten. Damit sie bequem und sicher in ihrem Arm schlafen konnten. Aber sie verwarf den Gedanken, denn es war ihr ein wenig komisch im Magen. Besser sie sah durch die Windschutzscheibe hinaus. Außerdem war es schön, sich während der Fahrt mit Emil zu unterhalten.

Die Sonne ging bereits unter, der Himmel verfärbte sich orange. Emil lenkte den Wagen ruhig und entspannt über die kurvige Straße entlang der Donau. Sie kamen durch kleine Ortschaften, vorbei an idyllisch gelegenen Mühlen und fuhren durch kurze Felstunnel.

Als es geschah, hatten sie das Donautal längst hinter sich gelassen, und es begann zu dämmern. Hanna war in Gedanken zu Hause angekommen, überlegte, wie sie die Kinder ins Bett brächte, demnächst.

Das Mädchen war immer noch wach, schläfrig hing sie im Sitz und sprach leise mit ihrer Puppe. Sie liebte diese Puppe, nannte sie Tina und pflegte sie, als wäre sie ihr eigenes Kind.

Irgendetwas stimmte nicht, denn die Lichter, die auf sie zukamen, waren viel zu weit auf ihrer Spur. Schnell kamen sie näher, und es blendete ungemein.

Emil!

Es ging furchtbar schnell, und doch schien sich alles in Zeitlupentempo abzuspielen.

Das entgegenkommende Auto raste an ihnen vorbei, der Abstand hatte maximal einige Millimeter betragen. Aber nur, weil Emil die Nerven behalten hatte. Das Auto fuhr zur Hälfte auf dem grasigen Seitenstreifen, begann nun zu schlingern, weil es an einem Stein entlanggeschrammt war. Jetzt musste Emil doch noch scharf bremsen, damit man zum Stehen kam.

Geschrei auf dem Rücksitz. Katja. Sie muss sich verletzt haben, fuhr es Hanna durch den Kopf. Langsam drehte sie ihren Oberkörper nach hinten, um nach den Kindern zu sehen.

Seltsam, Thommi schien immer noch zu schlafen.

Während Katja brüllte und am Kopf blutete, lag das Bübchen friedlich im Sitz, bewegte sich nicht und hielt die Augen geschlossen.

Hanna fasste nach hinten, berührte Thommi am Knie, wollte ihn aufwecken.

Immer noch schluchzte Katja, kurz drehte Hanna den Kopf zu ihr. Sah, wie Emil die Tür öffnete, das Mädchen auf den Arm nahm, versuchte, es zu trösten, und den Blick hob, um zu seinem kleinen Sohn hinüberzuschauen.

Sie sah es in Emils Augen.

Hanna stieg wie in Trance aus dem Wagen, knickte kurz ein, weil ein stechender Schmerz ihr Knie durchzuckte, fing sich sofort und eilte um den Wagen herum.

Noch vor Emil kam sie an der anderen Seite des Autos an, riss die Tür auf – und hielt inne.

Ganz ruhig wurde Hanna, schlang die Arme um ihr Kind, ihren süßen Thommi, und hob ihn aus dem Sitz. Schlaff hing er in ihren Armen. Das war kein Schlaf, längst müsste er aufgewacht sein.

Irgendjemand neben ihr begann zu schreien.

Immer noch schlief das Bübchen in ihren Armen, er war ganz warm und roch so gut. Emil kam zu ihr, drückte sie ins Gras, damit sie sitzen konnte, und da bemerkte Hanna, dass sie selbst es war, die so schrecklich schrie.

Es war, als habe ihr Körper längst begriffen, dass Thommi nicht mehr lebte. Während ihr Gehirn fieberhaft nach einem Ausweg suchte, um nicht erkennen zu müssen, dass es die Wahrheit war. Um nicht zu denken, Thommi sei wirklich tot.

Sie drückte den Kleinen an ihre Schulter, hielt seinen Kopf mit einer Hand fest und streichelte mit der anderen sachte über den zarten Rücken. Ihr Schreien war in ein Schluchzen übergegangen, und sie wiegte das Kind behutsam vor und zurück, um es zu trösten, um sich zu trösten.

Es dauerte eine halbe Stunde, bis ein Rettungswagen kam. Sie stiegen aus. Kamen näher. Gingen neben Hanna in die Knie. Tasteten Thommis Puls, legten ihn ins Gras, und der Stärkste unter ihnen sah zuerst Hanna, dann Emil fest in die Augen. Er hätte nichts sagen müssen, denn sie sahen ihm an, dass auch er unsagbar traurig wurde, dass auch er alles getan hätte, um den kleinen Buben wieder aufzuwecken. Aber es war vorbei.

Es tut mir leid.

Spät in der Nacht kamen sie zu Hause an. Man hatte sie gefahren. Noch einmal hatte Hanna zu schreien begonnen, als sie das tote Kind nicht auf den Rücksitz zurücksetzen durfte. Ganz alleine musste der kleine Thommi mit dem Auto des Bestatters fahren, keiner durfte mit. Auch nicht

Hanna. Obwohl sie doch die Mutter war. Nein, es wäre das Beste, sie führe mit Mann und Tochter nach Hause. Was wussten die, was für Hanna das Beste war.

Als sie Katja gemeinsam ins Bett gebracht hatten, setzten sie sich auf das Sofa. Schweigend hielten sie sich an den Händen, und Hanna dachte, sie müsse wahnsinnig werden.

Sie sah ihren Thommi, wie er am Morgen hinter seiner Kabatasse gesessen hatte. Um den kleinen Mund herum hatte sich ein brauner Schokomilchbart gelegt, und er war schon ganz aufgeregt, denn eben hatten sie den Kindern gesagt, man werde einen Sonntagsausflug machen.

Dann kam der Anruf.

Wären sie nicht ins Donautal gefahren, um die Mutter zu Oskars Baby zu bringen, läge Thommi jetzt in seinem Bett, dachte Hanna.

Der Bruder und seine Frau waren also schuld an Thommis Tod!

Das war ungerecht, das wusste sie ganz genau.

Denn wenn Hanna, wie sonst immer, hinten bei den Kindern gesessen hätte, dann läge Thommi jetzt in seinem Bett. Dann hätte sie ihn halten können, er wäre nicht nach vorne gegen Emils Sitz gekracht.

Man hatte den Eltern mitgeteilt, dass sich ihr Kind wahrscheinlich das Genick gebrochen habe, beim Bremsmanöver.

Unfassbar.

Frida

Schwierige Zeiten lagen hinter ihr. Beinah wäre ihre Familie an Thommis Tod zerbrochen. Sie stand an Rosines Grab, hatte ein Sträußchen mitgebracht und fror in der neblig kalten Novemberluft. Rosine hatte den kleinen Thommi nur um ein paar Monate überlebt. Schon auf Thommis Beerdigung hatte

Frida gesehen, dass es mit Rosine bergab ging. Ein Kind zu viel war gestorben. Das ertrug sie nicht.

Niemand konnte diesen Schmerz ertragen. So ein liebes Bübchen. Tot.

Wieder musste sie an die schlimme Zeit denken.

Es hatte einen ganzen Tag gedauert, bis man Fridas Sohn endlich erreichte. Sofort fuhr er mit seiner Familie zurück und lud Frida mit dem Baby ins Auto.

Am frühen Abend kamen sie bei Hanna und Emil an. Sie saßen auf der Terrasse. Die Tochter spielte im Sandkasten. Katharina setzte sich neben sie, und sie begannen, mit den Puppen zu spielen.

Oskar wollte die Schwester umarmen, aber das konnte Hanna nicht ertragen. Sie sagte, es sei wohl das Beste, wenn Oskar und Elfi für ein Weilchen Abstand hielten. Ihr sei im Moment alles zu viel, denn man sei schließlich nur wegen Oskars und Elfis Kind ins Donautal gefahren. Wären sie nicht dorthin gefahren, wäre Thommi nicht gestorben.

Da liefen Emil die Tränen übers Gesicht. War er bis dahin stark und gefasst gewesen, so öffneten sich bei ihm jetzt alle Schleusen. Er konnte sich gar nicht mehr beruhigen.

Oskar erhob sich aus dem Gartenstuhl und trat zu Emil. Legte seinen Arm um dessen Schulter und sagte, er solle ruhig ein Weilchen weinen. Denn um so ein liebes kleines Kerlchen, wie Thommi es gewesen war, müsse man einfach furchtbar trauern. Er, Oskar, würde alles dafür tun, um dies Unglück ungeschehen zu machen. Wenn er nur könnte.

Und so ging es allen. Und alle wollten helfen.

Rosine kam und kümmerte sich für eine Woche um Hanna, flößte ihr Tee ein, strich ihr Butterbrote und saß stundenlang bei Katja am Sandkasten.

Und obgleich Hanna ihn nicht sehen wollte, kam Oskar alle paar Tage, um nach seiner Schwester zu schauen. Nein, er ließ sich nicht abwimmeln. Gab nicht auf. Manchmal fuhr er gleich nach der Arbeit alleine zur Schwester, setzte sich neben sie, sprach leise mit ihr oder blieb einfach stumm. Aber häufig reiste er mit der ganzen Familie an, samt Frida fielen sie bei Hanna ein und fegten die Stille aus ihrem Haus.

So ging das den ganzen Sommer. Hanna zeigte sich ausgesprochen reserviert. Aber Emil, der ebenso stark trauerte, mochte die Besuche von Oskar und dessen Familie.

In Hannas und Emils Haus hing eine schwere Wolke der Trauer und Verzweiflung. Man konnte nicht entkommen, und das war nicht gut für die kleine Katja. Da war sich Emil sicher. Er sagte es immer wieder.

Oskars Tochter Katharina und die Schwester des verstorbenen Thommi verstanden sich nämlich sehr gut. Auch Frida sah, wie Hannas und Emils Mädchen regelrecht aufblühte, wenn die jüngere Cousine durch die Tür kam. Sogleich wurde begonnen mit Spielen und Toben. War das Wetter gut, saßen die zwei Kinder im Sandkasten und matschten, bauten Sandburgen oder fuhren mit den Puppenwägelchen auf dem Gehweg herum.

Für Emil war es hilfreich, wenn Oskar im Haus war. Auch das sah Frida. Denn Emil musste über den Unfall sprechen. Immer wieder schilderte er dem Schwager den Hergang von Anfang bis Schluss. Und Oskar hörte zu. Jedes Mal, wenn Emil seine Ausführungen beendet hatte, versicherte ihm Oskar, er habe keine Schuld. Er habe alles richtig gemacht. Einzig der Fahrer des entgegenkommenden Autos hatte Schuld, denn er war auf die Gegenfahrbahn geraten, und nur deshalb musste Emil ausweichen. Punkt. So sagte Oskar.

Und es tat Emil gut, zu hören, dass er nicht schuld am Tod seines kleinen Sohnes war. Wenngleich er sich sein Leben lang schuldig fühlte. Denn er, Emil, war am Steuer gesessen, und er selbst hatte die Vollbremsung vorgenommen. Niemand sonst könne hierfür die Verantwortung übernehmen, sagte Emil damals immer wieder.

Hanna

Heute war sie mitgekommen. Auch wenn sie eventuell noch nicht bereit war für diesen Besuch. Denn ihr Bruder Oskar hatte noch alle seine Kinder. Er musste nicht mit einem toten Kind weiterleben! Und dennoch war sie mit Katja auf die Rückbank gerutscht, ließ sich von Emil zur Familie des Bruders fahren.

Sie waren eingeladen. Sissi wurde ein Jahr alt. Das wurde heute gefeiert. Und Hanna hatte nicht nur beschlossen mitzukommen, sie hatte auch beschlossen, eine Sache endgültig zu klären.

Deshalb saß sie neben ihrem kleinen Mädchen, dem ihr verbliebenen Kind.

Sie konnte nicht anders, als an den letzten Geburtstag des kleinen Thommi zu denken. Er hatte einen Schulranzen bekommen, denn nach den Sommerferien wäre er zum Schulkind geworden.

Wie sehr er sich gefreut hatte! Von seinem Vater bekam er ein Schweizer Offiziersmesser, damit er immer ein Werkzeug in der Hosentasche hätte, wenn er mit Emil im Wald unterwegs wäre.

Und der Kindergeburtstag. Ein rauschendes Fest. Hanna hatte Sunkist in Pyramidenform besorgt, kleine Kirschlutscher, Capri-Eis und diese Muscheln, die sich öffneten, um eine Blume freizugeben, wenn man sie in ein Glas Wasser setzte. Bisher freuten sich die Buben in Thommis Alter noch über solche Wunderblumen. Später wäre es ihm peinlich, wenn er dann älter würde … dachte Hanna damals.

Wenn er dann älter würde.

Aber Thommi wurde nicht älter, er blieb für immer sechs Jahre alt.

Hanna schüttelte diese Gedanken ab. Sie wollte nicht schon wieder traurig sein.

Und wie ihre Katja sich freute, als sie ankamen! Katharina wartete schon. In einen warmen Anorak gepackt, stand sie an der Haustür. Schon kam sie ans Auto, Katja sprang heraus und zwitscherte hinter Katharina ins Haus hinein.

Drinnen war alles gemütlich hergerichtet. Sie aßen Kuchen und freuten sich über das aufgeweckte Geburtstagskind, das von den zwei älteren Mädchen auf einem Rutscheauto durch das Wohnzimmer gezogen wurde.

Beim späteren Nachtessen, es gab Elfis berühmten Toast Hawaii, beschloss Hanna, nicht länger zu warten. Demnächst würden sie schließlich aufbrechen, nach Hause zurückfahren, und dann wäre der richtige Zeitpunkt eventuell bereits verstrichen.

Es wurde Zeit. Heute musste sie es allen sagen.

1978

Hanna

Sie wusste es. Die Mutter würde nicht mehr lange leben. Aber Frida durfte nicht sterben, ohne zu wissen, dass sie es gewesen war, die Hanna endgültig die Augen geöffnet hatte.

Und so nahm sie Fridas Hand, sagte, es sei nun schon so lange her, aber man habe ja noch nie darüber gesprochen. Sie müsse das jetzt noch loswerden, denn die Zeit laufe ihnen davon.

Frida war wach, schaute Hanna ruhig ins Gesicht, sagte, Hanna solle erzählen, was ihr auf dem Herzen liege. Da begann Hanna zu sprechen. Gemeinsam reisten sie zurück. Erinnerten sich an den sonnigen Tag mitten im Herbst 1971, sie unternahmen einen langen Spaziergang. Frida und Hanna. Mutter und Tochter. Das Herbstlaub raschelte unter ihren Schuhen. Die Sonne wärmte. Fast mussten sie schwitzen. Gerade steuerten sie eine Ruhebank an.

* * *

Und mit einem Mal saß Hanna wieder mit der Mutter auf der Bank am Waldrand.

Frida nahm ihre Hand und meinte, Hanna müsse beginnen, nach vorne zu schauen. Sie, Frida, sei zu dem Schluss gekommen, dass die ganze Katastrophe angefangen habe, als sie am Morgen des Tages, an dem Thommi starb, bei Hanna anrief.

Das sei egoistisch gewesen. Denn irgendwann hätte sich das Baby sicher beruhigt, hätte sich schon eingewöhnt bei Lotte. Sie selbst war es gewesen, die nicht zurechtgekommen war. Sie habe unbedingt zu dem kleinen Kind gewollt, weil ihr schlechtes Gewissen so sehr an ihr nagte. Denn sie hätte ihrem Sohn diese Bitte nicht abschlagen dürfen. Das wisse sie jetzt. Elfi und Oskar wollten doch nur wegen ihrer älteren Tochter ins Gebirge. Damit sie gesund würde. Und sie wussten, dass es für Frida und Sissi sowieso am besten war, beieinander zu sein. Sie hatten es nur richtig machen wollen. Das habe sie jetzt begriffen. Deshalb sei sie, Frida, schuld an Thommis Tod.

Und da wurde Hanna klar, dass sich eigentlich jeder in der Familie schuldig fühlte:

Oskar und Elfi dachten, sie seien schuldig, weil sie das Baby nicht mit in den Urlaub genommen hatten.

Emil dachte, er sei schuldig, weil er vorgeschlagen hatte, am Spielplatz zu rasten. Nur deshalb waren sie so spät noch unterwegs gewesen.

Und sie selbst dachte, sie sei schuldig, weil sie einmal nicht hinten bei den Kindern sitzen hatte wollen.

Und jetzt dachte auch noch die Mutter, sie sei schuldig, weil sie an jenem Sonntagmorgen bei Hanna angerufen hatte.

Das musste aufhören. Den Unfall verursacht hatte der entgegenkommende Fahrer. Man hatte ihn nie gefunden.

Aber in diesem Moment konnte Hanna die Schuld ihm zuschreiben – und deshalb alle anderen freisprechen, sogar sich selbst.

* * *

Deshalb war sie damals, an Sissis erstem Geburtstag, stark genug gewesen, mit Emil und Katja ins Auto zu steigen. Und deshalb konnte sie am Ende dieses Tages zur Familie sagen, dass an dem Unglück sicher niemand Schuld habe außer dem anderen Fahrer. Denn schließlich habe dieser nicht aufgepasst und einem kleinen Jungen, ihrer aller Thommi, das Leben genommen.

Ab diesem Tag, im Dezember 1971, war alles besser geworden. Erleichtert war Hanna ins Auto gestiegen, denn eine große Last war damals von ihr abgefallen. Die Trauer war nicht kleiner geworden, aber das Grübeln und die Suche nach einem Verantwortlichen hatten aufgehört. Weil Frida sie aus ihrem Gedankenkarussell herausgeschubst, ihr einen Ausweg gezeigt hatte. Auf der einsamen Bank am Waldrand.

Das alles sagte Hanna nun zur Mutter. An Fridas Krankenbett fand sie die richtigen Worte. Endlich.

Frida rannen die Tränen übers Gesicht. Sie wurde müde. Die letzten Zweifel und alle Sorgen fielen von ihr ab.

Kurze Zeit später verließ Hanna das Krankenhaus, um zu Emil und Katja nach Hause zu fahren.

Und Frida konnte endgültig loslassen. Sie starb an einem sonnigen Juninachmittag im Krankenhaus. Allein.

Es war wie einschlafen nach einem langen Sommertag. Auch Frida schwebte dem Licht entgegen. Aber auf halbem Weg wurde sie abgeholt. Theo kam ihr entgegen.

Für die Zurückgebliebenen begann eine schlimme Zeit.

Hanna erfuhr es zuerst. Große Trauer. Schlimme Tränen. Sie konnte nicht bei Oskar anrufen. Emil musste es übernehmen.

Als der Anruf kam, saß Sissi neben der Schwester auf dem kratzigen Sofa. Die Mutter, Elfi, saß am Bügelbrett, den Hörer in der Hand. Das Bügeleisen dampfte. Für heute war ausgebügelt. Denn Elfi begann zu weinen. Katharina bekam ihre Sorgenfalte. Und der Vater war noch nicht zu Hause. Er war noch einmal ins Krankenhaus gefahren, um Frida zu besuchen. Dort erfuhr er, dass seine Mutter nicht mehr lebte.

Sissi hörte für mehrere Tage auf zu sprechen. Das bemerkte niemand. Was komisch war, denn Sissi war ein sehr gesprächiges Kind.

Der Vater wurde angerufen. Oft. Er sprach mit vielen Leuten, sagte jedes Mal, es sei halt das Herz gewesen. Deshalb dachte Sissi, auch sie müsse bald sterben. Denn ihr Herz drückte und stach. Sie konnte es kaum aushalten.

Jeden Abend betete sie zum lieben Gott, er möge die Oma zurückgeben. Aber die Oma blieb gestorben.

Jetzt hieß es weiterleben. Jetzt hieß es aufpassen, dass nicht noch ein Familienmitglied starb.

Denn würde auch die Schwester, die Mutter oder der Vater sterben, müsste Sissi ebenfalls sterben. Das wusste sie. Weil sie alle so sehr liebte. Sie überliebte sie.

Sissis Mama übernahm. Hielt den Laden am Laufen. Sie kochte, putzte und bügelte. Und sie wollte weiterhin Lehrerin sein. Unterrichten. Sie brauchte ihre Arbeit. Mochte ihre Kollegen. Und ihre Schule.

Und auch Sissi wollte, dass die Mama Lehrerin blieb, dass die Mama unterrichtete. Eine Klassenlehrerin war.

* * *

Das Kind sitzt in der Kirche. Es ist kalt.

Vorne der Sarg, drinnen die Großmutter. Es kommt keine Träne. Wo das Kind doch so traurig ist!

Alle sind gekommen. Auch die Schwestern vom Großvater. Sie leben noch. Und sie sind traurig. Denn sie haben die Großmutter arg gemocht.

Einige Tage nach der Beerdigung setzt sich das Kind in den Schrank der Großmutter. Riecht an den Schürzen. Klammert sich an die Handtaschen. Steckt seine Füße in die Hausstiefel.

Da kommen endlich die Tränen. Und das Jammern.

Und der Druck auf dem Herzen geht. Langsam, aber endgültig. Er wird nicht wiederkommen.

Die Welt des Kindes ist zerbrochen. Es denkt, es müsse jetzt erwachsen werden, könne kein Kind mehr sein.

Aber die anderen sind auch noch da.

Die Schwester erklärt ihr jetzt das Leben. Die Mutter kauft einen Dampfkochtopf, damit es schneller geht mit dem Mittagessen. Sie kocht, was auch die Oma immer gekocht hat. Gulasch mit Reis, Linsen mit Spätzle, Braten mit Soße, Kartoffelkarottenstampf, Sellerieschnitzel und Dampfnudeln mit Apfelmus. Damit man die hungrigen Kinder satt bekommt. Denn wenn das Kind Hunger hat, ist es ungenießbar.

Und der Vater erzählt die Geschichten. Viele. Von früher. So kann das Kind weiter ein Kind sein.

Dennoch hätte die Großmutter nicht sterben dürfen. Großmütter sollten bleiben, bis die Kinder erwachsen sind. Das Kind vermisst die Großmutter. Und hat Angst, sie zu vergessen.

Aber es erkennt schon bald, man kann die Menschen bei sich behalten. Auch wenn sie gestorben sind.

Seither hält es sich wacker. Räumt einen Platz frei, in seinem Innern. Für die Oma.

Frida bleibt bei ihrem Mädchen. Die Großmutter sitzt jetzt in der Herzgegend. Für immer.

Dank

Mein allergrößter Dank gilt meinen Kindern und meinem Mann. Ihr gebt mir wertvolle Inspiration und den nötigen Rückenwind. Ohne euch bin ich verloren.

Außerdem danke ich Hubert Klöpfer, der frühzeitig an mich glaubte und mir mit Zuspruch, Rat und ehrlicher Kritik zur Seite steht.

Ich danke dem 8 grad verlag, dem Verleger Dr. Matthias Grüb, dass mein Roman zum Buch werden darf. Vielen Dank an Annette Maria Rieger für hilfreiche Gespräche, Marion Voigt für ihre Anmerkungen und ihr Lektorat.

© privat

Susanne Steck, geboren 1970 in Geislingen an der Steige, aufgewachsen in einem kleinen Dorf nahe Herrenberg, lebt seit dreißig Jahren in Tübingen. Sie ist Mutter von zwei erwachsenen Kindern und betreibt gemeinsam mit ihrem Mann eine Metzgerei.

Gefällt Ihnen dieses Buch? Dann empfehlen Sie es bitte weiter. Mehr über den 8 grad verlag finden Sie auf www.8gradverlag.de und in unserem Newsletter.

Danke an Hubert Klöpfer für die Vermittlung dieses Romans.

1. Auflage 2025

Sonnhalde 73 | 79104 Freiburg
www.8gradverlag.de | info@8gradverlag.de

Umschlaggestaltung, Layout und Satz:
Julie August, Buenos Aires/München
Umschlagmotiv: *The Farm* (1887), Hanna Hirsch-Pauli

Lektorat: Marion Voigt, Zirndorf
Korrektorat: Stephan Thomas, München
Herstellung: folio · print & more, Zirndorf

Gesetzt aus der Caslon und aus der Brown
Papier: Munken Print cream 90 g/m² 1,5-fach
Einbandmaterial: Peyer; Peyprint honan 130 g/m²
Druck und Bindung: Steinmeier GmbH & Co. KG, Deiningen
Printed in Germany

ISBN 978-3-910228-50-4